Mexican Short Stories

Cuentos mexicanos

A Dual-Language Book

Edited and Translated by
STANLEY APPELBAUM

DOVER PUBLICATIONS, INC.
Mineola, New York

Bibliographical Note

This Dover edition, first published in 2008, is a new selection, from standard Spanish editions, of nine stories originally published between ca. 1843 and 1918 (see Introduction for bibliographical details), together with a new English translation by Stanley Appelbaum, who also made the selection and wrote the Introduction and footnotes.

Library of Congress Cataloging-in-Publication Data

Mexican short stories = Cuentos mexicanos / edited and translated by Stanley Appelbaum.
    p. cm.
"A dual language book."
ISBN-13: 978-0-486-46539-5
ISBN-10: 0-486-46539-X
    1. Short stories, Mexican—Translations into English. 2. Mexican fiction—19th century—Translations into English. 3. Mexican fiction—20th century—Translations into English. 4. Short stories, Mexican. 5. Mexican fiction—19th century. 6. Mexican fiction—20th century. I. Appelbaum, Stanley. II. Title: Cuentos mexicanos.

PQ7288.E8M49 2008
863'.0108972—dc22

2007041039

Manufactured in the United States of America
Dover Publications, Inc., 31 East 2nd Street, Mineola, N.Y. 11501

CONTENTS

iii

INTRODUCTION

General Remarks

Mexico produced the first significant prose fiction in Spanish America: the 1816 picaresque novel *El periquillo sarniento* (The Itchy Parakeet) by José Joaquín Fernández de Lizardi (1776–1827). Ever since, Mexico has been prominent in this area. In the period covered in this volume, roughly 1840 to 1920, Mexican writers, at a little distance in time, were influenced by the successive major literary trends in Europe (with France often as the pioneer): Romanticism, Realism, Naturalism, Symbolism. The Romantic approach to life struck a special chord in Mexico, and can be detected in works throughout the nineteenth century.

Modernismo (roughly 1880–1920), though inspired by the French Parnassians and Symbolists, was basically an effort by Spanish Americans themselves to tap new local sources of energy. Mexico was a center of this school of writers. *Costumbrismo*, writings descriptive of traditions and folkways, often fictionalized to varying degrees, was also prevalent. It fed into the similar, but more psychologically profound *criollismo* of the early twentieth century.

Another particular feature of Mexican writing is the glorification of the homeland from the latter 1860s on, after the downfall of Maximilian's French-imposed Empire. This appreciation of the countryside is evident in several of the stories included here, though others depict the pitfalls of the capital city and the ugliness of urban sprawl.

During this period, as regards both actual length and the extremely varied nomenclature, the border between the novel, the novella, and the short story remained vague. The novel was the most highly regarded genre of prose fiction at this time, but a number of its best practitioners also wrote the best stories. Many of them were journalists, or at least had their works first published (serially, for the longer ones) in newspapers or other periodicals; not all of these pieces were

gathered into volume form during the author's lifetime (though this could mean additional income and an opportunity to make revisions).

The present anthology contains nine stories by eight of the chief exponents of Mexican prose fiction in the period covered. Amado Nervo has been intentionally omitted because one of his best stories has already appeared in a Dover dual-language book.[1]

The Individual Authors and Stories

Payno. Manuel Payno was born in Mexico City in 1810. He worked in the Customs department and served in the army and in the Ministry of War. In 1842 he visited France and England, then was sent by Santa Anna[2] to New York and Philadelphia to study the prison systems there. During the Mexican (-American) War of 1846–1848 he was a guerrilla fighter and in the secret service. He was Minister of Finance between 1850 and 1855. Exiled more than once, he also served Mexico as a senator and a diplomat. He abetted the 1857 coup d'état against the reform government of Juárez and others, and supported Maximilian.

Payno's journalistic career had begun by 1838. He wrote the first Mexican serial novels, beginning with *El fistol del diablo* (The Devil's Cardsharp) in 1845–1846, his masterpiece being *Los bandidos del Río Frío* (1889–1891). Some of the short stories that he had published in periodicals between 1839 and 1845 were later collected in the 1871 volume *Tardes nubladas* (Cloudy Afternoons; see below). He is considered the father of the Mexican short story. He also published impressions of his travels in England and Scotland (1853). Payno died in 1894.

"Amor secreto" was first published in *El Museo Mexicano* in 1843 or 1844, and was later included in the 1871 *Tardes nubladas* (Mexico City: Imprenta de F. Díaz de León y S[antiago] White). Not typical of Payno's oeuvre as a whole (he also wrote lively, sharply observed *costumbrismo* as an "heir to Lizardi," ironical views of social life, and even horror stories), "Amor secreto" is an ultra-Romantic story that has been called a prime specimen of the earliest stage of the genre, and "one of the most important examples of the sentimental phase" of

---

1. Appelbaum (ed.), *Spanish-American Short Stories*, 2005 (ISBN 0-486-44123-7).
2. Antonio López de Santa Anna (1794–1876), the warlord and political strongman chiefly remembered in the U.S. as the besieger of the Alamo, was a dictatorial president for several periods between 1832 and 1855.

Mexican Romanticism (it doesn't exhibit such other Romantic traits as fantasy, rebelliousness, and historicism). The style is simple and lucid, the action is firmly structured and rapid.

Roa Bárcena. José María Roa Bárcena was born in 1827 in Jalapa (or Xalapa), the capital of Veracruz state, but by 1853 he was a resident of Mexico City. As a historian, he wrote studies of pre-Conquest Mexico (1862) and of the Mexican-American War (1883). He also wrote biographies, and translated from Latin, German, and English. A businessman, he was politically a conservative and monarchist, a supporter of Maximilian.

His volumes of poetry include *Poesías líricas* (1859), *Leyendas mexicanas* (1862), and *Últimas poesías* (1888–1895). His stories ("deserving to be studied"), for which he has been dubbed "the Mexican Poe," appear in the 1870 volume *Novelas . . .* (see below). He has also been called the co-founder, along with Riva Palacio, of the Mexican short story. He died in 1908.

"Lanchitas" (no prior-to-volume periodical publication has come to the notice of this editor) no doubt appeared in the 1870 *Novelas originales y traducidas* (Original and Translated Stories; Mexico City: Edición de la Unión, Imprenta de F. Díaz de León y S. White). The story was definitely published separately in 1878 (Mexico City: Imprenta de Ignacio Escalante), and must have been included in the author's complete works, *Obras* (Mexico City: V. Agüeros, 1897–1910, six volumes). "Lanchitas" has been cited as an example of the author's skill, neatness, and charm as a born storyteller. With a fluid style and good characterization, it mingles the eerie with the everyday.

Riva Palacio. Vicente Riva Palacio y Guerrero was born in Mexico City in 1832. A lawyer after taking his degree in 1854, he was imprisoned as a liberal in 1858 and 1859. Fiercely opposed to Maximilian, he mustered his own troop and raised the siege of Puebla in 1862. A general by 1865, he accepted the Emperor's surrender at Querétaro in 1866 after trapping him there. Later he headed the Supreme Court. Under Porfirio Díaz, he served as Minister of Public Works and the Economy. Ambassador to Spain from 1886 on, he died in Madrid in 1896.

As a writer (from at least 1861 on), Riva Palacio made his name as a pioneering author of historical novels influenced by Scott, Dumas, and Manzoni (especially *Los piratas del golfo* of 1869) and as an eminent writer of short stories (posthumously collected in *Los cuentos del*

general, 1896 [see below], deemed his best volume). He also wrote plays and poetry.

"Las mulas de Su Excelencia" was published in *Los cuentos del general,* 1896 (Madrid: Establecimiento Tipográfico Sucesores de Rivadeneyra). It typifies the author's intimate knowledge of Colonial days and his fondness for anecdotes. The story strongly resembles the dozens of *tradiciones* (fictitious or fictionalized historical legends) written from 1872 on by the Peruvian Ricardo Palma (1833–1919). Nueva España was the name of Mexico as a colony. Spanish viceroys ruled Mexico from 1535 to 1821. The cathedral in Mexico City was constructed between 1573 and 1813. Other stories by this author have rural, urban, and fantasy themes.

Altamirano. Ignacio Manuel Altamirano was born in 1834 in Tixtla (now in the state of Guerrero) to parents who spoke only the current form of Nahuatl (the language of the Aztecs); it is said that he didn't learn Castilian (Spanish), in which he was so to excel, until he was fourteen. In 1849 he received a scholarship to a school in Toluca (capital of the Estado de México). He participated in the revolt against Santa Anna, 1853–1855, in the War of the Reform, 1858–1861 (the civil war after the ouster of Santa Anna, which ended in Juárez's victory), and in the struggle against Maximilian, after which, like Riva Palacio, he headed the Supreme Court. He also filled other public roles, and taught at several institutions. Named consul general to Spain in 1889, he died at San Remo in 1893.

As a writer, Altamirano was the major Mexican literary figure of his time. As a journalist, he contributed to many periodicals and founded some, especially (in 1869) *El Renacimiento* (The Renaissance), which welcomed all literary genres, all literary schools, and all political credos. As a novelist (influenced by Balzac, Hugo, Dickens, and *costumbrista* authors), he created a new era in Mexico with his 1869 *Clemencia,* showing a deep feeling for the common man; other major novels were *La navidad en las montañas* (A Mountain Christmas; 1870) and *El Zarco* ("Blue-Eyes"; completed 1888, published 1901). He was also a top-flight author of short stories and novellas, and wrote poetry, as well.

The novella "Antonia" was first published in *El Domingo* (Sunday), Mexico City, in 1872 (in issues between June and August), and was collected in the (incomplete) second volume of the author's *Obras* in 1880 (Mexico City: Filomeno Mata) as one of the group *Cuentos de invierno* (Winter's Tales). In *El Domingo,* "Antonia" formed part of a

projected series called *Idilios y elegías: Memorias de un imbécil* (Idylls and Elegies: Memoirs of an Idiot) that was to recount the frustrated romances of Jorge, an eccentric who had lost his mind, or at least some of his memory (his narrative was continued in the never completed novella "Beatriz"). Omitted from this Dover reprinting is the prefatory letter from Altamirano to the editor of *El Domingo* saying that Jorge had left him a notebook of stories about his life.

"Antonia" takes place against a background of real events in 1847; since Altamirano was thirteen then, like his hero, scholars have inferred that the story is at least partly autobiographical. Imbued with a genuine love for rural life, "Antonia" is a spontaneous, light, and folksy character study.

López Portillo. José López Portillo y Rojas was born in Guadalajara in 1850. He took a law degree in 1871, then taught law, became a journalist, and entered politics as a conservative. He served as a congressman and a state legislator between 1875 and 1882; later, as a judge, senator, professor of political economy and penal and mining law, governor of his home state of Jalisco (1911), and Minister of Education and of Foreign Affairs. Of a wealthy, traditionalist family, he supported the dictatorial president Porfirio Díaz. He died in 1923. His grandson, José López Portillo y Pacheco, was president of Mexico from 1976 to 1982.

As a writer, López Portillo followed the Spanish literary traditions of Realism (exemplified by Pérez Galdós) and of what has been called "optimistic Naturalism" (as practiced by Pereda). His major novel, *La parcela* (The Plot of Land; 1898), is considered one of the best studies of Mexican rural life (other novels appeared in 1909 and 1919). He excelled in the short story, publishing collections in 1883, 1900, 1903, and 1918. He also wrote a travel book (1874), literary criticism, poetry, plays, and historical works.

"Reloj sin dueño" was published in the 1918 collection *Historias, historietas y cuentecillos* (Stories, Anecdotes, and Brief Tales; Paris and Mexico City: Librería de la Viuda de Ch. Bouret). Its sophisticated humor relies largely on an extremely colorful, idiomatic, allusive style. It combines Dickensian caricature with reminiscences of such great Spanish *costumbristas* as Larra and Mesonero Romanos. But López Portillo also wrote sentimental stories, rural stories, and tales of fantasy.

Delgado. Rafael Delgado was born in 1853 in the town of Córdoba

in Veracruz state. He spent almost his whole life in the city of Orizaba, in the same state, teaching history, geography, and literature at the local national secondary school from 1875 to 1893. He became noted as a writer by 1878, emerging as a Realist with a sentimental tinge and a regional writer with a strong dose of Romanticism. Major novels were published in 1891, 1893, 1903, and 1904; *Angelina,* the 1893 work, is a story of doomed lovers reminiscent of the famous *María* (1867) by the Colombian Jorge Isaacs (1837–1895). *Cuentos y notas* is a *costumbrista* short-story collection of 1902. Delgado died in 1914.

"El asesinato de Palma Sola" is most likely from the 1902 *Cuentos y notas* (Mexico City: V. Agüeros); Agüeros also published Delgado's *Obras* in 1902–1903. It typifies Delgado's brand of Realism, which he called "a way of writing that gives a view of real life, with the aid of psychological and visual observation." The style is very colloquial and regional. The town Cotija referred to in the story is in the state of Michoacán. Delgado also wrote stories about society and families.

Gutiérrez Nájera. One of the fathers of *modernismo* in both verse and prose, and a true specialist of the short story, Manuel Gutiérrez Nájera was born in Mexico City in 1859. The son of a civil servant and playwright, he was largely educated at home, learning French early. Though his parents wanted him to be a businessman, he became a prolific journalist. From 1874 until his death in 1895, he contributed some 1,500 items (articles, stories, and poems) to some forty periodicals under some forty pseudonyms, the most famous of which was "El duque Job," which he used from 1881 on (it was ultimately based on the 1859 French novel *Le duc Job* by Léon Laya).[3] *Cuentos frágiles* (Fragile Stories), however, was the only volume published during his lifetime.

In 1894 he founded the *Revista Azul* (Blue Magazine), a sounding board for *modernismo.* The Nicaraguan Rubén Darío (1867–1916), who had made *azul* a *modernista* watchword, called himself Nájera's "very fervent admirer." The posthumously collected *Poesías* volume of 1896 has won Nájera the title of "the greatest elegist of the Romantic era in the Americas."

Many older sources attribute his early death to alcoholism, but it is now believed that he died of a hemorrhage induced by his hemophilia.

3. Though he never left Mexico, Gutiérrez Nájera was a great admirer of contemporary French literature, and some of his stories are free translations or adaptations of French works.

"La mañana de San Juan" was published in periodicals in six versions between 1882 and 1893. Our text is that found in the 1883 volume *Cuentos frágiles* (Mexico City: Biblioteca Honrada, Imprenta del Comercio de B. Dublán y Compañía). One of his frequent treatments of childhood, it has been regarded as "the greatest height" the author ever reached, and as "perhaps his most famous" story. The feast days of Saint John the Baptist, June 24, was then associated in Mexico with outdoor bathing. The author may have been describing one of his own favorite vacation spots. The introductory section, especially, is practically a prose poem.

Our text of "Juan el Organista" was first published in five issues of the author's own *Revista Azul* in October and November of 1894. (An earlier version had appeared in three issues of *El Nacional* in June 1884.) In the posthumous first volume, 1898, of the author's *Obras* (Mexico City: Tipografía de la Oficina Impresora del Timbre [OR: de Estampillas]), the story is included in the section *Cuentos de color de humo* (Smoke-Colored Stories; named after a series that ran in the *Revista Azul* and elsewhere in the early 1890s). A strongly Romantic tale, it is highly reminiscent in theme (hopeless love) and in tone to stories by the great Spanish poet Gustavo Adolfo Bécquer (1836–1870), one of whose pieces he quotes in the introductory section. Since Nájera was a contented member of society under Porfirio Díaz's smug régime, his reference to Díaz's predecessor is disparaging (a period of financial "chaos").

Campo. Ángel Efrén de Campo[4] y Valle was born in Mexico City in 1868. His father was a soldier; his family, of the middle class. After his father's death, a maternal uncle saw to it that he had a good education. At the Escuela Nacional Preparatoria, where Campo met many writers, he was a pupil and disciple of Altamirano. Medical studies had to be abandoned in 1890; later, Campo was a clerk in the Ministry of Finance and a professor of literature; but he was always primarily a journalist, from 1885 until his death of typhus in 1908. (His best-remembered pseudonym was Micrós.)

Campo was a co-founder in 1885 of the bimonthly *El Liceo Mexicano*, which ran until 1892. He wrote *costumbrista* articles; two novels, of which *La Rumba* (nickname of the heroine) of 1890–1891 is outstanding; and three collections of short stories: *Ocios y apuntes*

---

4. Reference works are just about equally divided between "de Campo" and "del Campo"; I here follow those I trust more.

(Pastimes and Notes; 1890), *Cosas vistas* (Things Seen; 1894), and
Cartones (Sketches; 1897). He is said to have greatly enriched the art
of Mexican storytelling.

"El fusilado" (literally, "the man executed by firing squad") was
published in the 1894 *Cosas vistas* (Mexico City: Tipografía de "El
Nacional").[5] The title *Cosas vistas* is almost certainly a reference to
the reportages by Victor Hugo posthumously collected as *Choses vues*
in the 1880s. The story, strongly influenced by Zola's Naturalism, and
imbued with Campo's own pessimism and melancholy (though he also
wrote humorous pieces), is densely written, with recherché vocabu-
lary and bold metaphor. It typifies the author's penchant for detailed
locales and atmosphere, his sympathy for animals and the poor, and
his liking for folkways and social drama. It is not so much a tale with
plot and characters as a reportage and detailed tableau. It registers
protest only indirectly, but not unfeelingly.

---

5. *El Nacional* was a daily and a magazine; Campo contributed to it from 1890 to
1892.

Mexican Short Stories

Cuentos mexicanos

MANUEL PAYNO

Amor secreto

Mucho tiempo hacía que Alfredo no me visitaba, hasta que el día menos pensado se presentó en mi cuarto. Su palidez, su largo cabello que caía en desorden sobre sus carrillos hundidos, sus ojos lánguidos y tristes y, por último, los marcados síntomas que le advertía de una grave enfermedad me alarmaron sobremanera, tanto, que no pude evitar el preguntarle la causa del mal, o mejor dicho, el mal que padecía.

—Es una tontería, un capricho, una quimera lo que me ha puesto en este estado; en una palabra, es un amor secreto.

—¿Es posible?

—Es una historia —prosiguió— insignificante para el común de la gente; pero quizá tú la comprenderás; historia, te repito, de ésas que dejan huellas tan profundas en la existencia del hombre, que ni el tiempo tiene poder para borrar.

El tono sentimental, a la vez que solemne y lúgubre de Alfredo, me conmovió al extremo; así es que le rogué me contase esa historia de su amor secreto, y él continuó:

—¿Conociste a Carolina?

—¡Carolina! . . . ¿Aquella jovencita de rostro expresivo y tierno, de delgada cintura, pie breve . . . ?

—La misma.

—Pues en verdad la conocí y me interesó sobremanera . . . pero . . .

—A esa joven —prosiguió Alfredo— la amé con el amor tierno y sublime con que se ama a una madre, a un ángel; pero parece que la fatalidad se interpuso en mi camino y no permitió que nunca le revelara esta pasión ardiente, pura y santa, que habría hecho su felicidad y la mía.

"La primera noche que la vi fue en un baile; ligera, aérea y fantástica como las sílfides, con su hermoso y blanco rostro lleno de alegría y de entusiasmo. La amé en el mismo momento, y procuré abrirme paso

2

MANUEL PAYNO

Secret Love

Alfredo hadn't visited me for some time; then, when I least expected him, he showed up in my room. His pallor, his long hair falling in disarray onto his sunken cheeks, his languid, sad eyes, and lastly the marked signs of a serious illness that I observed in him alarmed me excessively, to the extent that I was unable to keep from asking him the cause of his illness or, rather, what illness he was suffering from.

"It's a folly, a caprice, a daydream that has put me in this state: in one word, it's a secret love."

"Is it possible?"

"It's a story," he continued, "without significance for the general run of people, but maybe you will understand it; one of those stories, I repeat, which leave such deep marks on a man's existence that not even time has the power to erase them."

Alfredo's tone, heartfelt while also solemn and funereal, touched me profoundly, and so I begged him to tell me that story of his secret love, and he went on:

"Did you ever meet Carolina?"

"Carolina! . . . That young woman with an expressive face, a narrow waist, tiny feet . . . ?"

"She's the one."

"Then, yes, I did meet her and she made a great impression on me . . . but . . ."

"That young woman," Alfredo continued, "I loved with the tender, sublime love with which one loves one's mother or an angel; but it seems that fate blocked my path and never allowed me to reveal to her this ardent, pure, and holy passion which would have made both her and me happy.

"The first night I saw her was at a dance, as light on her feet, made of air, and fantastic as a sylph, with her beautiful white face full of merriment and excitement. I fell in love with her on the spot, and I

3

entre la multitud para llegar cerca de esa mujer celestial, cuya existencia me pareció desde aquel momento que no pertenecía al mundo, sino a una región superior; me acerqué temblando, con la respiración trabajosa, la frente bañada de un sudor frío . . . ¡Ah!, el amor, el amor verdadero es una enfermedad bien cruel. Decía, pues, que me acerqué y procuré articular algunas palabras, y yo no sé lo que dije; pero el caso es que ella, con una afabilidad indefinible, me invitó que me sentase a su lado; lo hice, y abriendo sus pequeños labios pronunció algunas palabras indiferentes sobre el calor, el viento, etcétera; pero a mí me pareció su voz musical, y esas palabras insignificantes sonaron de una manera tan mágica a mis oídos que aún las escucho en este momento. Si esa mujer en aquel acto me hubiera dicho: *Yo te amo, Alfredo;* si hubiera tomado mi mano helada entre sus pequeños dedos de alabastro y me la hubiera estrechado; si me hubiera sido permitido depositar un beso en su blanca frente . . . ¡Oh! habría llorado de gratitud, me habría vuelto loco, me habría muerto tal vez de placer.

"A poco momento un elegante invitó a bailar a Carolina. El cruel arrebató de mi lado a mi querida, a mi tesoro, a mi ángel. El resto de la noche Carolina bailó, platicó con sus amigas, sonrió con los libertinos pisaverdes; y para mí, que la adoraba, no tuvo ya ni una sonrisa, ni una mirada ni una palabra. Me retiré cabizbajo, celoso, maldiciendo el baile. Cuando llegué a mi casa me arrojé en mi lecho y me puse a llorar de rabia.

"A la mañana siguiente, lo primero que hice fue indagar dónde vivía Carolina; pero mis pesquisas por algún tiempo fueron inútiles. Una noche la vi en el teatro, hermosa y engalanada como siempre, con su sonrisa de ángel en los labios, con sus ojos negros y brillantes de alegría. Carolina se rió unas veces con las gracias de los actores, y se enterneció otras con las escenas patéticas; en los entreactos paseaba su vista por todo el patio y palcos, examinaba las casacas de moda, las relumbrantes cadenas y fistoles de los elegantes, saludaba graciosamente con su abanico a sus conocidas, sonreía, platicaba . . . y para mí, nada . . . ni una sola vez dirigió la vista por donde estaba mi luneta, a pesar de que mis ojos ardientes y empapados en lágrimas seguían sus más insignificantes movimientos. También esa noche fue de insomnio, de delirio; noche de ésas en que el lecho quema, en que la fiebre hace latir fuertemente las arterias, en que una imagen fantástica está fija e inmóvil en la orilla de nuestro lecho.

"Era menester tomar una resolución. En efecto, supe por fin dónde vivía Carolina, quiénes componían su familia y el género de vida que tenía. Pero ¿cómo penetrar hasta esas casas opulentas de los ricos?

tried to cut my way through the crowd to get near that heavenly woman, whose existence seemed to me from that moment on not to belong to this world but to a higher region; I approached her trembling, breathing heavily, my brow bathed in cold sweat . . . Ah, love, true love is a really cruel illness. Well, as I was saying, I came up to her and tried to utter a few words—I don't know what I said—but the fact is that, with an undefinable affability, she invited me to sit next to her; I did, and, opening her little lips, she made a few indifferent remarks about the heat, the wind, and such things; but to me her voice sounded like music, and those insignificant words echoed so magically in my ears that I can still hear them at this moment. If that woman had said to me right then, 'I love you, Alfredo,' if she had taken my icy hand in her small alabaster fingers and pressed it; if I had been allowed to plant a kiss on her white forehead . . . oh, I would have wept with gratitude, I would have gone crazy, maybe I'd have died of pleasure.

"Very soon a man of fashion invited Carolina to dance. The cruel man snatched from my side my beloved, my treasure, my angel. The rest of the night Carolina danced, chatted with her girlfriends, smiled at the dandified rakes; but for me, who adored her, she had not one smile, not one glance or one word. I withdrew dejected, jealous, cursing the dance. When I got home I flung myself onto my bed and started to weep with rage.

"The next morning, the first thing I did was to inquire where Carolina lived, but for some time my search was in vain. One night I saw her at the theater, beautiful and well dressed as always, with her angelic smile on her lips, her dark eyes shining with merriment. At times Carolina laughed at the actors' jokes; at others, she was touched when the scene was sad; during the intermissions she cast her eyes all over the orchestra and the boxes, studying the fashionable dress coats and gleaming chains and tiepins of the elegant gentlemen, waving gracefully with her fan to women she knew, smiling, conversing . . . but for me, nothing . . . not once did she turn her gaze in the direction of my seat, even though my burning, tear-soaked eyes were following her slightest movements. That night, too, was one of insomnia, of delirium, one of those nights when your bed is on fire, when fever makes your arteries beat loudly, when a fantastic image is rigid and motionless at the edge of your bed.

"It was necessary to make a decision. In fact, I finally learned where Carolina lived, who were the members of her family, and what sort of life she led. But how could I enter those luxurious homes of the rich?

¿Cómo insinuarme en el corazón de una joven del alto tono, que dedicaba la mitad de su tiempo a descansar en las mullidas otomanas de seda, y la otra mitad en adornarse y concurrir en su espléndida carroza a los paseos y a los teatros? ¡Ah!, si las mujeres ricas y orgullosas conociesen cuánto vale ese amor ardiente y puro que se enciende en nuestros corazones; si miraran el interior de nuestra organización, toda ocupada, por decirlo así, en amar; si reflexionaran que para nosotros, pobres hombres a quienes la fortuna no prodigó riquezas, pero que la naturaleza nos dio un corazón franco y leal, las mujeres son un tesoro inestimable y las guardamos con el delicado esmero con que ellas conservan en un vaso de nácar las azucenas blancas y aromáticas, sin duda nos amarían mucho; pero . . . las mujeres no son capaces de amar el alma jamás. Su carácter frívolo las inclina a prenderse más de un chaleco que de un honrado corazón; de una cadena de oro o de una corbata, que de un cerebro bien organizado.

"He aquí mi tormento. Seguir lánguido, triste y cabizbajo, devorado con mi pasión oculta, a una mujer que corría loca y descuidada entre el mágico y continuado festín de que goza la clase opulenta de México. Carolina iba a los teatros, allí la seguía yo; Carolina en su brillante carrera daba vueltas por las frondosas calles de árboles de la Alameda, también me hallaba yo sentado en el rincón oscuro de una banca. En todas partes estaba ella rebosando alegría y dicha, y yo, mustio, con el alma llena de acíbar y el corazón destilando sangre.

"Me resolví a escribirle. Di al lacayo una carta, y en la noche me fui al teatro lleno de esperanzas. Esa noche acaso me miraría Carolina, acaso fijaría su atención en mi rostro pálido y me tendría lástima . . . era mucho esto: tras de la lástima vendría el amor y entonces sería yo el más feliz de los hombres. ¡Vana esperanza! En toda la noche no logré que Carolina fijase su atención en mi persona. Al cabo de ocho días me desengañé que el lacayo no le había entregado mi carta. Redoblé mis instancias y conseguí por fin que una amiga suya pusiese en sus manos un billete, escrito con todo el sentimentalismo y el candor de un hombre que ama de veras; pero, ¡Dios mío!, Carolina recibía diariamente tantos billetes iguales, escuchaba tantas declaraciones de amor, la prodigaban desde sus padres hasta los criados tantas lisonjas, que no se dignó abrir mi carta y la devolvió sin preguntar aun por curiosidad quién se la escribía.

"¿Has experimentado alguna vez el tormento atroz que se siente cuando nos desprecia una mujer a quien amamos con toda la fuerza

How could I work myself into the heart of a young woman of high society who devoted half her time to reposing on downy silk sofas and the other half to adorning herself and riding in her magnificent carriage to promenades and theaters? Ah, if rich, proud women only knew the worth of that ardent, pure love which is kindled in our hearts; if they could see inside our persons, which are totally occupied with loving, so to speak; if they stopped to think that to us, poor men on whom fortune has lavished no wealth, but whom nature has given a candid, faithful heart, women are an inestimable treasure, and that we keep them with the same delicate care with which they maintain white, fragrant lilies in a mother-of-pearl vase, no doubt they would love us tenderly; but . . . women are never able to love the soul. Their frivolous character disposes them to fall in love with a waistcoat sooner than with an honest heart; with a gold chain or a necktie sooner than with a well-organized mind.

"Such is my torment. To follow languidly, sadly, and dejectedly, devoured by my hidden passion, a woman who dashed about, mad and carefree, amid the continual magic banquet enjoyed by the wealthy class of Mexico City. Carolina went to theaters: I followed her there. In her brilliant course Carolina strolled down the leafy avenues of trees in the Alameda:[1] I, too, was there, seated on the dark corner of a bench. Everywhere she exuded happiness and good fortune, while I was gloomy, my soul full of bitterness and my heart dripping blood.

"I determined to write to her. I handed her footman a letter, and that night I went to the theater full of hope. Perhaps that night Carolina would look at me, perhaps she'd pay attention to my pallid face and feel pity for me . . . this meant a lot: after the pity would come love, and then I'd be the happiest of men. Vain hopes! All night long I was unable to get Carolina's eyes to rest on me. After a week I saw the light: the footman hadn't given her my letter. I doubled my persistence and finally succeeded in getting a girlfriend of hers to place in her hands a note written with all the tenderness and candor of a man who is truly in love. But, my God, Carolina received so many notes of that kind every day, she listened to so many declarations of love, she heard herself so praised by everyone from her parents to her servants, that she didn't deign to open my letter but handed it back without asking, even out of curiosity, who was writing to her.

"Have you sometimes experienced the dreadful torture we feel when we're scorned by a woman whom we love with all the might of

---

1. An elegant small park in Mexico City not far from the Cathedral.

de nuestra alma? ¿Comprendes el martirio horrible de correr día y noche loco, delirante de amor tras de una mujer que ríe, que no siente, que no ama, que ni aun conoce al que la adora?

"Cinco meses duraron estas penas y yo, constante, resignado, no cesaba de seguir sus pasos y observar sus acciones. El contraste era siempre el mismo: ella loca, llena de contento, reía y miraba el drama que se llama mundo a través de un prisma de ilusiones; y yo triste, desesperado con un amor secreto que nadie podía comprender, miraba a toda la gente tras la media luz de un velo infernal.

"Pasaban ante mi vista mil mujeres; las unas de rostro pálido e interesante, las otras llenas de robustez y brotándoles el nácar por sus redondas mejillas. Veía unas de cuerpo flexible, cintura breve y pie pequeño; otras robustas de formas atléticas; aquellas de semblante tétrico y romántico; las otras con una cara de risa y alegría clásica; y ninguna, ninguna de estas flores que se deslizaban ante mis ojos, cuyo aroma percibía, cuya belleza palpaba, hacía latir mi corazón, ni brotar en mi mente una sola idea de felicidad. Todas me eran absolutamente indiferentes; sólo amaba a Carolina, y Carolina . . . ¡Ah!, el corazón de las mujeres se enternece, como dice Antony, cuando ven un mendigo o un herido; pero son insensibles cuando un hombre les dice: 'Te amo, te adoro, y tu amor es tan necesario a mi existencia como el sol a las flores, como el viento a las aves, como el agua a los peces'. ¡Qué locura! Carolina ignoraba mi amor, como te he repetido, y esto era peor para mí que si me hubiese aborrecido.

"La última noche que la vi fue en un baile de máscaras. Su disfraz consistía en un dominó de raso negro; pero el instinto del amor me hizo adivinar que era ella. La seguí en el salón del teatro, en los palcos, en la cantina, en todas partes donde la diversión la conducía. El ángel puro de mi amor, la casta virgen con quien había soñado una existencia entera de ventura doméstica, verla entre el bullicio de un carnaval, sedienta de baile, llena de entusiasmo, embriagada con las lisonjas y los amores que le decían. ¡Oh!, si yo tuviera derechos sobre su corazón, la hubiera llamado, y con una voz dulce y persuasiva le hubiera dicho: 'Carolina mía, corres por una senda de perdición; los hombres sensatos nunca escogen para esposas a las mujeres que se encuentran en medio de las escenas de prostitución y voluptuosidad; sepárate por piedad de esta reunión cuyo aliento empaña tu hermo-

our soul? Do you understand the terrible martyrdom of running madly day and night, delirious with love, after a woman who laughs, who doesn't feel, who doesn't love, who isn't even acquainted with the man who adores her?

"That suffering lasted five months and I, constant, resigned, didn't cease following her steps and observing her activities. The contrast was always the same: she was a madcap, full of contentment, laughing and looking at the drama we call the world through a prism of illusions; and I, sad, desperate with a secret love that no one could understand, observed all people in the semidarkness cast by a devilish veil.

"A thousand women passed before my eyes, some with a pallid, fascinating face, others full of vigor, with mother-of-pearl shining on their round cheeks. I saw some with a supple body, slim waist, and small feet; others hardy, of athletic build; those of a somber, romantic countenance; others with a laughing face of classic joy; but not one, not one of those flowers gliding by before my eyes, though I sensed their fragrance and touched their beauty, made my heart pound or a single notion of felicity germinate in my mind. They were all totally indifferent to me; I loved only Carolina, whereas Carolina . . . Ah, women's hearts are touched, as Antony[2] says, when they see a beggar or a wounded man, but they have no feelings when a man tells them: 'I love you, I adore you, and your love is as necessary to my existence as the sun is to flowers, the breeze to birds, the water to fish.' What madness! Carolina was unaware of my love, as I've told you repeatedly, and that was worse for me than if she had hated me.

"The last night I saw her was at a masked ball. Her disguise consisted of a black satin domino, but my loving instinct made me guess it was she. I followed her in the foyer of the theater, in the boxes, at the bar, everywhere that her amusement led her. The pure angel I loved, the chaste virgin at whose side I had dreamed of living a whole life of domestic bliss—to see her amid the hubbub of a carnival, athirst for dancing, full of excitement, intoxicated with the flattery and words of love she was hearing! Oh, if I had had any rights to her heart, I would have called to her, and in sweet, persuasive tones I would have said to her: 'My Carolina, you're following the road to ruin; wise men never choose as wives women who are found amid scenes of prostitution and sexual pleasure; for pity's sake, leave this gathering whose breath tarnishes your beauty, whose pleasures make the white

---

2. Probably a reference to the hero of the 1831 play *Antony* by Alexandre Dumas *père* (1802–1870).

sura, cuyos placeres marchitan la blanca flor de tu inocencia; ámame sólo a mí, Carolina, y encontrarás un corazón sincero donde vacíes cuantos sentimientos tengas en el tuyo: ámame, porque yo no te perderé ni te dejaré morir entre el llanto y los tormentos de una pasión desgraciada'. Mil cosas más le hubiera dicho; pero Carolina no quiso escucharme; huía de mí y risueña daba el brazo a los que le prodigaban esas palabras vanas y engañadoras que la sociedad llama galantería. ¡Pobre Carolina! La amaba tanto que hubiera querido tener el poder de un dios para arrebatarla del peligroso camino en que se hallaba.

"Observé que un petimetre de estos almibarados, insustanciales, destituidos de moral y de talento, que por una de tantas anomalías aprecia y puede decirse venera la sociedad, platicaba con gran interés con Carolina. En la primera oportunidad lo saqué de la sala, lo insulté, lo desafié y me hubiera batido a muerte; pero él, riendo, me dijo: '¿Qué derechos tiene usted sobre esta mujer?' Reflexioné un momento y, con voz ahogada por el dolor, le respondí: 'Ningunos'. 'Pues bien —prosiguió riéndose mi antagonista—, yo sí los tengo y los va usted a ver.' El infame sacó de su bolsa una liga, un rizo de pelo, un retrato, unas cartas en que Carolina le llamaba su tesoro, su único dueño. 'Ya ve usted, pobre hombre —me dijo alejándose—, Carolina me ama, y con todo la voy a dejar esta noche misma, porque colecciones amorosas iguales a las que ha visto usted y que tengo en mi cómoda, reclaman mi atención; son mujeres inocentes y sencillas, y Carolina ha mudado ya ocho amantes.'

"Sentí al escuchar estas palabras que el alma abandonaba mi cuerpo, que mi corazón se estrechaba, que el llanto me oprimía la garganta. Caí en una silla desmayado, y a poco no vi a mi lado más que un amigo que procuraba humedecer mis labios con un poco de vino.

"A los tres días supe que Carolina estaba atacada de una violenta fiebre y que los médicos desesperaban de su vida. Entonces no hubo consideraciones que me detuvieran; me introduje en su casa decidido a declararle mi amor, a hacerle saber que si había pasado su existencia juvenil entre frívolos y pasajeros placeres, que si su corazón moría con el desconsuelo y vacío horrible de no haber hallado un hombre que la amase de veras, yo estaba allí para asegurarle que lloraría sobre su tumba, que el santo amor que le había tenido lo conservaría vivo en mi corazón. ¡Oh!, estas promesas habrían tranquilizado a la pobre niña, que moría en la aurora de su vida, y habría pensado en Dios y muerto con la paz de una santa.

flower of your innocence wither; love me alone, Carolina, and you'll find a sincere heart into which you may pour every emotion you have in yours: love me because I won't ruin you or let you die amid the tears and torments of a miserable passion.' I would have told her a thousand things more; but Carolina refused to hear me out; she shunned me and laughingly gave her arm to those who heaped on her those empty, deceitful words which society calls gallantry. Poor Carolina! I loved her so much that I would have liked to possess a god's power in order to snatch her away from the dangerous path she was on.

"I noticed that a dandy, one of those sugar-coated, insubstantial fellows devoid of morality and talent who, through one of so many anomalies, are highly regarded and one might say revered by society, was conversing with Carolina very earnestly. At the earliest opportunity I drew him out of the room, insulted him, challenged him, and would have fought to the death; but he, laughing, said to me: 'What rights do you have to that woman?' I pondered for a moment and, my voice stifled by sorrow, I replied: 'None.' 'Well, then,' my antagonist continued with a laugh, 'I do have, and you'll see them.' The vile man drew from his pocket a garter, a lock of hair, a portrait, and some letters in which Carolina called him her treasure, her sole master. 'Now you see, you poor fellow,' he said as he walked away, 'Carolina loves me, but all the same I'm going to leave her this very night, because collections of love souvenirs like the ones you've seen, which I have in my chest of drawers, are demanding my attention; they're from innocent, unaffected women, whereas Carolina has already gone through eight lovers.'

"On hearing those words I felt my soul deserting my body, my heart growing taut, and my throat tightening with grief. I dropped onto a chair in a faint, and shortly afterward I saw beside me only a friend who was trying to moisten my lips with a little wine.

"Three days later I learned that Carolina had been attacked by a violent fever and that the doctors thought her life was in danger. At that time no considerations could have held me back; I made my way into her home, determined to declare my love to her, to make her know that, if she had spent her youth amid frivolous, transitory pleasures, if her heart was dying in the sorrow and horrible void of never having found a man who truly loved her, I was there to assure her that I'd weep over her grave, that the sacred love I had had for her would remain living in my heart. Oh, those promises would have calmed the poor girl, who was dying at the dawn of her life, and she would have had thoughts of God and would have died as peacefully as a saint.

"Pero era un delirio hablar de amor a una mujer en los últimos instantes de su vida, cuando los sacerdotes rezaban los salmos en su cabecera; cuando la familia, llorosa, alumbraba con velas de cera benditas, las facciones marchitas y pálidas de Carolina. ¡Oh!, yo estaba loco; agonizaba también, tenía fiebre en el alma. ¡Imbéciles y locos que somos los hombres!"

—Y ¿qué sucedió al fin?

—Al fin murió Carolina —me contestó—, y yo constante la seguí a la tumba, como la había seguido a los teatros y a las máscaras. Al cubrir la fría tierra los últimos restos de una criatura poco antes tan hermosa, tan alegre y tan contenta, desaparecieron también mis más risueñas esperanzas, las solas ilusiones de mi vida.

Alfredo salió de mi cuarto, sin despedida.

"But it was madness to speak of love to a woman in the last moments of her life, when the priests were reciting psalms at the head of her bed; when her family, in tears, were illuminating Carolina's faded, pallid features with wax tapers that had been blessed. Oh, I was insane, I was in my death throes, too; I had fever in my soul. What idiots and lunatics we men are!"

"And what finally happened?"

"At the end, Carolina died," he answered, "and I in my constancy followed her to her grave, as I had followed her to theaters and masquerades. As the cold earth covered the last remains of a being who not long before had been so beautiful, merry, and contented, so did my most promising hopes disappear as well, the sole hopes for the future I had ever had."

Alfredo left my room without saying good-bye.

JOSÉ MARÍA ROA BÁRCENA

Lanchitas

El título puesto a la presente narración no es el diminutivo de *lanchas,* como a primera vista ha podido figurarse el lector, sino —por más que de pronto se le resista creerlo— el diminutivo del apellido *Lanzas,* que a principios de este siglo llevaba en México un sacerdote muy conocido en casi todos los círculos de nuestra sociedad. Nombrábasele con tal derivado, no sabemos si simplemente en señal de cariño y confianza, o si también en parte por lo pequeño de su estatura; mas sea que militaran ambas causas juntas, o aislada alguna de ellas, casi seguro es que las dominaba la sencillez pueril del personaje, a quien por su carácter, se aplicaba generalmente la frase vulgar de "no ha perdido la gracia del bautismo". Y, como por algún defecto de la organización de su lengua, daba a la *t* y a la *c,* en ciertos casos, el sonido de *ch,* convinieron sus amigos y conocidos en llamarle *Lanchitas,* a ciencia y paciencia suya; exponiéndose de allí en poco los que quisieran designarle con su verdadero nombre, a malgastar tiempo y saliva . . .

No ha muchos meses pedía yo noticia de él a una persona ilustrada y formal, que le trató con cierta intimidad; y, como acababa de figurar en nuestra conversación el tema del espiritismo, hoy en boga, mi interlocutor me tomó del brazo, y, sacándome de la reunión de amigos en que estábamos, me refirió una anécdota más rara todavía que la transformación de *Lanchitas,* y que acaso la explique. Para dejar consignada tal anécdota, trazo estas líneas, sin meterme a calificarla. Al cabo, si es absurda, vivimos bajo el pleno reinado de lo absurdo.

No recuerdo el día, el mes, ni el año del suceso, ni si mi interlocutor los señaló; sólo entiendo que se refería a la época de 1820 a 30; y en lo que no me cabe duda es en que se trataba del principio de una

JOSÉ MARÍA ROA BÁRCENA

Lanchitas

The title given to the present story isn't the diminutive of *lanchas* (boats), as the reader may have imagined at first glance, but—no matter how you may resist believing it at first—the diminutive of the surname Lanzas, which was borne in Mexico City at the beginning of this century by a priest very well known in almost every circle of our society. We don't know whether he was called by that derivative form merely as a sign of affection and intimacy, or whether it was also partially because he was such a short man; but whether both reasons were operating jointly, or one or the other of them in isolation, it's all but certain that they were overshadowed by the childlike simplicity of the man, to whom, on account of his character, people generally applied the commonplace saying, "he hasn't lost the Grace of his baptism." And because, through some defect in the makeup of his tongue, in certain situations he gave *t* and *c* the sound of *ch*, his friends and acquaintances came to call him Lanchitas; he knew this and bore it patiently; before long, those who might have wished to designate him by his real name ran the risk of wasting time and saliva . . .

Not many months ago, I requested information about him from a scholarly, serious person who had been on fairly intimate terms with him; and since the subject of spiritualism, popular today, had just figured in our conversation, my interlocutor took me by the arm and, leading me out of the gathering of friends that we were in, he related to me an anecdote even odder than the transformation into Lanchitas, and which perhaps explains it. It's in order to set down this anecdote that I write these lines, without trying to give my opinion of it. After all, if it's absurd, we're living in the full reign of the absurd.

I don't recall the day, month, or year when it happened, or whether my interlocutor gave them; I only know he was referring to the era from 1820 to 1830; but what I have no doubt about is that it took place at the

noche obscura, fría y lluviosa, como suelen ser las de invierno. El Padre Lanzas tenía ajustada una partida de malilla o tresillo con algunos amigos suyos por el rumbo de Santa Catalina Mártir; y terminando sus quehaceres del día, iba del centro de la ciudad a reunírseles esa noche, cuando, a corta distancia de la casa en que tenía lugar la modesta tertulia, alcanzóle una mujer del pueblo, ya entrada en años y miserablemente vestida, quien, besándole la mano, le dijo:

—¡Padrecito! ¡Una confesión! Por amor de Dios véngase conmigo Su Merced, pues el caso no admite espera.

Trató de informarse el Padre de si se había o no acudido previamente a la parroquia respectiva en solicitud de los auxilios espirituales que se le pedían; pero la mujer, con frase breve y enérgica, le contestó que el interesado pretendía que él precisamente le confesara, y que si se malograba el momento, pesaría sobre la conciencia del sacerdote; a lo cual éste no dio más respuesta que echar a andar detrás de la vieja.

Recorrieron en toda su longitud una calle de Poniente a Oriente mal alumbrada y fangosa, yendo a salir cerca del Apartado, y de allí tomaron hacia el Norte, hasta torcer a mano derecha y detenerse en una miserable accesoria del Callejón del Padre Lecuona. La puerta del cuartucho estaba nada más entornada, y empujándola simplemente la mujer, penetró en la habitación llevando al Padre Lanzas de una de las extremidades del manteo. En el rincón más amplio y sobre una estera sucia y medio desbaratada, estaba el paciente cubierto con una frazada; a corta distancia, una vela de sebo, puesta sobre un jarro boca abajo en el suelo, daba su escasa luz a toda la pieza, enteramente desamueblada y con las paredes llenas de telarañas. Por terrible que sea el cuadro más acabado de la indigencia, no daría idea del desmantelamiento, desaseo y lobreguez de tal habitación en que la voz humana parecía apagarse antes de sonar, y cuyo piso de tierra exhalaba el hedor especial de los sitios que carecen de la menor ventilación.

Cuando el Padre, tomando la vela, se acercó al paciente y levantó con suavidad la frazada que le ocultaba por completo, descubrió una cabeza huesosa y enjuta, amarrada con un pañuelo amarillento y a trechos roto. Los ojos del hombre estaban cerrados y notablemente hundidos, y la piel de su rostro y de sus manos cruzadas sobre el pecho, aparentaba la sequedad y rigidez de las momias.

outset of a dark, cold, rainy night like those customary in wintertime. Father Lanzas had arranged a game of ombre with some friends of his in the neighborhood of Saint Catherine the Martyr; and, concluding his tasks of the day, he was heading from the center of town to join them that night when, not far from the house where the modest gathering was being held, he was overtaken by a woman of the populace, already elderly and wretchedly dressed, who kissed his hand and said:

"Father dear! A confession! For the love of God, come with me, your worship, because the situation admits of no delay."

The priest tried to find out whether anyone had or had not applied to the appropriate parish church in quest of the spiritual aid he was being asked for; but the woman, in a brief, energetic sentence, replied that the man concerned insisted that he alone hear his confession, and that if the moment were lost, it would weigh upon the priest's conscience; to which he gave no other answer than to start walking behind the woman.

They walked the full length of a west-to-east street that was badly lit and muddy, emerging near the Apartado,[1] and from there they headed north until they made a right turn and came to a halt at a wretched outbuilding on the alley called the Callejón del Padre Lecuona. The door to the hovel was slightly ajar, and with a mere push the woman entered the dwelling, leading Father Lanzas by one of the corners of his mantle. In the most spacious corner, on a dirty, half-ruined mat, lay the patient, covered with a blanket; a short distance away, a tallow candle, placed on an upside-down pitcher on the floor, lent its dim light to the entire room, which was totally devoid of furniture, its walls full of cobwebs. No matter how terrible the most lifelike painting of poverty may be, it wouldn't give any idea of the emptiness, filthiness, and gloominess of that dwelling, where the human voice seemed to die away before it could resound and the earthen floor emitted the particular stench of places that lack the least ventilation.

When the priest, picking up the candle, approached the patient and gently raised the blanket that completely hid him, he discovered a bony, emaciated head bound with a yellowish handkerchief that was torn in places. The man's eyes were closed and noticeably sunken, and the skin of his face and of his hands, crossed over his chest, resembled the dryness and rigidity of mummies.

---

1. I take this to be the Casa de los Marqueses de Apartado, a bit north of the Palacio Nacional, but it may refer to a dependency of the mint where gold and silver were assayed or refined.

—¡Pero este hombre está muerto! —exclamó el Padre Lanzas dirigiéndose a la vieja.

—Se va a confesar, Padrecito, —respondió la mujer, quitándole la vela, que fue a poner en el rincón más distante de la pieza, quedando casi a oscuras el resto de ella; y al mismo tiempo el hombre, como si quisiera demostrar la verdad de las palabras de la mujer, se incorporó en su petate, y comenzó a recitar en voz cavernosa, pero suficientemente inteligible el *Confiteor Deo*.

Tengo que abrir aquí un paréntesis a mi narración, pues el digno sacerdote jamás a alma nacida refirió la extraña y probablemente horrible confesión que aquella noche le hicieron. De algunas alusiones y medias palabras suyas se infiere que al comenzar su relato el penitente, se refería a fechas tan remotas, que el Padre, creyéndole difuso o divagando, y comprendiendo que no había tiempo que perder, le excitó a concretarse a lo que importaba; que a poco entendió que aquél se daba por muerto de muchos años atrás, en circunstancias violentas que no le habían permitido descargar su conciencia como había acostumbrado pedirlo diariamente a Dios, aun en el olvido casi total de sus deberes y en el seno de los vicios, y quizá hasta del crimen; y que por permisión divina lo hacía en aquel momento, viniendo de la eternidad para volver a ella inmediatamente. Acostumbrado Lanzas en el largo ejercicio de su ministerio, a los delirios y extravagancias de los febricitantes y de los locos, no hizo mayor aprecio de tales declaraciones, juzgándolas efecto del extravío anormal e inveterado de la razón del enfermo; contentándose con exhortarle al arrepentimiento y explicarle lo grave del trance a que estaba orillado, y con absolverle bajo las condiciones necesarias, supuesta la perturbación mental de que le consideraba dominado. Al pronunciar las últimas palabras del rezo, notó que el hombre había vuelto a acostarse; que la vieja no estaba ya en el cuarto, y que la vela, a punto de consumirse por completo, despedía sus últimas luces. Llegando él a la puerta, que permanecía entornada, quedó la pieza en profunda oscuridad; y, aunque al salir atrajo con suavidad la hoja entreabierta, cerróse ésta de firme, como si de adentro la hubieran empujado. El Padre, que contaba con hallar a la mujer afuera, y con recomendarle el cuidado del moribundo y que volviera a llamarle a él mismo, aun a deshora, si advertía que recobraba aquél la razón, desconcertóse al no verla; esperóla en vano durante algunos minutos; quiso volver a entrar en la accesoria, sin conseguirlo, por haber quedado cerrada, como de firme, la puerta; y apretando en la calle la oscuridad y la lluvia, decidióse al fin a alejarse, proponiéndose efectuar al día siguiente muy temprano nueva visita.

"But this man is dead!" Father Lanzas exclaimed, addressing the old woman.

"He's going to confess, Father dear," replied the woman, taking the candle from him and placing it in the remotest corner of the room, the rest of which was left almost in darkness; and at the same time the man, as if wishing to prove the woman's words were true, sat up on his mat and began to recite in a cavernous, but sufficiently intelligible voice the *Confiteor Deo*—"I confess to God."

Here I must leave a gap in my narrative, because the worthy priest never related to a living soul the strange and probably horrible confession made to him that night. From some allusions and hints of his it may be inferred that when the penitent began his relation he alluded to such long-ago dates that the priest, thinking that his mind was confused or rambling, and realizing that there was no time to waste, urged him to confine himself to the essentials; but soon he understood that the man was claiming to have died many years earlier in violent circumstances that hadn't allowed him to unburden his conscience in the way he had been accustomed to request of God daily even when he was nearly completely forgetting his duties and was immersed in vice and perhaps even crime; by divine permission he was doing so at that moment, coming back from eternity, only to return there at once. Lanzas, accustomed in the long exercise of his ministry to the delirious ravings of fever-ridden and insane people, took no special notice of such declarations, deeming them a result of the abnormal and inveterate straying of the sick man's reason; he was satisfied with urging him to repent, explaining the seriousness of the critical moment he was on the verge of, and absolving him on the necessary conditions, taking for granted the disturbance of mind which he thought he labored under. Upon pronouncing the final words of the prayer, he noticed that the man had lain down again, that the old woman was no longer in the room, and that the candle, about to melt away completely, was shedding its last light. Going to the door, which remained ajar, he left the room in deep darkness; and, even though, on leaving, he pulled the slightly open door gently behind him, it slammed tightly shut as if pushed from inside. The priest, who expected to find the woman outside and to urge her to care for the dying man, telling her to call him again, even at an inopportune hour, if she noticed the man was regaining his right mind, was confused not to see her; he awaited her in vain for a few minutes; he tried to go back into the shed but was unable to because the door was shut tight; and, the darkness and rain closing in on him in the street, he finally decided to go away, resolving to pay a new visit very early on the following day.

Sus compañeros de malilla o tresillo le recibieron amistosa y cordialmente, aunque no sin reprocharle su tardanza. La hora de la cita había en efecto pasado ya con mucho, y Lanzas, sabiéndolo o sospechándolo, había venido aprisa y estaba sudando. Echó mano al bolsillo en busca del pañuelo para limpiarse la frente, y no lo halló. No se trataba de un pañuelo cualquiera, sino de la obra acabadísima de alguna de sus hijas espirituales más consideradas de él, finísima batista con las iniciales del Padre, primorosamente labradas en blanco entre laureles y trinitarias de gusto más o menos monjil. Prevalido de su confianza en la casa, llamó al criado, le dio las señas de la accesoria en que seguramente había dejado el pañuelo, y le despachó en su busca, satisfecho de que se le presentara así ocasión de tener nuevas noticias del enfermo, y de aplacar la inquietud en que él mismo había quedado a su respecto. Y con la fruición que produce en una noche fría y lluviosa llegar de la calle a una pieza abrigada y bien alumbrada, y hallarse en amistosa compañía cerca de una mesa espaciosa, a punto de comenzar el juego que por espacio de más de veinte años nos ha entretenido una o dos horas cada noche, repantigóse nuestro Lanzas en uno de esos sillones de vaqueta que se hallan frecuentemente en las celdas de los monjes y que yo prefiero al más pulido asiento de brocatel o terciopelo; y encendiendo un buen cigarro habano, y arrojando bocanadas de humo aromático al colocar sus cartas en la mano izquierda en forma de abanico, y como si no hiciera más que continuar en voz alta el hilo de sus reflexiones relativas al penitente a quien acababa de oír, dijo a sus compañeros de tresillo:

—¿Han leído ustedes la comedia de don Pedro Calderón de la Barca, intitulada *La devoción de la cruz*?

Alguno de los comensales la conocía, y recordó al vuelo las principales peripecias del galán noble y valiente, al par que corrompido, especie de Tenorio de su época, que, muerto a hierro, obtiene por efecto de su constante devoción a la sagrada insignia del cristiano, el raro privilegio de confesarse momentos u horas después de haber cesado de vivir. Recordado lo cual, Lanzas prosiguió diciendo en tono grave y festivo:

—No se puede negar que el pensamiento del drama de Calderón es altamente religioso, no obstante que algunas de sus escenas causarían positivo escándalo hasta en los tristes días que alcanzamos. Mas, para que se vea que las obras de imaginación suelen causar daño

His card-playing companions welcomed him in a friendly, cordial manner, though not without reproaching him for being late. In fact the hour for their meeting had long passed, and Lanzas, either knowing or suspecting this, had come hurriedly and was now sweating. He put his hand in his pocket to get his handkerchief to wipe his forehead, but he didn't find it. The handkerchief in question was no ordinary one, but the very accomplished workmanship of one of those daughters in religion he most esteemed, a very fine cambric with the Father's initials magnificently worked in white stitchery amid laurels and wild pansies in a more or less nunlike taste. Taking advantage of his intimacy with the household, he called the manservant, described the shed in which he had surely left the handkerchief, and sent him off to fetch it, pleased to have thus found an opportunity to receive further news of the sick man and relieve the nervousness in which he had remained on his account. And with the pleasure engendered on a cold, rainy night of coming out of the street into a sheltered, well-lit room, and of finding yourself in friendly company around a spacious table, about to begin the game which for over twenty years has entertained you for one or two hours every night, our Lanzas sprawled out on one of those cowhide armchairs frequently found in monks' cells, which I prefer to the most elegant brocatel or velvet chair; and lighting up a good Havana cigar, and emitting puffs of fragrant smoke as he fanned out his cards in his left hand, and as if he were merely continuing out loud the thread of his reflections concerning the penitent whose confession he had just heard, he said to his fellow card-players:

"Have you read the play by Pedro Calderón de la Barca called *Devotion to the Cross?*"[2]

One of his tablemates knew it and quickly recalled the principal adventures of the noble and brave, but also corrupt hero, a sort of Don Juan of his day, who, having died by the sword, obtains as a reward for his unflagging devotion to the holy emblem of Christians the unusual privilege of making confession minutes or hours after he has ceased to live. When this had been narrated, Lanzas continued, saying in a serious, solemn tone:

"It can't be denied that the thought expressed in Calderón's drama is profoundly religious, even though some of its scenes would create an absolute scandal even in these sad days we've come to. But to show you that works of imagination generally produce real damage even with the

---

2. One of the major verse plays (1633) by the matchless Spanish playwright (1600–1681).

efectivo aun con lo poco de bueno que contengan, les diré que acabo de confesar a un infeliz, que no pasó de artesano en sus buenos tiempos; que apenas sabía leer, y que indudablemente, había leído o visto *La devoción de la cruz*, puesto que en las divagaciones de su razón, creía reproducido en sí mismo el milagro del drama . . .

—¿Cómo? ¿Cómo? —exclamaron los comensales de Lanzas, mostrando repentino interés.

—Como ustedes lo oyen, amigos míos. Uno de los mayores obstáculos con que en los tiempos de ilustración que corren, se tropieza en el confesionario, es el deplorable efecto de las lecturas, aun de aquéllas que a primera vista no es posible calificar de nocivas. No pocas veces me he encontrado, bajo le piel de beatas compungidas y feas, con animosas Casandras y tiernas y remilgadas Atalas; algunos *Delincuentes honrados*, a la manera del de Jovellanos, han recibido de mi mano la absolución; y en el carácter de muchos hombres sesudos, he advertido fuertes conatos de imitación de las fechorías del *Periquillo* de Lizardi. Pero ninguno tan preocupado ni porfiado como mi último penitente; loco, loco de remate. ¡Lástima de alma que a vuelta de un verdadero arrepentimiento, se está en sus trece de que hace quién sabe cuántos años dejó el mundo, y que por altos juicios de Dios . . . ! ¡Vamos! ¡Lo del protagonista del drama consabido! Juego . . .

En estos momentos se presentó el criado de la casa diciendo al Padre que en vano había llamado durante media hora en la puerta de la accesoria; habiéndose acercado al fin el sereno a avisarle caritativamente que la tal pieza y las contiguas llevaban mucho tiempo de estar vacías, lo cual le constaba perfectamente por razón de su oficio y de vivir en la misma calle.

Con extrañeza oyó esto el Padre; y los comensales que, según he dicho, habían ya tomado interés en su aventura, dirigiéronle nuevas preguntas, mirándose unos a otros. Daba la casualidad de hallarse entre ellos nada menos que el dueño de las accesorias, quien declaró que, efectivamente, así éstas como la casa toda a que pertenecían llevaban cuatro años de vacías y cerradas a consecuencia de estar pendiente en los tribunales un pleito en que se le disputaba la propiedad de la finca, y no haber querido él, entretanto, hacer las reparaciones indispensables para arrendarla. Indudablemente Lanzas se había

little bit of good they may contain; I'll tell you that I have just con-
fessed an unhappy man who never rose higher than an artisan in his
best days, who barely knew how to read, but who doubtless had read
or seen *Devotion to the Cross*, since in the wanderings of his mind he
thought that the miracle in the drama had also befallen him . . ."

"What? What?" Lanzas' tablemates exclaimed, showing a sudden
interest.

"As you will hear, my friends. One of the greatest obstacles we run
up against in the confessional in these enlightened times we live in is
the deplorable effect of reading books, even those which at first
glance can't be classified as harmful. Not infrequently I have encountered in the guise of remorseful, ugly, and pious women spirited
Cassandras and tender, prudish Atalas;[3] a few "honest criminals," like
the one in Jovellanos's play,[4] have received absolution from my hand;
and in the character of many sensible men I have noticed serious attempts to emulate the misdeeds of Lizardi's *Periquillo*.[5] But none of
them was as obsessed or stubborn as my latest penitent; mad, raving
mad! It's a pity that a soul who has just expressed true repentance
should persist in believing that he left the world who knows how many
years ago, and that through a high decision of God . . . ! You see! The
same story as the hero of the aforementioned drama! Back to our
game . . ."

At that moment the servant of the household reappeared and told
the priest that he had knocked at the shed door in vain for half an
hour; finally the night watchman came up and kindly informed him
that that hut and those adjoining it had long stood empty; he was perfectly sure of this because of his profession and because he lived on
the same street.

The priest was puzzled on hearing this; and the others at the table,
who, as I've said, had already taken interest in his adventure, asked him
further questions while looking at one another. As chance would have
it, among those present was none other than the owner of those outbuildings, who declared that, in truth, both they and the whole house
they belonged to had been vacant and locked up for four years because
a law suit as to who really owned the property was still being protracted
in the courts, and in the meanwhile he hadn't wanted to make the re-
pairs necessary for renting it out. Undoubtedly, Lanzas had made a

---

3. The heroine of the 1801 story "Atala" by François-René de Chateau-
briand (1768–1848); a conflict between love and religion leads to her suicide.
4. *El delincuente honrado* (1774), by the Spaniard Gaspar Melchor de Jovellanos
(1744–1811). 5. See Introduction.

equivocado respecto de la localidad por él visitada, y cuyas señas, sin embargo, correspondían con toda exactitud a la finca cerrada a pleito; a menos que, a excusas del propietario se hubiera cometido el abuso de abrir y ocupar la accesoria, defraudándole su renta. Interesados igualmente, aunque por motivos diversos, el dueño de la casa y el Padre en salir de dudas, convinieron esa noche en reunirse al otro día temprano, para ir juntos a reconocer la accesoria.

Aún no eran las ocho de la mañana siguiente, cuando llegaron a su puerta, no sólo bien cerrada, sino mostrando entre las hojas y el marco, y en el ojo de la llave, telarañas y polvo que daban la seguridad material de no habe sido abierta en algunos años. El propietario llamó sobre esto la atención del Padre, quien retrocedió hasta el principio del callejón, volviendo a recorrer cuidadosamente, y guiándose por sus recuerdos de la noche anterior, la distancia que mediaba desde la esquina hasta el cuartucho, a cuya puerta se detuvo nuevamente, asegurando con toda formalidad ser la misma por donde había entrado a confesar el enfermo, a menos que, como éste, no hubiera perdido el juicio. A creerlo así se iba inclinando el propietario, al ver la inquietud y hasta la angustia con que Lanzas examinaba la puerta y la calle ratificándose en sus afirmaciones y suplicándole hiciese abrir la accesoria a fin de registrarla por dentro.

Llevaron allí un manojo de llaves viejas, tomadas de orín, y probando algunas, después de haber sido necesario desembarazar de tierra y telarañas, por medio de clavo y estaca, el agujero de la cerradura, se abrió al fin la puerta, saliendo por ella el aire malsano y apestoso a humedad que Lanzas había aspirado allí la noche anterior. Penetraron en el cuarto nuestro clérigo y el dueño de la finca, y a pesar de su oscuridad, pudieron notar desde luego, que estaba enteramente deshabitado y sin mueble ni rastro alguno de inquilinos. Disponíase el dueño a salir, invitando a Lanzas a seguirle o precederle, cuando éste, renuente a convencerse de que había simplemente soñado lo de la confesión, se dirigió al ángulo del cuarto en que recordaba haber estado el enfermo, y halló en el suelo y cerca del rincón su pañuelo, que la escasísima luz de la pieza no le había dejado ver antes. Recogiólo con profunda ansiedad, y corrió hacia la puerta para examinarlo a toda la claridad del día. Era el suyo, y las marcas bordadas no le dejaban duda alguna. Inundados en el sudor su semblante y sus manos, clavó en el propietario de la finca los ojos, que el terror parecía hacer salir de sus órbitas, se guardó el pañuelo en el bolsillo, descubrióse la cabeza, y salió a la calle con el sombrero en la mano, delante del propietario, quien, después de haber cerrado la

mistake as to the location he visited, although his description corresponded perfectly to the shut-up property under dispute; unless, without informing the owner, someone had committed the offense of opening and occupying the shed, cheating him of his rent. Since both the owner of the house and the priest were concerned, though for different reasons, with dispelling all doubts, they agreed that night to meet early the next day to go and observe the shed together.

It was not yet eight the following morning when they arrived at its door; not only was this solidly locked, but in addition there were cobwebs and dust between the door and the jamb, and in the keyhole, giving physical evidence that the door hadn't been opened for several years. The owner called this to the attention of the priest, who retreated to the end of the alley and once more, carefully and guiding himself by his recollections of the preceding night, traversed the distance between the street corner and the hovel, at the door to which he halted again, making sure as reliably as possible that it was the same door through which he had gone in to confess the sick man—unless, like that man, he had lost his senses. The property owner became inclined to believe that was the case, on seeing the nervousness and even anguish with which Lanzas was examining the door and the street, justifying his claims and begging to have the shed opened so he could inspect the inside.

A bunch of rusty old keys was brought, and when they tried some of them, after the necessary task of clearing away the dirt and cobwebs from the keyhole with a nail and a stick, the door finally opened and there emerged through it the unhealthy air, reeking of damp, that Lanzas had breathed there on the preceding night. Our priest and the property owner went in and, despite the darkness, they were able to observe at once that the place was completely uninhabited, without furniture or any trace of tenants. The owner was getting ready to leave, inviting Lanzas to follow him or precede him, when the priest, reluctant to be convinced he had merely dreamed the incident of the confession, headed for the corner of the room in which he remembered the sick man had been lying, and found on the floor near the corner his handkerchief, which the very sparse light in the room hadn't let him see previously. He picked it up with great anxiety and ran over to the door to examine it in broad daylight. It was his; the embroidered marking left him in no doubt about it. His face and hands soaked in sweat, he glued his eyes, which his terror seemed to be pushing out of their sockets, on the property owner, put the handkerchief in his pocket, uncovered his head, and emerged onto the street hat in hand, in front of the owner, who, after locking the door and

puerta y entregado a su dependiente el manojo de llaves, echó a andar al lado del Padre, preguntándole con cierta impaciencia:

—Pero ¿y cómo se explica usted lo acaecido?

Lanzas le vio con señales de extrañeza, como si no hubiera comprendido la pregunta; y siguió caminando con la cabeza descubierta a sombra y sol, y no se la volvió a cubrir desde aquel punto. Cuando alguien le interrogaba sobre semejante rareza, contestaba con risa como de idiota, y llevándose la diestra al bolsillo, para cerciorarse de que tenía consigo el pañuelo. Con infatigable constancia siguió desempeñando las tareas más modestas del ministerio sacerdotal, dando señalada preferencia a las que más en contacto le ponían con los pobres y los niños, a quienes mucho se asemejaba en sus conversaciones y en sus gustos. ¿Tenía, acaso, presente el pasaje de la Sagrada Escritura relativo a los párvulos? Jamás se le vio volver a dar el menor indicio de enojo o de impaciencia; y si en las calles era casual o intencionalmente atropellado o vejado, continuaba su camino con la vista en el suelo y moviendo sus labios como si orara. Así le suelo contemplar todavía en el silencio de mi alcoba, entre las nubes de humo de mi cigarro; y me pregunto, si a los ojos de Dios no era *Lanchitas* más sabio que Lanzas, y si los que nos reímos con la narración de sus excentricidades y simplezas, no estamos, en realidad, más trascordados que el pobre clérigo.

Diré, por vía de apéndice, que poco después de su muerte al reconstruir algunas de las casas del callejón del Padre Lecuona, extrajeron del muro más grueso de una pieza, que ignoro si sería la consabida accesoria, el esqueleto de un hombre que parecía haber sido emparedado mucho tiempo antes, y a cuyo esqueleto se dio sepultura con las debidas formalidades.

handing his assistant the bunch of keys, began walking alongside the priest, asking him with some impatience:

"But, how do you explain what happened?"

Lanzas looked at him with signs of surprise, as if he hadn't understood the question; and he kept walking with his head exposed to sunshine and shade; from then on, he never put his hat back on. Whenever someone questioned him about an oddity like that, he'd reply with laughter like an idiot's, putting his right hand in his pocket, to make sure he had his handkerchief with him. With tireless constancy he continued to perform the most modest tasks of his sacerdotal ministry, giving marked priority to those which brought him into closer contact with the poor and with children, whom he greatly resembled in his conversation and his tastes. Did he perhaps have in mind the passage of Holy Scripture concerning the "little children"? He was never again seen displaying the least sign of anger or impatience; and if in the street he was accidentally or intentionally jostled or pestered, he'd continue on his way with his eyes on the ground, moving his lips as if in prayer. That's how I'm still accustomed to contemplate him in the silence of my room, amid the clouds of smoke from my cigar; and I ask myself whether in the eyes of God Lanchitas wasn't wiser than Lanzas, and whether we who laugh at the relation of his eccentricities and simple ways aren't really more astray in our minds than the poor priest.

By way of an appendix, I'll say that, shortly after his death, when some of the houses on the Callejón del Padre Lecuona were being rebuilt, workmen extracted from the thickest wall of one structure (I don't know whether it was the above-mentioned shed) the skeleton of a man who seemed to have been immured a long time before; the skeleton was buried with all due formalities.

VICENTE RIVA PALACIO

Las mulas de Su Excelencia

En la gran extensión de Nueva España puede asegurarse que no existía una pareja de mulas como las que tiraban de la carroza de Su Excelencia el señor Virrey, y eso que tan dados eran en aquellos tiempos los conquistadores de México a la cría de las mulas, y tan afectos a usarlas como cabalgadura, que los Reyes de España, temiendo que afición tal fuese causa del abandono de la cría de caballos y del ejercicio militar, mandaron que se obligase a los principales vecinos a tener caballos propios y disponibles para el combate. Pero las mulas del Virrey eran la envidia de todos los ricos y la desesperación de los ganaderos de la capital de la colonia.

Altas, con el pecho tan ancho como el del potro más poderoso; los cuatro remos finos y nerviosos como los de un reno; la cabeza descarnada, y las movibles orejas y los negros ojos como los de un venado. El color tiraba a castaño, aunque con algunos reflejos dorados y trotaban con tanta ligereza que apenas podría seguirlas un caballo al galope.

Además de eso, de tanta nobleza y tan bien arrendadas que, al decir del cochero de Su Excelencia, manejarse podrían, si no con dos hebras de las que forman las arañas, cuando menos con dos ligeros cordones de seda.

El Virrey se levantaba todos los días con la aurora; le esperaba el coche al pie de la escalera de palacio; él bajaba pausadamente; contemplaba con orgullo su incomparable pareja; entraba en el carruaje; se santiguaba devotamente, y las mulas salían haciendo brotar chispas de las pocas piedras que se encontraban en el camino.

Después de un largo paseo por los alrededores de la ciudad, llegaba el Virrey, poco antes de las ocho de la mañana, a detenerse ante la catedral, que en aquel tiempo, y con gran actividad, se estaba construyendo.

Iba aquella obra muy adelantada, y trabajaban allí multitud de cuadrillas que, generalmente, se dividían por nacionalidades, y eran unas de españoles, otras de indios, otras de mestizos y otras de negros,

VICENTE RIVA PALACIO

His Excellency's Mules

In the whole great extent of New Spain it can be assured there didn't exist a pair of mules like those that drew the coach of His Excellency the Viceroy, even though in those days the conquerors of Mexico were so addicted to breeding mules and so fond of using them as pack animals that the kings of Spain, fearing that such a fondness would cause the abandonment of horse breeding and military practice, decreed that the principal inhabitants be obliged to keep horses of their own and make them available for warfare. But the Viceroy's mules were the envy of every rich man and the despair of the stockbreeders of the colony's capital.

Tall, with breasts as broad as that of the most powerful equine colt; their four legs as slender and sinewy as a reindeer's; their heads lean, and their flexible ears and dark eyes like a deer's. Their color tended toward chestnut, but with some golden reflections, and they trotted so swiftly that a galloping horse could hardly follow them.

In addition, they were so noble and so obedient to the reins that, to hear His Excellency's coachman tell it, they could be controlled, if not with two threads such as spiders produce, at least with two light silken cords.

The Viceroy arose with the dawn every day; his coach awaited him at the foot of the palace stairs; he'd descend them calmly; he'd gaze with pride at his incomparable team; he'd get into the coach; he'd cross himself devoutly, and the mules would set out, striking sparks from the few stones encountered on their path.

After a long ride through the outskirts of the city, the Viceroy would come to a halt, a little before eight A.M., in front of the cathedral, which was being built with great activity at that time.

That work was very far advanced, and a multitude of labor gangs were working there, generally separated by nationalities, some made up of Spaniards, others of Indians, others of mestizos, and others of

29

con el objeto de evitar choques, muy comunes, por desgracia, entre operarios de distinta raza.

✢

Había entre aquellas cuadrillas dos que se distinguían por la prontitud y esmero con que cada una de ellas desempeñaba los trabajos más delicados que se le encomendaban, y era lo curioso que una de ellas estaba compuesta de españoles y la otra de indios.

Era capataz de la española un robusto asturiano, como de cuarenta años, llamado Pedro Noriega. El hombre de más mal carácter, pero de más buen corazón que podía encontrarse en aquella época entre todos los colonos.

Luis de Rivera gobernaba como capataz la cuadrilla de los indios, porque más aspecto tenía de indio que de español, aunque era mestizo del primer cruzamiento, y hablaba con gran facilidad la lengua de los castellanos y el idioma nahuatl o mexicano.

No gozaba tampoco Luis de Rivera de un carácter angelical; era levantisco y pendenciero, y más de una vez había dado ya qué hacer a los alguaciles.

Por una desgracia, las dos cuadrillas tuvieron que trabajar muy cerca la una de la otra, y cuando Pedro Noriega se enfadaba con los suyos, que era muchas veces al día, les gritaba con voz de trueno:

—¡Qué españoles tan brutos! ¡Parecen indios!

Pero no bien había terminado aquella frase, cuando viniendo o no al caso, Rivera les gritaba a los suyos:

—¡Qué indios tan animales! ¡Parecen españoles!

Como era natural, esto tenía que dar fatales resultados. Los directores de la obra no cuidaron de separar aquellas cuadrillas, y como los insultos menudeaban, una tarde Noriega y Rivera llegaron, no a las manos, sino a las armas, porque cada uno de ellos venía preparado ya para un lance, y tocóle la peor parte al mestizo, que allí quedó muerto de una puñalada.

Convirtióse aquello en un tumulto, y necesario fue para calmarle que ocurriera gente de justicia y viniera tropa de Palacio.

Separóse a los combatientes: levantóse el cadáver de Luis de Rivera, y atado codo con codo salió de allí el asturiano, en medio de los alguaciles, para la cárcel de la ciudad.

✢

Como el Virrey estaba muy indignado; los señores de la Audiencia ardían en deseos de hacer un ejemplar castigo, al mismo tiempo que complacer al Virrey, y como existía un Real cédula disponiendo que

Africans, in order to avoid clashes, which unfortunately were very common between workmen of differing races.

❖

Among those gangs were two that stood out on account of the quickness and care with which each of them performed the most delicate tasks entrusted to them; and the odd thing was that one of them was made up of Spaniards and the other of Indians.

The foreman of the Spanish gang was a sturdy Asturian of about forty named Pedro Noriega: the man of the worst temper, but of the best heart, that could be found among all the colonists at that time.

Luis de Rivera managed the Indian gang as foreman, because he looked more like an Indian than like a Spaniard, even though he was a first-generation mestizo, and he spoke with great ease both the language of the Castilians and the Nahuatl or Mexican tongue.

Luis de Rivera didn't possess an angelic character, either; he was turbulent and quarrelsome, and more than once he had already given the constables trouble.

Unfortunately the two gangs had to work very close to each other, and whenever Pedro Noriega got angry with his men, which was many times a day, he'd yell in thunderous tones:

"What stupid Spaniards! You're like Indians!"

But he had scarcely completed that utterance before Rivera, relevantly or not, would be shouting to his own men:

"What dumb Indians! You're like Spaniards!"

As was only natural, this was bound to end up disastrously. The directors of the construction took no care to separate those gangs, and as the insults increased, one afternoon Noriega and Rivera resorted, not to fists, but to weapons, since each of them was already prepared for an encounter, and the mestizo got the worst of it, being stabbed and left dead on the spot.

That incident degenerated into a mêlée, and to calm it down it was necessary for the police to arrive and for Palace troops to come.

The combatants were separated; Luis de Rivera's corpse was borne away, and the Asturian left the place with his arms tied at the elbows, amid the constables, heading for the town jail.

❖

Since the Viceroy was very indignant and the gentlemen of the high court ardently desired to hand down an exemplary penalty, and please the Viceroy at the same time; and since there existed a royal docu-

los delitos de españoles contra hijos del país fueran castigados con mayor severidad, antes de quince días el proceso estaba terminado y Noriega sentenciado a la horca.

Inútiles fueron todos los esfuerzos de los vecinos para alcanzar el indulto: ni los halagos de la Virreina, ni los memoriales de las damas, ni el influjo del señor Arzobispo, nada; el Virrey firme y resuelto, a todo se negaba, dando por razón la necesidad de hacer un singularísimo y notable ejemplar.

La familia de Noriega, que se reducía a la mujer y a una guapa chica de diez y ocho años, desoladas iban todo el día, como se dice vulgarmente, de Herodes a Pilatos, y pasaban largas horas al pie de la escalera de palacio, procurando siempre ablandar con su llanto el endurecido corazón de S. E.

Muchas veces esperaban al pie del coche en que el Virrey iba a montar, y contaban sus cuitas, que la desgracia siempre cuenta, al cochero del Virrey, que era un andaluz joven y soltero.

Como era natural, tanto enternecían a aquel buen andaluz las lágrimas de la madre como los negros ojos de la hija. Pero él no se atrevía a hablar al Virrey, comprendiendo que lo que tantos personajes no habían alcanzado, él no debía siquiera intentarlo.

Y, sin embargo, todavía la víspera del día fijado para la ejecución decía a las mujeres entre convencido y pesaroso:

—¡Todavía puede hacer Dios un milagro! ¡Todavía puede hacer Dios un milagro!

Y las pobres mujeres veían un rayo de esperanza; porque en los grandes infortunios, los que no creen en los milagros sueñan siempre con lo inesperado.

Llegó por fin la mañana terrible de la ejecución, y cubierto de escapularios el pecho, con los ojos vendados, apoyándose en el brazo de los sacerdotes, que a voz en cuello lo exhortaban en aquel trance fatal, causando pavor hasta a los mismos espectadores, salió Noriega de la cárcel, seguido de una inmensa muchedumbre que caminaba lenta y silenciosamente, mientras que el pregonero gritaba en cada esquina:

"Esta es la justicia que se manda hacer con este hombre, por homicidio cometido en la persona de Luis Rivera.

"Que sea ahorcado.

"Quien tal hace, que tal pague".

✳

El Virrey aquella mañana montó en su carroza preocupado y sin detenerse, como de costumbre, a examinar su pareja de mulas; quizá

ment stipulating that crimes committed by Spaniards against native Mexicans should be punished with greater severity, in less than two weeks the trial was over and Noriega was sentenced to be hanged.

Every effort of the inhabitants to obtain a pardon was in vain: neither the Vicereine's cajolery, nor the noble ladies' petitions, nor the Archbishop's influence, nothing worked; firm and resolute, the Viceroy refused them all, stating as his reason the necessity to set an outstanding, notable example.

Noriega's family, which consisted only of his wife and a pretty girl of eighteen, went about desolately all day long, as the common saying goes, "from Herod to Pilate," spending long hours at the foot of the palace stairs, constantly trying to soften His Excellency's hardened heart with their tears.

Many times they waited at the foot of the coach which the Viceroy was going to get into, and recounted their sorrows, which unhappy people always recount, to the Viceroy's coachman, who was a young, unmarried Andalusian.

As was natural, that kindly Andalusian was touched by both the mother's tears and the daughter's dark eyes. But he didn't dare speak to the Viceroy, realizing that what so many notables hadn't accomplished, *he* shouldn't even try to.

Nevertheless, even on the day before the one set for the execution he was saying to the women, partly out of conviction, partly out of regret:

"God can still perform a miracle! God can still perform a miracle!"

And the poor mother saw a ray of hope, because in great misfortunes those who don't believe in miracles always dream of the unexpected.

The terrible morning of the execution finally arrived; and, his chest covered with scapularies, his eyes blindfolded, as he leant on the arms of the priests, who were uttering very loud exhortations on that fateful occasion, instilling even the bystanders with fear, Noriega issued from the jail, followed by an immense multitude who walked slowly and silently, while the crier called at every corner:

"This is the justice ordered to be executed upon this man because of homicide committed on the person of Luis Rivera.

"That he be hanged.

"Whoever kills must die for it."

✢

That morning the Viceroy was preoccupied when he got into his coach and didn't stop as usual to look over his team of mules; perhaps he was

luchaba con la incertidumbre de si aquello era un acto de energía o de crueldad.

El cochero, que sabía ya el camino que tenía que seguir agitó las riendas de las mulas ligeramente, y los animales partieron al trote. Cerca de un cuarto de hora pasó el Virrey inmóvil en el fondo del carruaje y entregado a sus meditaciones; pero repentinamente sintió una violenta sacudida, y la rapidez de la marcha aumentó de una manera notable. Al principio prestó poca atención, pero a cada momento era más rápida la carrera.

Su Excelencia sacó la cabeza por una de las ventanillas, y preguntó al cochero:

—¿Qué pasa?

—Señor, que se han espantado estos animales y no obedecen.

Y el carruaje atravesaba calles y callejuelas y plazas, y doblaba esquinas sin chocar nunca contra los muros, pero como si no llevara rumbo fijo y fuera caminando al azar.

El Virrey era hombre de corazón, y resolvió esperar el resultado de aquello, cuidando no más que de colocarse en uno de los ángulos del carruaje y cerrar los ojos.

Repentinamente detuviéronse las mulas; volvió a sacar el Virrey la cabeza por el ventanillo, y se encontró rodeado de multitud de hombres, mujeres y niños que gritaban alegremente:

—¡Indultado! ¡Indultado!

La carroza del Virrey había llegado a encontrarse con la comitiva que conducía a Noriega al patíbulo; y como era de ley que si el monarca en la metrópoli, o los virreyes en las colonias, encontraban a un hombre que iba a ser ejecutado, esto valía el indulto, Noriega con aquel encuentro feliz quedó indultado por consiguiente.

Volvióse el Virrey a palacio, no sin llevar cierta complacencia porque había salvado la vida de un hombre sin menoscabo de su energía.

Tornaron a llevar a la cárcel al indultado Noriega, y todo el mundo atribuyó aquello a un milagro patente de Nuestra Señora de Guadalupe, de quien era ferviente devota la familia Noriega.

No se sabe si el cochero, aunque aseguraba que sí, creía en lo milagroso del lance. Lo que sí pudo averiguarse fue que tres meses después se casó con la hija de Noriega, y que Su Excelencia le hizo un gran regalo de boda.

La tradición agrega que aquel lance fue el que dio motivo a la real cédula que ordenaba que en día de ejecución de justicia no salieran de palacio los virreyes.

¡Para que se vea de todo lo que son capaces las mulas!

wrestling with his uncertainty as to whether this was an energetic or a cruel act.

The coachman, who already knew what route he was to take, lightly shook the mules' reins, and the animals set out at a trot. For about a quarter of an hour the Viceroy remained motionless at the back of the coach, immersed in his meditations; but suddenly he felt a violent jolt, and the speed of the ride increased noticeably. At first he lent this little attention, but every moment the velocity augmented.

His Excellency thrust his head out of one of the windows and asked the coachman:

"What's going on?"

"Sire, it's because these animals have been frightened, and they aren't obeying."

And the coach was crossing main streets, back streets, and squares, and turning corners without ever hitting the walls of buildings, yet as if following no fixed direction but proceeding at random.

The Viceroy was a brave man, and he resolved to await the results of this, taking no further care than to place himself in one of the corners of the coach and to shut his eyes.

Suddenly the mules halted; the Viceroy once more put his head out of the window, and he found himself surrounded by a crowd of men, women, and children who were shouting gaily:

"He's pardoned! He's pardoned!"

The Viceroy's coach had met up with the procession that was leading Noriega to the gallows; and since the law stated that if the monarch in the mother country, or any viceroy in a colony, encountered a man on his way to execution, it was cause for a pardon, that fortunate encounter had Noriega's pardon as its consequence.

The Viceroy returned to his palace, not without feeling a certain satisfaction because he had saved a man's life without impugning his own energy.

Noriega, pardoned, was brought back to the jail, and everyone attributed this to a clear-cut miracle performed by Our Lady of Guadalupe, to whom the Noriega family were fervently devoted.

It isn't known whether the coachman believed in the miraculous nature of that incident, though he assured everyone he did. What was able to be confirmed is that, three months later, he married Noriega's daughter, and that His Excellency gave him a substantial wedding present.

Tradition adds that this was the incident that motivated the royal decree which ordered viceroys not to leave their palace on execution days.

So you can see all that mules are capable of!

IGNACIO M. ALTAMIRANO

Antonia

"Even as one heat another heat expels,
Or as one nail by strength drives out another,
So the remembrance of my former love
Is by a newer object quite forgotten."

SHAKESPEARE, *The Two Gentlemen of Verona*

I

Decididamente voy a emplear el día escribiendo . . . ¿Y para qué?
Nadie me ha de leer. Mi vecinita . . . Pero mi vecinita no hace más que
dormir todo el día, y cuando suele despertar, tiene siempre los párpados cargados de sueño. Es seguro que al comenzar a recorrer estas
páginas del corazón, abriría su linda boca en un bostezo preliminar del
cabeceo más ignominioso para mí. ¿Quién piensa en la vecina?

No importa, debo escribir, aunque no sea más que para consignar
en este papel los recuerdos que dentro de poco va a cubrir la negra
cortina del idiotismo en el teatro de títeres de mi memoria. ¡Estoy
aterrado! Anoche he soñado una cosa horrible . . . ¡horrible! Mi
memoria, bajo la forma de una matroncita llorosa y agonizante de
fatiga, se me presentó abrazada de la última joven bacante, a cuyo lado
pasé horas deliciosas en México.

Todavía se hallaba ésta acicalada como en aquella famosa cena.
Crujía su hermoso vestido de seda azul de larga cola, al recorrer ella
mi cuarto solitario. Sentía quemar mis ojos con la mirada de aquellos
ojos azules y cargados de un fluido embriagador. Aún escuché una voz
suave, pero cuyo acento extranjero conocía . . . que murmuró en mi
oído: ¡Despierta!

Y entonces mi memoria, inclinándose sobre el cuello blanco de la
bacante, como una ebria, me decía . . .

36

IGNACIO M. ALTAMIRANO

Antonia

Even as one heat another heat expels,
Or as one nail by strength drives out another,
So the remembrance of my former love
Is by a newer object quite forgotten.

SHAKESPEARE, The Two Gentlemen of Verona [II, iv]

I

Definitely, I'll use this day for writing . . . And why? No one is going to read what I write. My little neighbor girl . . . But my little neighbor does nothing but sleep all day, and whenever she gets up her eyelids are always weighed down with slumber. It's a sure thing that if she started reading through these heartfelt pages, she'd open her pretty mouth in a yawn followed by a nodding most humiliating for me. Who's thinking about my neighbor?

It doesn't matter, I've got to write, even if it's merely to set down on this paper the recollections which will shortly be covered by the black curtain of idiocy in the marionette theater of my memory. I'm frightened! Last night I had a horrible dream . . . horrible! My memory, in the guise of a weepy little mature lady, dying of fatigue, appeared before me with her arm around the last young bacchante with whom I spent delectable hours in Mexico City.

That girl was still adorned as she was at that notorious supper. Her beautiful blue silk gown with a long train was rustling as she walked through my lonely room. I felt my eyes burned by the gaze of those blue eyes laden with an intoxicating fluid. I still heard a soft voice, but one whose foreign accent I recognized, murmuring in my ear: "Wake up!"

And then my memory, leaning over the bacchante's white neck, like a drunken woman, said to me . . .

—¡Te abandono, me voy . . . abur!

Y desaparecieron.

Yo me senté en mi lecho y me puse a decir varias veces: ¿Es posible? con el mismo aire de asombro con que un chico se hace alguna pregunta en las lecciones de Historia de Payno.

Después volví a dormirme; pero son las siete de la mañana y heme aquí despierto y pensando todavía si será posible que mi memoria se vaya, a pesar de que todavía recuerdo el sueño en que ella vino a decirme adiós.

¡Oh! ¡Simplezas . . . !

Sin embargo, es posible que yo pierda la memoria; tan posible como que don Anastasio Bustamante fuera presidente de la República por la segunda vez.

Entonces preparémonos: aún quedarán, lo supongo, algunos días, y pienso aprovecharlos comenzando por el de hoy.

Un rayo de sol naciente penetra alegrísimo por la ventana abierta. Una oleada de aire fresco me trae el aroma de los árboles del parque vecino y el gorjeo de los pájaros que me importunaba otras veces. Todo me invita a levantarme y a trabajar. La campana de la aldea llama a los fieles a misa. Iré a misa, después hundiré mi cuerpo miserable en las quietas y cristalinas aguas del estanque. Dicen que el agua fría es un buen lazo para retener a la fugitiva memoria: luego, después de un desayuno frugal pero sano, me marcharé a recorrer los campos vecinos, y si es posible me entretendré en oír piar a los guinderos, rebuznar a los asnos del pueblo y mugir a las vacas que se dirigen a San Ángel. Recogeré también las flores del espino blanco y de la pervinca que se extiende humilde a orilla de los arroyos. Con esas florecillas haré un ramillete para colocarlo al pie del retrato de uno de los veinte verdugos que han torturado mi corazón y que conservo como una acusación palpitante de mi estupidez. Al volver del campo, almorzaré como un espartano y me pondré a trabajar, si trabajo puede llamarse reproducir en algunas cuartillas de papel todos los disparates que me han amargado la vida. El trabajo sería olvidarlos completamente. Pero mi sueño, mi sueño me causa terror, y debiendo alegrarme por lo que él me prometía, he sentido al contrario un cierto dolor al considerar que pronto van a alejarse de mí aquellos recuerdos que me han hecho fastidiarme de la vida muchas veces. ¡Qué absurdo! ¿Es éste acaso un capricho del carácter humano? ¿Hay cierta complacencia en recordar

"I'm deserting you, I'm leaving . . . so long!"

And they vanished.

I sat up in bed and started to say several times, "Is it possible?", with the same air of awe with which a boy asks himself some question in Payno's history lessons.

Then I fell asleep again; but it's seven in the morning, and here I am awake and still wondering whether my memory will possibly leave me, even though I still remember the dream in which it bade me farewell.

Oh, nonsense! . . .

All the same, it's possible for me to lose my memory; just as possible as that Don Anastasio Bustamante was president of the Republic for the second time.[1]

So, then, let's prepare ourselves; I suppose that there are still a few days left, and I intend to take advantage of them, beginning with today.

A nascent sunbeam is penetrating very cheerfully through the open window. A gust of fresh air brings me the fragrance of the trees in the nearby park and the trilling of the birds, which bothered me on some other occasions. Everything invites me to get up and work. The village church bell is summoning the faithful to Mass. I'll go to Mass, then I'll immerse my wretched body in the still, crystalline waters of the pond. They say that cold water is a good bond for holding onto fleeting memory: then, after a frugal but healthful breakfast, I'll go out and wander through the nearby fields and, if possible, I'll linger listening to the chirping of the *guinderos*,[2] the braying of the village donkeys, and the lowing of the cows on their way to San Ángel. I'll also pick the flowers of the hawthorn and of the periwinkle that grows humbly alongside the brooks. With those little flowers I'll make a bouquet, which I'll place below the portrait of one of the twenty torturers who have tormented my heart, a portrait I keep as a palpitating accusation against my stupidity. On returning from the countryside, I'll lunch like a Spartan and I'll set to work, if you can give the name of work to copying down on a few sheets of paper all the foolish things that have embittered my life. The real work would be to forget them totally. But my dream, my dream terrifies me and, though I ought to be cheered up by what it promised me, I have felt, on the contrary, a certain sorrow at the thought that there will soon depart from me those recollections which have often disgusted me with life. How absurd! Is this perhaps a caprice of human nature? Is there a certain pleasure in

1. Bustamante served one term from 1830 to 1832 and another from 1837 to 1841.
2. I haven't identified the species called the *guindero* here, presumably because of its fondness for sour cherries (*guindas*).

los sufrimientos? Ya había yo observado que los que han tenido una larga y penosa enfermedad se entretienen en referir a todo el mundo las terribles peripecias de ella; que los que han pasado largos años de prisión o han experimentado las negras angustias del destierro, se deleitan en referir a otros, o a sí mismos en sus horas de soledad, toda la historia de sus infortunios, de sus dolores físicos.

De seguro hay algo de amarga complacencia en recordar los tiempos desgraciados, cuando uno está ya libre de ellos.

Francesca, abrazando a su amante en las profundidades del infierno, deteniéndose delante del poeta para narrarle entre suspiros la historia de sus goces delincuentes, decía lo mismo, deciendo lo contrario.

....

He vuelto del campo, y la vista del cielo, y la soledad han avivado mi memoria.

II

Tenía yo trece años y vivía en un pueblecito de oriente, donde nací, y cuyo nombre no importa. Mi padre tenía algunas fanegas de tierra que sembraba cada año, un rancho pequeño y una huerta, con todo lo cual era pobre: primero, porque eso no produce por ahí gran cosa, y luego, porque se había propuesto ser benéfico, y mantenía a una legión de parientes haraganes que no le servían si no es para consumir los escasos productos de su miserable hacienda.

Yo, que era hijo primogénito, constituía su esperanza, y, ¡pena me da decirlo! tenía ya trece años y era tan ocioso como mis parientes; y no es eso lo peor, sino que sentía grandes propensiones al *far niente* y a la independencia, dos cosas que nunca pueden unirse, si no es en el gitano o en el mendigo. Verdad es que sabía yo leer y escribir, de manera que tenía la educación más completa que puede recibirse en la escuela de aldea; pero eso no me servía sino para leer algunos libros místicos y una que otra novela que alguna vieja solterona me prestaba a hurtadillas, para pagarme así el trabajo de escribirle cartas que despachaba por el correo al pueblo vecino, donde residía un antiguo amante que venía cada tres meses a verla, y siempre de noche.

Esta amable señora, que había sido bonita, y que conservaba aún algunos rasgos que eran como el crepúsculo de su belleza que se ponía con rapidez, era mi confidente y mi amiga, y bien puedo asegurarlo, mi primera preceptora en las cosas del mundo, aunque debo hacerle

remembering suffering? I had already observed that those who have undergone a long, painful illness enjoy recounting its terrible ups and downs to everybody; and that those who have spent long years in prison, or have experienced the black anxieties of exile, delight in relating to others, or to themselves in their hours of solitude, the entire history of their misfortunes and their physical pains.

Surely there is some bitter satisfaction in remembering unhappy times now that you're free of them.

Francesca da Rimini, embracing her lover in the depths of the Inferno, halting in front of the poet to recount to him amid sighs the story of her criminal pleasures, was saying the same things, though she inverted the terms.

....

I've returned from the countryside, and the sight of the sky, and the solitude, have enlivened my memory.

II

I was thirteen and I was living in a little village in the east, where I was born, and the name of which doesn't matter. My father owned a few *fanegas*[3] of land that he sowed every year, a small farmhouse, and an orchard, but was poor nevertheless: first of all, because that doesn't produce much in those parts, and secondly because he had decided to be generous and he was supporting a legion of idle relatives who were no good to him except as devourers of the few products of his wretched property.

I, who was the firstborn son, embodied his hopes, but (it grieves me to admit it!) I was already thirteen and I was as idle as my relatives; and that isn't the worst: I felt a strong inclination for *far niente* and for independence, two things that can never be combined, except perhaps in Gypsies or beggars. True, I knew how to read and write, so that I had the fullest education obtainable from a village school; but I made no use of that except to read a few books of mysticism and a few novels that an old maid lent me on the sly as a reward for my labors in writing letters for her which she mailed to the nearby town, where a former lover of hers lived who used to come to see her every three months, always at night.

This affable lady, who had once been pretty and still retained some traits that were like the twilight of her beauty fast sinking into night, was my confidant, my friend, and (I can assure this) my first instruc-

---

3. A *fanega* is approximately 6,600 square meters.

la justicia de declarar que no me enseñó más que algunas tonterías que ya había yo adivinado por instinto. Sus conversaciones, con todo, me parecían sabrosas. A esa edad, una frase manifiesta ilumina con un rayo de picardía la imaginación aún envuelta en las oscuridades de la inocencia infantil. Una reticencia acompañada de una sonrisa, es bastante para hacer pensar; y la sangre de la pubertad que comienza a hervir, ayuda eficazmente al pensamiento.

Mi excelente amiga, revelándome algunas de sus aventuras, acabó de justificar las sospechas que una amatividad precoz me había hecho concebir desde hacía tiempo. Además, aunque lo contrario digan los defensores de las virtudes bucólicas, yo sé de cierto que la tierra de una aldea es la menos a propósito para cultivar por muchos días después de la época de la dentición, las flores de la inocencia. ¡Se ven tantas cositas en una aldea!

Yo sentí, pues, al cumplir trece años, una necesidad irresistible de amar. Esta necesidad se explicaba por un humor melancólico y extravagante, por una opresión de pecho que me obligaba a salir de mi casa frecuentemente en busca de aire puro que respiraba a bocanadas, y por una constante y desenfrenada propensión a ver a las mujeres y a contemplar sus pies, sus brazos, su cuello y sus ojos.

Ya varias veces la mujer del administrador de rentas, que era una gordita muy risueña, había reparado con cierta complacencia en mi manera de mirarla fijamente; y aun la respetable esposa del alcalde municipal, jamona rechoncha que respiraba con estrépito y movía con alguna pretensión de coquetería su voluminosa persona, robustecida por la energía de sus cuarenta otoños, al ver una vez que examinaba yo su seno temblante y sus labios frescos y rojos, había fruncido el entrecejo murmurando:

—¡Ha visto usted qué muchacho!

Ninguna mujer se escapaba de mis pícaros ojos; y en el *tianguis,* en la iglesia, en las procesiones, en las calles, siempre encontraba yo abundantes motivos para mis análisis y mis reflexiones. La blanca túnica de la adolescencia iba desapareciendo día a día, como si fuese una película de cera derretida por el calor creciente de mi corazón que, mariposa del deseo, comenzaba a revolar devorada por una sed inmensa.

Desde entonces comprendí que la aurora del amor es el deseo. Después he tratado en vano de convencerme, leyendo a los poetas platónicos, de que sucede lo contrario.

Puede que sea cierto, pero a mí no me sucedió así, y creo que a nadie le sucede; sólo que la hipocresía social y literaria impide que estas cosas se confiesen ingenuamente.

tress in the facts of life, though I must do her the justice to state that she taught me no more than a few trifles that I had already guessed at instinctively. All the same, I found her talks delicious. At that age, an outspoken phrase illuminates with a ray of roguishness an imagination that is still cloaked in the obscurities of childish innocence. An innuendo accompanied by a smile is enough to set you thinking; and the blood of puberty, beginning to seethe, is an effective aid to thought.

My excellent friend, revealing some of her adventures to me, finally verified the suspicions that a precocious sexual urge had been making me form for some time. Besides, even though defenders of rustic virtues say the opposite, I know for a fact that the soil of a village is the least suited for cultivating the flowers of innocence for very long after one's teething. You see so many little things in a village!

So, on reaching thirteen, I felt an irresistible need for loving. That necessity expressed itself in my melancholy, eccentric moods, in a tightness in my chest that forced me to leave my house frequently in search of fresh air, which I inhaled in puffs, and in a constant unbridled inclination to look at women and study their feet, arms, neck, and eyes.

Several times already, the wife of the tax collector, who was a very attractive chubby woman, had noticed with a certain satisfaction my way of staring at her; and even the respectable wife of the mayor, a pudgy, beefy woman who breathed noisily and made some pretension of coquetry as she shifted her voluminous body, fortified by the energy of her forty autumns, had once, on seeing me study her quivering bosom and her fresh, red lips, knit her brow and muttered:

"Have you ever seen the likes of that boy!"

No woman escaped my roguish eyes; and in the market, at church, during processions, in the streets, I always found plentiful occasions for analyses and reflections. The white robe of adolescence was vanishing day by day, as if it were a wax film melted by the growing heat of my heart, which, a butterfly of desire, was beginning to flutter about, devoured by an immense thirst.

From then on I understood that the dawn of love is desire. Afterwards I tried in vain, as I read the platonic poets, to persuade myself it was the other way around.

It may be true, but it didn't happen to me that way, and I believe that it isn't that way with anybody; it's just that social and literary hypocrisy keeps these things from being candidly admitted.

A pesar de mis aficiones, que me hacían grato el pueblo, yo prefería el campo, las montañas vecinas, las orillas de los ríos y el lago, y ahí gustábame contemplar las bellezas de la naturaleza, entre las que no me olvidaré de enumerar a las jóvenes labradoras que solían andar como Ruth, medio desnudas, recogiendo mazorcas, ni a las lavanderitas o bañadoras que jugueteaban en los remansos, semejantes a las ninfas antiguas. Ahí comprendía yo la sensación de Adán al encontrarse con Eva; sólo que las Evas que se ofrecían ante mis ojos no estaban consagradas a mí por sus creadores, y temblaba yo ante el riesgo de sufrir una paliza si me permitía con ellas las confianzas de nuestro primer padre.

Con todo, algo me decía que en esos lugares había de encontrar al fin al ansiado objeto de mis aspiraciones vagas aún, de mis deseos aún no definidos, de mis esperanzas halagadoras. La sombra de la mujer amada, invisible todavía para los ojos, pero no para el corazón que la palpa en su pensamiento, suele pasearse así de antemano en los sitios que más tarde la suerte consagra en nuestra existencia.

Así se paseaba la sombra de Antonia entre aquellos sauces del río, entre aquellos nogales de la cañada, sobre aquella grama olorosa y menuda que cubría el llano como una alfombra de terciopelo.

Y ciertamente, ahí le vi por la primera vez.

Era una mañana del mes de julio, radiante y hermosa. Había llovido la noche anterior y los árboles aún sacudían de sus hojas brillantes las últimas gotas que los rayos del sol convertían en rubíes, en topacios y en amatistas.

Yo desperté con los pájaros, y sintiendo también la voluptuosa influencia del tiempo, salí al campo para ver los sembrados de mi padre y para pensar en mis sueños; porque después de algunas horas de insomnio, en las que había luchado con mis proyectos de independencia, me había dormido dulcemente escuchando el ruido monótono del agua, y había soñado que abrazaba a alguien llamándola *bien mío,* precisamente como mi amiga la solterona me había referido que se llamaban mutuamente los amantes.

Así, meditabundo y predispuesto al amor, llegué hasta el pie de dos pequeñas colinas enteramente cubiertas con los maizales de un labrador viejo y riquillo del pueblo a quien apenas conocía yo. Entre una y otra colina serpenteaba un arroyo, entonces un poco crecido y pintorescamente bordado por dos hileras de amates y de sauces, cuyas copas formaban una espesa bóveda sobre él. En la cumbre de una de estas colinas había unas cabañas cómodas y de alegre aspecto; era un rancho, es decir, la habitación de la familia del labrador.

Despite my affections, which made the village pleasing to me, I preferred the countryside, the nearby mountains, the banks of the rivers, and the lake, and there I enjoyed contemplating the beauties of nature, among which I won't forget to count the young farmgirls who used to go about like Ruth, half naked, picking corncobs, or the little laundresses or bathers who frolicked in the pools like the nymphs of antiquity. There I understood Adam's feelings when he found Eve; except that the Eves offered to my sight hadn't been intended for me by their creators, and I trembled at the risk of undergoing a beating if I allowed myself with them the intimacies of our first father.

All the same, I told myself that in those places I was bound to meet finally the longed-for object of my as yet vague aspirations, of my still undefined desires, of my flattering hopes. The shadow of the beloved woman, still invisible to one's eyes but not to one's heart, which touches her physically in its thoughts, is wont to stroll in anticipation that way on the sites which fate later consecrates in our existence.

Thus the shade of Antonia strolled amid those willows by the river, amid those walnut trees in the ravine, upon that fragrant, thick grass which covered the plain like a velvet carpet.

And, indeed, that's where I first saw her.

It was a morning in the month of July, radiant and lovely. It had rained the night before and the trees were still shaking from their gleaming leaves the last drops, which the sunbeams were changing into rubies, topazes, and amethysts.

I awoke with the birds, and also feeling the voluptuous influence of the weather, I went out into the countryside to see my father's planted fields and to think about my dreams; because after a few hours of insomnia, during which I had wrestled with my plans for independence, I had fallen sweetly asleep listening to the monotonous patter of the rain, and I had dreamt I was embracing some girl, calling her "my treasure," exactly as my friend the old maid had informed me that lovers address each other.

And so, pensive and ready for love, I reached the foot of two small hills entirely covered with the cornfields of an elderly, rather wealthy farmer in the village whom I barely knew. Between one hill and the other meandered a brook, which was somewhat in spate at the time and picturesquely bordered by two rows of rubber plants and willows, whose tops formed a dense canopy above it. At the summit of one of those hills were a few comfortable, cheerful-looking cottages; it was a farm; that is, the residence of the farmer's family.

Yo quise pasar de una a otra colina y descendía al arroyo, deteniéndome un momento a la sombra de los árboles para observar el vado. De repente vi aparecer del lado opuesto una figura que me produjo una especie de desvanecimiento: era una joven como de quince años, morena, muy linda, y estaba sola.

Se inclinaba para observar también el paso del arroyo, y por eso no pude mirar bien su semblante, pero sí vi lo demás. Levantábase el vestido lo suficiente para poder pasar sin mojarlo, y en esta desnudez, tan común en las vírgenes antiguas, pude admirar sus bellísimas formas. Un estatuario habría tenido deseo de reproducir en una Venus aquel pie pequeño y arqueado, y aquella pierna mórbida y blanca que parecía modelada por el cincel de Praxíteles.

Jamás había yo contemplado un espectáculo semejante, y aquél me enloqueció por la primera vez. Llegó por fin la hora del amor.

Repuesto de mi emoción, di un grito, y la joven alzó la cara y me vio con sorpresa, pero ni soltó su falda, ni dio muestras de hacer gran caso de mí. Entonces pude examinarla. Era muy bella, tenía ojos negros como su cabello hecho trenzas tejidas con flores rojas y amarillas. Sus labios eran bermejos y carnosos, y su cuello robusto y erguido le daba una cierta semejanza con la Agar y la Raquel, que había visto en las estampas de la Biblia de mi amiga la solterona.

Pero la muchacha no podía pasar; en vano había buscado una línea de piedras donde apoyarse para atravesar sin riesgo. La creciente de la noche anterior las había cubierto. El vado era profundo, y hubiera sido preciso hundirse hasta la cintura para llegar a la margen opuesta.

Entonces, un instinto que más tarde había de desarrollarse en alto grado, me inspiró mi primera galantería. Me eché al río, y en un momento estuve al lado de la hermosa niña que me vio llegar sonriendo.

—¿Qué quieres hacer? —me preguntó.

En los pueblos todos los muchachos se tutean.

—Vengo a ayudarte a pasar el arroyo —le respondí.

Tenía yo miedo de que ella rehusara mi auxilio, pero con gran contento mío repuso:

—Pero ¿me aguantarás? Yo peso mucho.

—No, ¡qué vas a pesar! Tan delgadita y tan ligera.

—Sí, pero tú eres más chico que yo.

—No, mira, te llevo lo menos una cuarta y además soy fuerte.

I wanted to pass from one hill to the other and I was descending to the brook, stopping for a moment in the shade of the trees to study the ford. Suddenly I saw appearing from the opposite side a figure that threw me into a sort of swoon: it was a young girl of about fifteen, dark-complexioned and very pretty, and she was alone.

She stooped down, also to observe where the brook could be crossed, and therefore I was unable to get a good look at her face, but I did see the rest. She had raised her dress enough to be able to cross without getting it wet, and in that partial nudity, so common among the virgins of antiquity, I was able to admire her very beautiful shape. A sculptor would have desired to use that small, arching foot as the model for a Venus, as well as that soft, white leg, which seemed modeled by the chisel of Praxiteles.

I had never beheld a similar sight, and that one drove me mad for the first time. The hour of love had come at last.

Recovering from my excitement, I gave a shout, and the girl raised her face and saw me with surprise, but she didn't let go of her skirt or show signs of paying much attention to me. Then I was able to examine her. She was very beautiful, she had eyes as dark as her hair, the braids of which were adorned with red and yellow flowers. Her lips were red and fleshy, and her sturdy, erect neck made her resemble somewhat the Hagar and the Rachel I had seen in the engravings in my friend the old maid's Bible.

But the girl was unable to cross; in vain she had sought for a row of stones on which to support herself in order to cross without risk. The previous night's addition to the water level had covered them. The ford was deep, and she would have had to sink in to the waist to reach the opposite bank.

Then an instinct, which was later to develop to a high degree, inspired me with my first gallantry. I plunged into the river, and in a moment I was beside the good-looking girl, who smiled when she saw me reach her.

"What do you want to do?" she asked me.

She called me *tú*, as all village youngsters address one another.

"I've come to help you cross the brook," I replied.

I was afraid she'd refuse my assistance, but to my great pleasure she said:

"But can you support me? I'm very heavy."

"How much can you weigh! You're so slim and light."

"Yes, but you're smaller than I am."

"No, look: I'm at least a span taller than you and, besides, I'm strong."

—Bueno, pues ahora verás, voy a abrazarme a tu cuello; tú me cargarás, tomándome de la cintura y de las piernas, y así no nos caeremos; si el vado está más hondo, me subes más, y aunque me moje los pies y las pantorrillas, no le hace.

Y diciendo y haciendo, la linda muchacha me abrazó y pegó su rostro contra el mío, y sentí su aliento fresco y puro soplar en mis mejillas, y aun toqué con mi labio uno de sus hombros redondo y suave. Yo la tomé de la cintura, que enlacé perfectamente con uno de mis brazos, mientras que con el otro abarqué las piernas dejando colgar sus pies a la altura de mis rodillas.

Y me lancé al arroyo y temiendo caer con carga, porque sentía golpear la sangre en mis sienes y desfallecer mi corazón. En medio del arroyo vacilé y me detuve para no caer. Entonces ella me apretó contra su seno, y me dijo riendo y juntando su rostro con el mío:

—¡Cuidado! ¡Cuidado! me vas a tirar.

Esto, que pudo acabar de perderme, me hizo cobrar fuerzas y llegué a la orilla opuesta, donde ella se apresuró a saltar y a sentarse sobre la yerba, no sin arreglarse antes el vestido. Yo me puse a contemplarla extasiado. Tenía dos lunares en las mejillas y uno sobre el labio superior.

Decididamente era linda.

—Ven, siéntate, me dijo, y luego subiremos a donde está la casa. ¿Por qué me ves así?

—Porque eres muy bonita —le respondí tartamudeando.

—Pero qué ¿no me conoces?

—No, o puede ser que te haya visto, pero no como estás ahora.

—Ya lo creo, aquí ando en el campo, pero me has de haber visto en la iglesia o en la plaza, con mi madre, sólo que llevo allá mis vestidos de fiesta y me tapo la cara con mi rebozo porque así me lo mandan. Yo sí te conozco bien y te he visto muchas veces.

Después he podido notar en el largo curso de mi vida que siempre que una mujer que nos agrada y a quien amamos nos dice que nos conoce y que nos ha visto, nos causa un intenso placer. Con esto nos indica que no le hemos sido indiferentes, puesto que se ha fijado en nosotros. Algunas coquetas usan este recurso aun cuando no digan la verdad, y hacen bien, porque pocos hombres dejan de ser sensibles a semejante homenaje.

—¿Me has visto? y ¿en dónde?

—Te he visto en la casa de doña . . .

"All right, you'll see now; I'm going to put my arms around your neck; you'll carry me, taking me by the waist and the legs, and that way we won't fall; if the ford is deeper, you'll lift me higher, and even if I wet my feet and calves, it won't matter."

No sooner said than done: the pretty girl embraced me and glued her face to mine, and I felt her fresh, pure breath blowing on my cheeks, and I even touched with my lips one of her round, smooth shoulders. I took her by the waist, which one of my arms went around perfectly, while with the other I embraced her legs, letting her feet hang down at the level of my knees.

And I flung myself into the brook, afraid of falling with my burden, because I felt the blood pounding in my temples and my heart fainting. In midstream I faltered and stopped, to avoid falling. Then she pressed me to her bosom, and said, laughing and joining her face to mine:

"Watch out! Watch out! You're going to throw me in."

That, which might have ended up by defeating me, made me regain my strength, and I reached the other bank, where she hastily jumped down and sat on the grass, not without first adjusting her dress. I began to observe her in ecstasy. She had two moles on her cheeks and one on her upper lip.

She was definitely pretty.

"Come and sit down," she said, "and then we'll go up to where the house is. Why are you looking at me that way?"

"Because you're very good-looking," I replied, stammering.

"But don't you know me?"

"No, or maybe I've seen you, but not the way you are now."

"I can well believe it; now I'm going about outdoors, but you must have seen me at church or in the village square, with my mother; only, there I wear my holiday clothes and I cover my face with my shawl, because I'm ordered to. As for me, I know you well and I've seen you many times."

Later, in the long course of my life, I've been able to observe that whenever a woman we like and love tells us she knows us and has seen us, it gives us immense pleasure. She's indicating thereby that we haven't been a matter of indifference to her, seeing that she's paid attention to us. Some coquettes use that ploy even when they aren't telling the truth, and they're wise to do so, because few men fail to be sensitive to homage of that sort.

"You've seen me? Where?"

"I've seen you at the home of Miss . . ."

Esta es otra galantería sabrosa. Decirle a uno que le han visto con una mujer, aunque esa mujer sea una vieja, es manifestarle un interés que casi provoca una confidencia. Yo apelo para confirmar esta verdad, a todos los hombres.

—Sí —añadió— te he visto platicando con ella en la ventana, y te conozco mucho, te llamas Jorge.

—Es verdad, y tú ¿cómo te llamas?

—¿No lo sabes? Me llamo Antonia.

—¡Antonia! —repetí yo muchas veces con fruición, como siempre que se repite el nombre de la mujer querida. Ella se levantó, y cogiéndome de la mano, me indicó que la siguiera.

—Pero —le dije deteniéndome—: ¿no estará tu padre o tu familia allá arriba?

—No hay nadie —me contestó—, mi padre se ha marchado con mi madre esta mañana al pueblo; mis hermanos están trabajando en el maizal, y yo voy a prepararles el almuerzo. Ven y te daré de almorzar.

La seguí.

Llegamos a las casitas, y ahí ella hizo lumbre, yo me puse a soplar; y mientras ella preparaba rápidamente un asado de gallina, huevos y un jarro de leche, y amontonaba en una gran jícara pintada de verde olorosas y provocativas frutas, yo arreglé, también por indicación suya, algunos platos que colocamos después en un canastso. Una vez que todo estuvo dispuesto, almorzamos ella y yo alegremente.

Parecía que éramos amigos hacía diez años. No me acuerdo de cómo le declaré mi amor, y lo siento, porque aun hoy me divertiría con las bestialidades que debo haberle dicho; ni recuerdo tampoco si ella se puso colorada, si sonrió o frunció las cejas; en fin, se ha perdido entre las nebulosidades que envuelven a veces los más grandes momentos de la juventud, esta escena; pero sí, me viene a la memoria lúcidamente lo que ella hizo después. Me abrazó y me presentó una mejilla que yo devoré a besos. Poco a poco fui acercándome a la boca, pero ella al sentirlo retiró el semblante y me dijo con alguna solemnidad, en que había ya una tremenda coquetería:

—No, déjame; eso será después . . .

¡Ah! la niña de aldea era en esto, como en muchas cosas, igual a la mujer de corte. Un hombre se impacienta y quiere apurarlo todo de una vez. Una mujer tiene energía para enfrenar sus deseos, y no se concede sino por grados, aun a costa de sus propios tormentos. ¿Es cuestión de virtud, de vanidad, de expectación, o simplemente un artificio? Quien sabe; pero sí hay en ello una dosis de cada una de estas cosas, entiendo que de la primera la dosis es pequeñísima.

That's another delightful compliment. To tell a man he's been seen with a woman, even if that woman is elderly, is to reveal to him an interest that almost provokes confidentiality. To confirm this truth I call upon all men.

"Yes," she added, "I've seen you chatting with her at the window, and I know you very well, your name is Jorge."

"Right! And what's *your* name?"

"Don't you know? My name is Antonia."

"Antonia!" I repeated many times with satisfaction, as is the case whenever we repeat the name of the woman we love. She stood up and, taking me by the hand, signed to me to follow her.

"But," I said, hanging back, "won't your father or your family be up there?"

"Nobody's home," she answered; "this morning my father went out with my mother to the village; my brothers are working in the corn-field, and I'm going to prepare lunch for them. Come and I'll give you some lunch."

I followed her.

We reached the little buildings, and there she lit a fire, which I began to fan; and while she was rapidly preparing a chicken stew, eggs, and a pitcher of milk, and was heaping up, in a big gourd that was painted green, fragrant and tempting fruit, I, also at her instructions, arranged a few plates, which we later put into a basket. Once everything was squared away, she and I lunched merrily.

It seemed as if we'd been friends for ten years. I don't recall how I declared my love to her, and I regret it, because even today I'd be amused at the dumb things I must have said to her; nor do I recall whether she blushed, smiled, or frowned; in short, that scene has been lost amid the swirls of cloud that sometimes envelop the greatest moments of one's youth; but I do distinctly remember what she did next. She hugged me and offered me a cheek which I devoured with kisses. Gradually I got closer to her lips, but when she sensed this, she drew away her face and said with some solemnity, which already contained some tremendous coquetry:

"No, let me alone; that will be for later on . . ."

Oh! In this, as in many things, the village girl was the equal of a lady-in-waiting. A man gets impatient and wants to exhaust everything at once. A woman has the energy to bridle her desires, and yields herself by degrees only, even at the cost of torturing herself. Is it a question of virtue, vanity, expectation, or simply a ruse? Who knows? But it does contain a dose of each of these things, and I think the dose of the first-named is very small.

—¿Te casarás conmigo? —me preguntó Antonia, cargándome la canasta con el almuerzo.

—Sí me casaré; si no me casara yo contigo, me moriría.

A los trece años, y aún a doble tiempo, promete uno casarse con todo el mundo con una facilidad asombrosa, y lo peor es que suele hacerlo como lo dice. A los trece años también, cree uno que si no le dan a la muchacha que le gusta, puede morirse. No es sino más tarde cuando llega uno a comprender que de amor no se muere jamás, a no ser que se haya interesado el orgullo.

Cuando bajamos al arroyo, lo encontramos ya muy disminuido, y pudimos atravesarlo fácilmente; pero al llegar a la otra orilla, Antonia, tomando la canasta, me dijo:

—Ahora sí, no conviene que nos vean juntos; anda vete, y no le digas a nadie lo que hemos hecho, porque mi padre me pegaría, y haría que tu padre te pegara también. Esta noche dormiremos en el pueblo, me irás a ver por la cerca de mi casa, y saldré a hablarte. No hagas ruido al arrimarte, porque hay perros, y además, mi padre tiene el sueño ligero. Mis hermanos duermen aquí.

La aldeanita me daba una instrucción completa. La mujer de la ciudad, la mujer de mundo, hace lo mismo. Observad que es ella siempre la primera que legisla, sea joven o vieja. El hombre no ejerce la dictadura sino después, a no ser que sea un papanatas, porque entonces se quedará en eterno vasallaje, y cuidado, que no será ya en su provecho, sino en el de otros.

Antonia se puso a mirarme amorosamente, me ofreció otra vez su mejilla sonrosada y aun sus lunarcitos, y me dijo adiós tomando con ligereza un sendero que se ocultaba a pocos pasos entre las cañas del maíz.

Yo me quedé abatido, y por la primera vez también comprendí lo que era ese horroroso desierto que se hace en derredor nuestro cuando se ausenta la mujer amada. Parecía que me había quedado sin alma y sin aliento; que el arroyo estaba inmóvil; que los árboles no tenían vida; que el cielo no tenía luz, y que mi casa, mi padre, mi madre y la aldea entera, no eran más que vanos fantasmas. Aquella joven se había llevado mi mundo.

III

Pasé aquel día soñando y *rumiando* las sensaciones que había tenido en la mañana. Como mi familia estaba acostumbrada a las excentricidades de mi carácter, no paró la atención en aquella agitación extraña

"Will you marry me?" Antonia asked me, giving me the lunch basket to carry.

"Yes, I will; if I weren't to marry you, I'd die."

At thirteen, and still at twice that age, a man promises to marry everybody with astonishing readiness, and the worst of it is that he generally does as he says. At thirteen, also, a boy believes that if he isn't given the girl he fancies he may die. It's only later that a fellow gets to understand that no one ever dies of love, unless his pride has come into play.

When we went down to the brook, we found it much lower already, and we were able to cross it easily; but on reaching the farther bank, Antonia took the basket and said:

"Now it won't do for us to be seen together; run along and don't tell anyone what we did, because my father would beat me and he'd get your father to beat you, too. Tonight we'll be sleeping in the village; come to see me at the wall around my house, and I'll come out and talk to you. Don't make noise when you approach, because there are dogs and, besides, my father is a light sleeper. My brothers sleep here."

The village lass was giving me complete instructions. A city woman, a society woman does the same. Observe that it's always she who's the first to set the rules, whether she's young or old. The man acts as dictator only afterwards, unless he's a nambypamby, and in that case he'll remain a perpetual vassal, and (note this!) it won't be to *his* advantage, but to other men's.

Antonia began to gaze at me lovingly; again she offered me her pink cheek and even her tiny moles, and bade me farewell as she lightly followed a path that after a few paces was hidden in the cornstalks.

I was left dejected, and for the first time, also, I understood the horror of the desert that forms around us when the beloved woman is absent. I seemed to have been left without a soul, bereft of breath; the brook seemed to have stopped flowing; the trees seemed lifeless, the sky without light; and my house, my father, my mother, and the whole village seemed no more than insubstantial ghosts. That girl had taken my world away with her.

III

I spent that day dreaming and "ruminating" about the sensations I had felt during the morning. Since my family was used to the eccentricities of my nature, they paid no heed to that strange agitation with

de que me sentía sobrecogido, ni en aquel aparente mal humor que me hacía permanecer obstinadamente callado. Por otra parte, yo procuré estar el menor tiempo posible en mi casa, y según mis inclinaciones, volví a salir al campo, sólo que esta vez tomé un rumbo opuesto a aquel en que se hallaba el lugar querido en que había pasado mi primera escena de amor.

Mi dirigí por las escarpadas orillas de otro riachuelo a una montaña vecina. Tenía deseos de estar absolutamente solo, y de entregarme a mis pensamientos en el silencio de los bosques. En pocos momentos comencé a trepar por las rocas, y fui a escoger una punta desde donde podía dominar el pueblo y el hermoso y pequeño valle en que está situado, y que verdegueaba entonces con los sembrados, divididos simétricamente. A mi lado y a mi espalda se extendían grandes y espesos bosques de encinas y de pinos, en los que reinaba un silencio solemne, apenas turbado de cuando en cuando por el blando rumor de las hojas agitadas por el viento suave del mediodía.

A mi frente y abajo de mí, tenía el pueblo y el valle. Muchas veces había contemplado este mismo panorama, pero jamás me había parecido tan bello. Era que faltaba algo que lo animara a mis ojos.

Entonces me pareció encantador. Y realmente mi pueblo era bonito. El caserío era humilde, pero gracioso; la pequeña iglesia, que a mí se me figuraba el edificio más gigantesco del mundo, tenía dos torrecillas pardas, que juntamente con la fachada, en la que había dos ventanas laterales y una puerta aplastada y deforme, daban al conjunto un cierto parecido a la cabeza de un burro en estado de meditación. A orillas del pueblo y por todos lados, había huertos, y allá al Oriente se extendía coqueto y azul un lago formado por las vertientes de las sierras que se levantaban en círculo en derredor del pueblo.

Aquel día, el pueblo, el lago, las llanuras, los trabajadores que en grupos veía entre las sementeras, los ganados que pastaban en los ejidos y que estaban divididos de aquéllos por una gran cerca de piedra que se extendía serpenteando entre los arroyos, todo me parecía iluminado con una nueva luz. Había alma en ese cuadro antes mudo. Si alzaba la cabeza para contemplar el cielo, lo veía azul, radiante y risueño, con sus nubecillas blancas y transparentes que se tendían en el espacio formando figuras caprichosas.

Yo sentía que se elevaba por todas partes un himno melodioso y solemne, que despertaba en mí sensaciones desconocidas.

¡Ay! El himno se elevaba dentro de mi propio corazón. El amor es un sol que anima con sus rayos todo lo que se halla en derredor nues-

which I felt gripped, or to that apparent bad mood which made me remain obstinately silent. On the other hand, I tried to stay in the house for as little time as possible, and, following my inclinations, I returned to the outdoors, only this time I went in a direction opposite to the one in which was located the beloved spot where my first love scene had taken place.

I headed along the steep banks of another stream toward a nearby mountain. I wished to be completely alone, and to surrender myself to my thoughts in the silence of the woods. In a few moments I began to climb up the rocks, and I selected a vantage point from which I could survey the village and the beautiful little valley in which it's located, which was then verdant with its symmetrically divided planted fields. Beside me and behind me extended large, dense forests of holm oak and pine, in which there reigned a solemn silence scarcely broken every now and then by the soft sound of the leaves shaken by the gentle noonday breeze.

In front of and below me I had the village and the valley. I had often contemplated that same panorama, but it had never looked so beautiful to me before. This was because it had lacked something to enliven it in my eyes.

At that moment I found it enchanting. And my village really was pretty. The cluster of houses was humble but graceful; the little church, which in my imagination was the most gigantic building in the world, had two small gray towers which together with the facade, in which there were two side windows and a squat, ugly door, gave the ensemble a certain resemblance to the head of a donkey in meditation. At the edge of the village on every side were vegetable gardens, and yonder in the east there extended, charmingly blue, a lake formed by the slopes of the sierras that rose in a circle around the village.

That day the village, the lake, the plains, the farmhands whom I saw in groups among the crops, the cattle that grazed on the common lands and were separated from those others by a large stone wall that meandered between the brooks—it all seemed to me to be illuminated by a new light. There was a soul in that previously mute picture. If I raised my head to look at the sky, I saw it blue, radiant, and welcoming, with its little transparent white clouds stretching in space to form capricious images.

I heard rising all around a melodious, solemn hymn that awakened unfamiliar sensations in me.

Ah! The hymn was rising inside my own heart. Love is a sun that enlivens with its beams all that exists around us, and at whose touch

tro, y a cuyo contacto todos los objetos, semejantes a la antigua estatua de Memnon, producen un sonido armonioso.

Yo amaba, y eso era todo.

Después de mi primer arrobamiento en aquella soledad, mis ojos se dirigieron, como es de suponerse, hacia el lugar en que aún estaba Antonia, hacia aquellas dos pequeñas colinas que apenas se distinguían entre el mar de esmeralda del llano.

Apenas las había distinguido, cuando me acometió el irresistible deseo de volar a aquella parte, y sentí no tener alas para hacerlo con la rapidez del pensamiento, y aun envidié a las águilas, que levantándose en enormes espirales, dominaban majestuosamente el espacio que cubría aquel lado del valle.

Sin embargo, y a pesar de la distancia y de la hora, bajé de prisa de mi peñasco, y con la ligereza de mi edad y de mi organización de montañés, me puse en el instante en la llanura y tomé una vereda que debía conducirme en la dirección de las deseadas colinas.

El sol declinaba ya, cuando llegué al gran camino que conducía de aquellos lugares al pueblo, y fui encontrando a numerosos trabajadores que con sus instrumentos de labranza se dirigían a sus hogares, aunque no era muy tarde.

Avancé, no sé si con temor de encontrar a la familia de Antonia, pero sí arrastrado de un frenético deseo de volver a verla, como si aún dudara de que existía, y necesitara contemplarla de nuevo para convencerme de que la entrevista de la mañana no había sido un sueño de mi fantasía juvenil y ansiosa.

De repente, y al dar vuelta a un recodo, oí voces y me detuve porque el corazón me palpitó de una manera terrible. Tuve necesidad de apoyarme en el débil tronco de un arbusto para no caer desplomado.

No tardó en aparecer un grupo. Por delante, y montado en una gran mula venía el viejo padre de Antonia, labrador robusto y frescote que a pesar de sus sesenta años presentaba un aspecto bastante vigoroso. Estaba vestido como los labradores y rancheros riquillos; con su zamarra de cuero rojo adornada con agujetas de plata, calzón corto de panilla azul, botas de campana, también de cuero rojo, y mangas de paño azul cruzadas en la silla y forradas de indiana de grandes flores. Detrás de él venía la madre de Antonia, gruesa matrona de cincuenta años, pero que montaba muy lista una yegua de pasito. Y al último aparecieron, Antonia que montaba una jaquita muy ligera, trayendo en las ancas a un hermano pequeño. A pie y a los lados caminaban dos mancebos, trabajadores en el maizal.

every object, like the ancient statue of Memnon, produces a harmonious sound.

I was in love and that accounted for everything.

After my first rapture in that solitude, my eyes, as may be imagined, turned toward the spot where Antonia still was, toward those two small hills which could hardly be made out amid the emerald sea of the plain.

No sooner had I discerned them than I was assailed by the irresistible desire to fly to that place, and I regretted not having wings with which to do this with the speed of thought, and I even envied the eagles which, rising in enormous spirals, were majestically dominating the space that covered that side of the valley.

Nevertheless, despite the distance and the hour, I quickly descended from my crag, and with the agility of my age and my mountaineer's constitution, I reached the plain at once and took a path which was to lead me in the direction of the hills I desired.

The sun was already declining when I arrived at the highway that led from that locality to the village, and I kept meeting a number of farmhands who were heading home with their farming tools, though it wasn't very late.

I moved ahead, I don't know whether in fear of meeting Antonia's family, but definitely drawn onward by a frenetic desire of seeing her again, as if I still doubted her existence and needed to behold her once more to convince myself that that morning's meeting hadn't been a dream of my youthful, anxious imagination.

Suddenly, as I turned a bend in the road, I heard voices and I halted because my heart was palpitating frightfully. I had to lean against the weak stem of a bush to avoid collapsing.

Before long a group appeared. In front, riding a big mule, came Antonia's elderly father, a sturdy, ruddy farmer who despite his sixty years looked quite vigorous. He was dressed like moderately wealthy farmers and ranchers, with his red leather jacket adorned with little silver rods, short breeches of blue corduroy, top boots, also of red leather, and blue woolen ponchos crossed over the saddle and lined with calico printed with large flowers. Behind him came Antonia's mother, a fat housewife of fifty who nevertheless was very handily riding a gently trotting mare. And at the end appeared Antonia, riding a very light little pony, with a younger brother holding on behind her. At their side, two young men, workers in their cornfield, were proceeding on foot.

Antonia estaba vestida como en la mañana, sólo que venía calzada con zapatos bajos de mahón verde, lo que hacía encantador el piececito que pude ver posado en el estribo. Traía la cabeza descubierta y flotando sobre sus hombros sus cabellos ensortijados y negros. Platicaba con sus padres y reía alegremente.

Al distinguirme medio cubierto por el arbusto, la mula del viejo, *pajarera* como lo son la mayor parte, se detuvo y aun se hizo atrás con cierta brusquedad; el viejo arrugó las cejas, clavó sus grandes espuelas de rodaja con campanillas en el vientre del estúpido animal, y siguió adelante, no sin echarme una mirada de curiosidad.

—Parece loco ese muchacho —dijo a su mujer que me contempló a su vez.

Yo no veía sino a Antonia. Esta, sin embargo, pasó delante de mí en su jaquita ruborizándose imperceptiblemente, pero sin dirigirme siquiera una mirada. El muchacho, su hermanito, me arrojó una fruta silvestre, y se cogió riendo de la cintura de Antonia.

Yo no pude caminar más; y ¿para qué? Quedéme triste otra vez y más aún que en la mañana, porque ni había tenido el consuelo de ser gratificado con una sonrisa por mi amada. Ella se había visto obligada a disimular, evidentemente, pero a mí me pareció desprecio el disimulo. ¡Necio de mí! Desde entonces, y a pesar de mi conocimiento del mundo y de las mujeres, y de la necesidad en que se ven las pobrecillas de cubrir sus sentimientos bajo la impasible máscara de la serenidad, yo no he podido acostumbrarme a su disimulo, y siempre me hace mal. Figúraseme que tienen el deber de publicar por todas partes su amor, y que deben anteponer mi satisfacción a todas las consideraciones sociales. ¡Impertinencia del orgullo! El caso es que a todos los hombres nos sucede lo mismo, y que amamos siempre más a la mujer que atropellando todo nos hace dondequiera que nos encuentra una distinción, aunque la comprometa. No es sino en circunstancias muy especiales cuando preferimos el más profundo misterio, y nosotros mismos, menos aptos para disimular, las ayudamos con todo nuestro esfuerzo a enmascarar su semblante.

Aquella mañana había tenido mi primer goce amoroso; aquella tarde también tuve mi primera contrariedad, y cuando el sol acabó de trasponer las montañas y me vi obligado a volver al pueblo, ya inclinaba yo con inquietud la frente y sentía en mi corazón la primera gota de amargura.

Veía acercarse la noche con impaciencia, pero abrigaba ya el mal pensamiento de hacer sufrir un poco a Antonia por aquel disimulo que, a pesar mío, no podía perdonarle.

Antonia was dressed as she had been that morning, except that she now wore low shoes of green nankeen, which lent enchantment to the tiny foot I could see planted in her stirrup. Her head was uncovered, and her curly black hair floated on her shoulders. She was chatting with her parents and laughing merrily.

On espying me half hidden by the bush, the old man's mule, skittish as most of them are, came to a halt and even backtracked a little brusquely; the old man frowned, dug his big spurs, with little bells on the rowels, into the stupid animal's belly, and continued on his way, not without casting a glance of curiosity at me.

"That boy looks crazy," he said to his wife, who observed me in turn.

I had eyes for Antonia alone. Nevertheless, she passed by me on her pony with an imperceptible blush but without casting even a glance at me. The boy, her little brother, threw a wild fruit at me and laughingly held on to Antonia's waist.

I was unable to go on walking. For what purpose? Once more I was left sad, even more so than that morning, because I hadn't even had the consolation of being favored with a smile from my beloved. She had found herself compelled to dissimulate, evidently, but I felt that dissimulation as scorn. Fool that I am! Ever since then, despite my familiarity with society and women, and with the need the poor things find themselves in to conceal their feelings beneath the impassive mask of calm, I've been unable to get used to their dissimulation, and it always hurts me. It seems to me that they have the duty to declare their love openly everywhere, and that they ought to prefer satisfying me to observing all social proprieties. The impertinence of pride! The fact is that we men are all equally affected by this, and we always feel greater love for a woman who, trampling on all conventions, singles us out no matter where she meets us, even if it compromises her. It's only in very special circumstances that we prefer the deepest secrecy, and we ourselves, less skillful in dissimulation, aid her with all our might to mask her face.

That morning I had tasted my first joy in love; that very afternoon I tasted my first vexation, and when the sun had finally set behind the mountains and I found myself compelled to return to the village, I was already bowing my head in anxiety and feeling the first drop of bitterness in my heart.

I watched the night closing in impatiently, but I was already harboring the malicious thought of making Antonia suffer a little for that dissimulation, for which, in spite of myself, I couldn't forgive her.

IV

En efecto, sonó el toque de oración en el campanario del pueblo, en una de aquellas torres que parecían orejas de asno. Yo acompañé a rezar hipócritamente a las personas de mi casa; después comí de mala gana la colación de la noche, y al oír la *queda* fingí recogerme, pero me salí calladito de mi casa y me dirigí por el camino más corto, a la de Antonia, a tiempo en que el pueblo entero dormía y el silencio no era turbado más que por el ladrido de los perros. Ya se sabe que en los pueblos del campo, la gente se acuesta a la misma hora que las gallinas.

De puntillas, y conteniendo la respiración por miedo de los perros y del viejo de la mula, que se me figuró formidable para dar una paliza, me arrimé junto a la cerca de la casa patriarcal donde vivía Antonia, allí esperé acurrucado que ella saliera a buscarme.

Tenía yo un miedo atroz; ese miedo hace siempre muy voluptuosas las entrevistas; es la mostaza del manjar que se devora ansiosamente después. En tales momentos, el hombre es el débil, la mujer es la que tiene la fuerza protectora de su parte. No se tranquiliza uno hasta que no la ve.

Yo esperé una hora lo menos. La noche estaba oscura; en la casa no se veía ya una sola luz. Aquella gran cabaña con sus anchos camarines, sus trancas y sus árboles y flores, me causaba terror. Dentro de ella dormía el viejo de la mula que me causaba el efecto de un ogro.

Cuatro perros que me parecían una legión entera de diablos, dormían acurrucados por allí cerca, y cada gruñido que se les escapaba en su sueño o al menor ruido de las bestias que había en la cuadra, me hacia saltar el corazón.

¡Qué difícil se me figuró aquella entrevista! ¡Cómo me pareció blando y tranquilo el lecho que había abandonado en mi casa por andarme arriesgando en aquellas aventuras peligrosísimas! Sentí que el amor era una cosa muy mala, puesto que tenía uno que esconderse así de las gentes.

Pero un rumorcillo, que apenas distinguió mi oído alerta, hizo circular mi sangre apresuradamente; el corazón me ahogaba.

Me pareció escuchar que se abría quedito una puerta y que se volvía a cerrar lo mismo. Luego distinguí entre las sombras un bulto que andaba cautelosamente, después los perros gruñeron, pero volvieron a callarse, el bulto se dirigió por el lado en que yo estaba, y se detuvo y percibí que me hacían con los labios:

—¡Pst! ¡pst!

IV

Indeed, the Angelus rang in the village belfry, in one of those towers that resembled donkey's ears. I hypocritically accompanied the members of my household in prayer; then I unwillingly ate supper, and on hearing the curfew, I pretended to go to bed, but I left my house very quietly and headed by the shortest route to Antonia's, while all the village was asleep and the silence was broken only by the barking of the dogs. It's well known that in rural villages the people go to bed with the chickens.

On tiptoe, holding my breath for fear of the dogs and the old man with the mule, whom I pictured as a terrible fellow to get a beating from, I came right up to the wall around the patriarchal house where Antonia lived; there I waited, huddling, for her to come out and look for me.

I was awfully frightened; that fear always makes a rendezvous very amorous; it's the mustard in the food that you devour eagerly afterward. At such times, the man is the weak one, and it's the woman who has the protecting strength on her side. A man can't calm down until he sees her.

I waited at least an hour. It was a dark night; in the house not a single light was now to be seen. That large cottage with its spacious rooms, its barred doors, and its trees and flowers terrified me. Inside it slept the old man with the mule, who seemed to me like an ogre.

Four dogs, which to me were like a whole legion of devils, were curled up and sleeping nearby, and each growl that escaped them in their sleep, or the slightest sound of the animals in the stable, made my heart jump.

How difficult that rendezvous seemed to me! How soft and calm that bed seemed which I had deserted at home to go and take risks in those highly dangerous adventures! I felt that love was a very bad thing, since you had to hide from people that way.

But a slight noise, which my alert ears barely made out, caused my blood to circulate hastily; my heart was choking me.

I thought I heard a door opening very quietly and closing again the same way. Then I discerned amid the darkness a form that was walking cautiously; after that, the dogs growled, but they fell silent again; the form headed in my direction, then halted, and I heard myself addressed by the labial sound:

"Pst! Pst!"

Yo respondí de la misma manera, y entonces el bultito corrió apresuradamente hacia mí.

—¿Jorge?

—¿Antonia?

—No hagas ruido; mi padre ha estado malo de la cabeza y no ha podido dormir bien. Creí que no vendrías.

—¡Cómo no! —contesté—; y mira, pensaba yo no venir porque estaba yo sentido. Ni siquiera me viste hoy en la tarde.

—¡Ah! ¿cómo querías que te viese? ¿no iban allí mi padre y mi madre? ¡Dios me libre de verte y de hablarte delante de ellos! ¿Y por eso te enojaste?

—Por eso.

—¡Tonto!

Y diciendo esto, la muchacha me abrazó con ternura. Yo me desenojé, la enlacé al cuello los brazos y le di muchos besos. Volví a insistir en mi deseo de besarle la boca. Pero ella se apartó bruscamente y me dijo:

—No; todavía no, todavía no.

—¿Pues hasta cuándo?

—Hasta que seas mi marido. Mi madre dice que no se debe uno besar la boca hasta que sea casada, porque si no peca uno.

—¿Y por qué?

—Yo no sé, pero peca uno.

—Pues mira, será pecado, pero yo tengo muchas ganas de hacerlo.

—¡Jesús! ¿quieres condenarte? ¿No ves que es el diablo el que te da esas ganas?

Antonia se puso seria. Yo callé: a esa edad, en ese pueblo, con aquella educación y a semejante hora, tal argumento me parecía poderoso. Pero debo decir en descargo de mi conciencia, que se me figuraban más terribles los perros, y sobre todo, el viejo de la mula, que el diablo.

Así es que aguardé un poco. Mientras, abrazaba a la joven que se había sentado sobre la cerca y junto a mí. Tal aproximación me incendiaba, y no sabía yo, lo digo candorosamente, lo que deseaba y lo que quería hablar.

—Oye —me preguntó Antonia—, y qué ¿quieres mucho a doña Dolores? Así se llamaba mi amiga la solterona.

—Sí la quiero —respondí—, platica conmigo mucho y me hace regalos.

—Es mi madrina de confirmación —me replicó— y no la voy a ver

I replied in the same way, and then the little form ran hastily toward me.

"Jorge?"

"Antonia?"

"Don't make any noise; my father has had a headache and hasn't been able to sleep well. I thought you wouldn't come."

"Of course I would!" I answered. "And look, I did think about not coming because I was sore. You didn't even look at me this afternoon."

"Oh, how could you expect me to look at you? Weren't my father and mother there? God forbid that I should look at you and speak to you in front of them! And that's why you got angry?"

"That's why."

"Silly!"

And saying this, the girl hugged me tenderly. My anger fell away, and I threw my arms around her neck and kissed her repeatedly. I again pressed my desire to kiss her on the mouth. But she broke away abruptly and said:

"No, not yet, not yet."

"Well, when, then?"

"When you're my husband. My mother says it's wrong to kiss on the mouth before you're married; otherwise, you're committing a sin."

"Why?"

"I don't know, but you're committing a sin."

"Well, look, it may be a sin, but I have a real urge to do it."

"Jesus! Do you want to go to hell? Don't you see it's the devil who's giving you that urge?"

Antonia became serious. I fell silent: at that age, in that village, with that upbringing, and at that hour, such an argument seemed weighty to me. But I must say for my conscience's sake that the dogs and especially the old man with the mule appeared more terrifying to me than the devil.

And so I waited a while. In the meantime, I was hugging the girl, who had sat down on the wall next to me. This proximity inflamed me and, I say this frankly, I didn't know what I desired or wanted to say.

"Listen," Antonia asked me, "do you like Dolores very much?" That was the name of my old maid friend.

"Yes, I do," I replied, "she talks a lot with me and gives me presents."

"She's my godmother, my confirmation sponsor," she rejoined, "but

porque mi padre está enojado con ella; pero si tú quieres, iré allá seguido, para que nos veamos con más seguridad, y así será mejor.

—¡De veras! —contesté alborozado—, como ella vive sola, podemos vernos en el patio, en la huerta, en la sala cuando ella vaya a visita o esté rezando, y así estaremos mejor.

—Pues hasta mañana —me dijo, y abrazándome, buscó mis labios con los suyos carnosos y ardientes, y los oprimió de tal modo, que temí desmayarme. ¡Tal fue la sensación que experimenté y que jamás había adivinado! Ella también se puso como temblorosa y se quedó callada y respirando con dificultad. Yo me repuse primero, y le dije:

—¿Qué te pasa?

—Quién sabe —respondió—; déjame.

—Y ¿el diablo?

—¡Ah! —dijo bajándose de la cerca— ¡el diablo! ¡de veras! ¡Jesús! Hasta mañana, hasta mañana.

El acento burlón con que Antonia hizo estas exclamaciones, me hizo comprender desde entonces que las mujeres no convierten sus escrúpulos en fantasmas sino para darse el gusto de reírse de ellos en la primera ocasión.

La muchacha corrió a meterse en su casa: los perros la conocieron y no hicieron ruido; pero yo, todavía agitado por aquel beso terrible, no puse mucho cuidado al bajarme de la cerca de piedras; rodaron algunas, y los perros que no necesitaban tanto para confirmar sus atroces sospechas, se dirigieron hacia mí como demonios, ladrando furiosamente. El terror me volvió con toda su fuerza; fié a mis piernas mi salvación, y corrí como un desesperado; pero los perros me alcanzaron y tuve que arrojarles mi sombrero para satisfacer su rabia. Llegué a mi casa jadeando y medio loco; pero una vez acostado y después de saborear todavía el dejo punzante y desconocido de aquel beso, me dormí, no sin dar terribles saltos a cada momento soñando que los perros afianzaban mis pantorrillas.

V

Si es verdad que el amor florece muchas veces mejor a la sombra protectora de un confidente, también es cierto, por desgracia, que otras, y son las más, se marchita y muere pronto. Es difícil hallar un amigo desinteresado que no venga con su influencia a envenenar el sentimiento que se nutre con la savia de dos corazones puros.

Antonia y yo pensábamos encontrar en la casa de la solterona, mi amiga, un santuario para nuestro amor naciente. Yo creí encontrar en

I don't visit her because my father is angry with her; but if you like, I'll go there often so we can see each other in greater safety; it'll be better that way."

"True!" I answered joyfully. "Since she lives alone, we can see each other in the patio, in the orchard, or in the parlor when she goes visiting or is praying, and we'll be more comfortable that way."

"Well, see you tomorrow," she said and, hugging me, sought out my lips with her fleshy, burning ones and pressed them so hard I was afraid of fainting. Such was the sensation I experienced and had never guessed at! She, too, became somewhat trembly and remained silent, breathing heavily. I was the first to recover, and I said:

"What's happening with you?"

"Who knows?" she replied. "Leave me."

"And what about the devil?"

"Oh," she said as she got down from the wall, "the devil! Really! Jesus! See you tomorrow, see you tomorrow!"

The mocking tone in which Antonia uttered those exclamations made me understand from then on that women convert their scruples into specters only to give themselves the pleasure of laughing at them on the earliest occasion.

The girl ran and entered her house; the dogs knew her and made no noise; but I, still agitated by that awesome kiss, wasn't very careful getting down from the stone wall; a few of them rolled and the dogs, which didn't need that much to confirm their terrible suspicions, headed for me like demons, barking furiously. My fright returned in full force; I entrusted my salvation to my legs and I ran like a desperate man; but the dogs caught up with me and I had to throw them my hat to glut their rage. I reached home panting and half crazy; but once in bed, and after continuing to savor the biting and unfamiliar aftertaste of that kiss, I fell asleep, not without giving terrible jumps every minute while dreaming that the dogs were seizing my calves.

V

If it's true that love often flourishes better in the protective shade of a confidant, it's also unfortunately the case that, other times, and most of the time, it soon withers and dies. It's hard to find a disinterested friend whose influence won't envenom the emotion that's nourished by the sap of two pure hearts.

Antonia and I had expected to find in the home of my friend the old maid a sanctuary for our budding love. I thought I had found in her a

ella una protectora, puesto que había yo sido el depositario de algunos de sus más caros secretos.

Pues bien, Antonia y yo nos engañábamos.

Al día siguiente de nuestra sabrosa entrevista nocturna, la muchacha fue a visitar a su madrina, y pasó en su compañía la tarde. Yo me hice el aparecido también, con cualquier pretexto, y fingí no conocer a mi amada, a quien contemplé, sin embargo, con mucha atención, entablando con ella una de esas conversaciones de muchachos, que establecen desde luego una gran intimidad.

Antonia estaba más bonita que nunca aquella tarde, pues se había puesto muy maja, y aun su madrina le elogió su belleza creciente y su lindo traje aldeano. Antonia estaba ligeramente pálida, y bien se conocía que había dormido mal. Era claro; debió haber sentido las mismas novedades que yo, después de nuestro coloquio sobre la cerca de su casa.

Ese día, sin embargo, ni la solterona tuvo nada que observar de extraordinario en nosotros, ni le dimos tampoco motivo para alimentar una sospecha. Pero Antonia siguió visitándola asiduamente, y daba la casualidad de que yo concurría a la casa a la misma hora, y que me retiraba pocos momentos después de que Antonia había partido.

La joven alegaba como pretexto para sus frecuentes visitas, el cariño que tenía a su madrina; pero ésta era demasiado perspicaz para no ver en aquella ternura inesperada un motivo diverso. Además, estudiaba nuestros ojos, que se buscaban a cada instante; que se inflamaban con la llama de amor; que entablaban entre sí esos diálogos que los amantes inexpertos creen indescifrables, pero que son claros, clarísimos, para quien ha usado de ellos durante veinte años.

Dolores adivinó fácilmente lo que había entre nosotros, y dejándonos solos varias veces a fin de tendernos un lazo, en el que caímos por supuesto, pudo cerciorarse de nuestra intimidad. Nunca quiso sorprendernos, porque eso no le convenía; de modo que nosotros nos avanzamos hasta a creer que nos protegía decididamente, y le tributamos por ello una candorosa y sincera gratitud.

Sin embargo, ella parecía preocupada frecuentemente, y algunos días su mal humor inmotivado me causó una viva impresión. Antonia me confió por su parte, que varias veces la había recibido con extraña frialdad, a la que había seguido luego un arranque de afecto entusiasta. Atribuimos, como era natural, esta variedad de humor, a los cuidados y pesares que debía tener una señora como ella, que se permitía conservar relaciones amistosas con un amante que venía a verla

protectress, seeing that I had been the depositary of some of her closest secrets.

Well, Antonia and I were mistaken.

On the day after our delicious nocturnal rendezvous, the girl went
to visit her godmother and spent the afternoon in her company. I, too,
showed up as if by chance, on some pretext, and pretended I didn't
know my beloved, whom I nevertheless gazed at most attentively, en-
gaging her in one of those juvenile conversations which immediately
foster a great closeness.

That afternoon Antonia was prettier than ever, because she had
dressed very elegantly, and even her godmother praised her growing
beauty and her lovely village outfit. Antonia was slightly pale and it
was obvious that she had slept badly. Naturally; she must have felt the
same new emotions as mine after our dialogue on the wall around her
house.

Nevertheless, that day the old maid could observe nothing unusual
in us, nor did we give her any cause to nourish a suspicion. But
Antonia went on visiting her steadily and, as chance would have it, I
would arrive at the house at the same time and take my leave a few
minutes after Antonia had departed.

The girl gave as a pretext for her frequent visits her affection for her
godmother; but the older woman was too shrewd not to detect a different motive in that unlooked-for tenderness. Furthermore, she'd
study our eyes, which sought one another every minute, which kindled with the flame of love, and which initiated those mutual dia-
logues that inexperienced lovers think undecipherable, but are clear,
all too clear, to those who have used them for twenty years.

Dolores easily guessed what was between us and, leaving us alone
several times in order to lay a trap for us (into which we fell, of
course), she was able to make sure of our closeness. She never tried
to catch us off guard, because that didn't suit her purpose; so that we
got to the point of believing she was definitely protecting us, and we
were candidly and sincerely grateful to her for that.

Nevertheless, she often seemed preoccupied, and on some days her
unmotivated bad mood made a strong impression on me. On her side,
Antonia told me in confidence that several times she had given her an
oddly chilly welcome, which was then followed by an outburst of en-
thusiastic affection. As was natural, we ascribed those changeable
moods to the worries and cares a lady like her must have, who allowed
herself to keep up friendly relations with a lover who visited her once

cada mes como un fantasma, y que partía a la media noche galopando en un caballo negro, como lo había yo visto muchas veces.

Siempre al otro día de cada una de estas entrevistas tenebrosas, la solterona padecía jaquecas y nos hablaba poco; y aunque es verdad que esto no solía prolongarse por mucho más tiempo del acostumbrado, nosotros queríamos creer que no había otras causas que las ya mencionadas.

Y seguíamos confiados cada vez más en nuestra intimidad, a la que debía yo diariamente nuevas concesiones que no traspasaban, sin embargo, los límites de la inocencia infantil.

Antonia era menos candorosa que yo, pero era candorosa; y a los quince años, aunque presentía todas las exigencias que puede tener el amor, no las conocía ni yo que era menos instruido que ella podía hacérselas comprender. A los trece años se hace más comúnmente el papel de Pablo que el de don Juan, y he ahí precisamente en lo que consiste la desgracia de los amantes muy jóvenes, y lo que hace insípido, soso y deleznable el primer amor.

La niña busca un preceptor en su amante. Sólo cuando ha llegado al otoño de su vida amorosa, gusta algunas veces, como Calipso, de encontrar un educando; pero esta afición extraña acusa infaliblemente un estado de decadencia en la mujer. La vieja, desdeñada ya por los Ulises, se refugia en los Telémacos. Es la peor desgracia que puede acontecer a una mujer galante. Pero, lo repito, la jovencita busca el atractivo punzante de lo desconocido; y como el inocente que ha prendado su corazón por la primera vez no puede ofrecérselo, ella espera siempre con inquietud al que vendrá en seguida; es decir, al perito en las cosas de amor. De manera que un primer amante joven es siempre un interino.

Entonces lo supe, bien a costa mía.

Tenía yo en contra esta circunstancia, y además otra no menos poderosa y que descubrí con terror, cuando no podía evitarla ya. La solterona, nuestra mentida protectora, me quería. Había entrado ya al maldito período en que las mujeres sienten con la llegada de su invierno un deseo insensato de rejuvenecerse. En tal momento, ¡ay del polluelo que se halle al alcance de una cotorra!

La mía tenía un amante, es verdad, pero éste no la encontraba ya ni bella, ni amable seguramente. Dolores lloraba, pasaba días enteros hundida en el tedio y en el desaliento; había agotado inútilmente

a month like a ghost and left at midnight galloping on a black horse, as I had often seen him do.

The day after each of those shadowy trysts, the old maid always suffered from headaches and didn't speak to us much; and though it's true that this didn't generally last for much longer than usual, we were content to believe that there were no other reasons for it than those already mentioned.

And we continued to feel ever more secure in our intimacy, to which I daily owed new concessions, which, nevertheless, never exceeded the limits of childish innocence.

Antonia was less candid than I, but she was candid; and at fifteen, though she had a presentiment of all the demands that love can make, she was unfamiliar with them, nor could I, who was less informed than she, make her understand them. At thirteen one generally plays the role of Paul[4] rather than Don Juan, and it is precisely therein that lies the misfortune of very young lovers, making first romances insipid, tasteless, and ephemeral.

A girl is looking for a teacher in her lover. Only when she has reached the autumn of her love life does she sometimes, like Calypso, enjoy finding a pupil; but that strange affection infallibly indicates a state of decline in the woman. The old lady, now disdained by men like Ulysses, takes refuge in boys like Telemachus. It's the worst misfortune that can befall an amorous woman. But I repeat, a young girl seeks the pungent attraction of the unknown; and since the innocent lad who has pledged his heart for the first time can't offer her this, she always awaits impatiently the next comer; that is, the expert in matters of love. So that a young first lover is always a temporary stopgap.

I learned this later, much to my cost.

I had this circumstance against me, as well as another no less powerful one, which I discovered with terror when I could no longer avoid it. The old maid, our false protectress, loved me. She had already entered that accursed time of life when women, feeling their winter setting in, gain a foolish desire to become young again. At such times, woe to the chick that finds itself within the reach of a magpie!

Mine had a lover, true, but he no longer found her beautiful or lovable, surely. Dolores would weep, she'd spend whole days immersed in boredom and discouragement; she had exhausted in vain every resource a wise, experienced women always counts on for holding onto

---

4. Probably a reference to the naïve hero of *Paul et Virginie* (1788), by Bernardin de Saint-Pierre.

todos los recursos con que una mujer experimentada y sagaz cuenta siempre para retener a un hombre. Pero el espectro aquel que apenas habíamos entrevisto algunas noches, se le iba de los brazos, y las últimas entrevistas eran los *adioses* de un amor fatigado.

La cotorra se resignaba a pesar suyo, y pensó en mí.

¡Pensó en mí! Y todas sus cavilaciones tuvieron desde entonces por objeto desbaratar el frágil castillo de mis amores inocentes con Antonia. No era muy difícil la empresa, y la casualidad ayudó maravillosamente a la solterona.

VI

Era el mes de octubre del año venturoso de 1847, y algunas tropas del ejército se retiraban a los Estados, orgullosas y satisfechas de dejar la capital en poder de los *yankees,* que no debían desocuparla, sino en virtud del tratado de Guadalupe que les dio media República.

Acertó entonces a pasar por mi pueblo una cursi brigada mandada por un generalote de aquel tiempo, de los más allegados a Santa Anna, y que en unión de tan famoso capitán había hecho prodigios de valor en la campaña contra los americanos. Era el tal, a lo que pude juzgar en aquella época, uno de esos espantajos del antiguo ejército, que fueron por mucho tiempo el coco del pueblo bobalicón, y que debían sus ascensos a lo que he averiguado después, a los gloriosos títulos de haber dado el ser a una hermosa joven que el dictador encontró digna de su gracia. Ya se sabe que en las administraciones de Santa Anna esto no era un caso raro, y que numerosas bandas rojas y verdes fueron ceñidas a los talles de hermanos y papás por las manecitas blancas de varias niñas, cuyos nombres asentó en sus registros el implacable lápiz de la maledicencia pública.

Pues bien, mi general, el que pasó con gran pompa a la cabeza de su brigada victoriosa, por mi pueblo, era uno de esos *papás.* Y no sólo, sino que tenía un hijo a quien probablemente las mismas manos condecoraron con una banda de coronel. Era un joven de treinta años, gallardísimo, y mandaba un croquis de batallón compuesto de doscientos soldados macilentos y haraposos, que ellos sí llevaban retratada en el semblante la historia íntegra de las desdichas de la patria. Y digo *ellos sí,* porque el coronelito parecía muy orondo, muy fanfarrón, muy pagado de sus hazañas; y quien hubiera creído ver un *boletín* en su cara de matamoros, habría leído en él el orgullo de cincuenta victorias obtenidas *a lo hombre,* como dicen los malditos.

a man. But that ghost we had barely glimpsed on some nights was drifting out of her arms, and their latest trysts had been the farewells of a worn-out love.

The magpie was becoming resigned in spite of herself, and she began to think about me.

She thought about me! And from then on, the object of all her ponderings was to dismantle the fragile castle of my innocent romance with Antonia. The undertaking wasn't very difficult, and chance aided the old maid in a wondrous way.

VI

It was the month of October in the tempestuous year 1847, and some army units were withdrawing to their separate states, proud and contented to leave our capital city in the power of the Yankees, who were not to pull out of it until the Treaty of Guadalupe, which gave them half of the Republic.

At that time there chanced to pass through my village a vulgar brigade commanded by one of the petty generals of those days, one of those closest to Santa Anna, who jointly with that very famous leader had performed "miracles of valor" in the campaign against the Americans. This man, from what I was able to judge at that time, was one of those bugbears of the old army who for a long time were the bogeymen of the mindless populace and owed their promotions, from what I ascertained later, to the glorious title of having begotten a beautiful girl whom the dictator found worthy of his favor. It's well known that during Santa Anna's administrations this was no rare event, and that numerous red and green sashes were tied around the waists of brothers and daddies by the little white hands of several girls whose names were recorded in its logbooks by the implacable pencil of public slander.

Well, then, my general, who rode through my village with great pomp at the head of his victorious brigade, was one of those daddies. Not only that: he had a son who had probably been decorated with a colonel's sash by those same hands. He was a young fellow of thirty, very elegant, and he commanded a sketchy battalion made up of two hundred wan, ragged soldiers, and *they* did bear depicted on their faces the full story of their country's misfortunes. And I say "*they* did" because the little colonel looked very self-satisfied, boastful, and contented with his exploits; anyone who may have imagined seeing a bulletin in his blustering face would have read in it the pride in fifty victories obtained "like a real he-man," as those damned people put it.

La verdad es que semejante fisonomía y aspecto tan belicoso, fue común entonces a todos los generales, jefes y oficiales que *corrieron;* y lo que más me asombra es que hasta hoy, los que aún quedan para dar fe de la grande utilidad de aquel ejército llamado *permanente,* todavía se enorgullecen de haber pertenecido a él, y se ponen muy ufanos cuando recuerdan aquella época de gloria y de honor.

Ni entonces, siendo yo chico, ni ahora que tengo el chirumen ya maduro, he podido comprender nunca el verdadero motivo de tan descompasada soberbia. La historia me dice que hubo héroes en esa campaña que sellaron con su sangre bendita la honra de México; pero la historia me dice también que esos héroes no se cuentan por centenares, al menos entre los caudillos del ejército, que eran los responsables directos del éxito de la guerra.

Pero repito, esto no impedía que el señor general y el señor coronel, su hijo, se diesen al entrar en mi pueblo toda la importancia de los antiguos vencedores romanos, a quienes el Senado concedía los honores del triunfo.

Así es que cuando se anunció su llegada, todo fue alboroto en el vecindario. El desventurado alcalde con sus regidores y ministriles, corría por todas partes preparando alojamientos y señalando a los vecinos la cuota con que habían de contribuir para el *préstamo,* las raciones para los soldados y el forraje para la caballada. Además, obligaba a todo el mundo a adornar el frente de sus casas con ramas verdes, guirnaldas y cortinas; y cuando todo esto se halló listo, la tambora sonando en la plaza convocó a los individuos que componían nuestra mala murga, llamada música de viento, la cual música, por más señas, tocaba sólo cinco sonatas que estaba yo oyendo desde que tuve orejas.

Como es natural, aquella novedad me causó un alboroto indecible, lo mismo que a todos los muchachos de mi edad; y como mi casa estaba en un barrio lejano, corrí luego a la de mi amiga la solterona, que estaba situada en la calle *Real,* por la que debía pasar la tropa.

Cuando llegué a ella, encontré a Doloritas afanada en preparar los adornos con que debían engalanarse las ventanas, y Antonia le estaba prestando un auxilio eficaz. Habían hecho guirnaldas con las flores del huerto, y arcos con ramas de fresno y con manojos de trébol. La solterona había sacado de su ropero dos colchas y una sobrecama lindísima, con largos flecos. Todo ese adorno rústico y urbano iba a colocarse en puertas y ventanas con el mejor gusto posible, y yo fui el artífice a cuyo ingenio se confió semejante tarea.

The truth is that such faces and very warlike appearances were then shared by all the generals, chiefs, and officers who ran away; and what amazes me most is that, to this day, those who are still left to attest to the great utility of that army called "standing" are still proud to have belonged to it and become all puffed up when they recall that era of glory and honor.

Neither then, when I was little, nor now when my sense has already matured, have I ever been able to understand the real reason for such excessive haughtiness. History tells me that there were heroes in that campaign who sealed the honor of Mexico with their blessed blood; but history also tells me that those heroes can't be counted by hundreds, at least not among the warlords of the army, who were those directly responsible for the outcome of the war.

But I repeat, this didn't prevent the general and his son the colonel, as they entered my village, from giving themselves all the importance of the ancient Roman conquerors to whom the Senate granted the honors of a triumphal procession.

And so, when their arrival was announced, all was hubbub among the inhabitants. The unhappy mayor, with his councilmen and clerks, ran to and fro preparing billets and informing the citizens of the amount they had to contribute to the "war loan," the food for the soldiers, and the fodder for their horses. In addition, he compelled everyone to decorate their house facades with green branches, garlands, and draperies; and after all that had been done, the bass drum beating in the square summoned the individuals who made up our inferior town band, called a wind orchestra, an orchestra which, to be specific, played only five pieces, which I had been hearing ever since I had ears.

As was natural, that novel event gave me unspeakable joy, as it did to all the boys of my age; and since my house was in a distant neighborhood, I ran at once to the home of my friend the old maid, which was on Royal Street, down which the troops were to pass.

When I got there, I found Doloritas[5] busy preparing the decorations with which the windows were to be adorned; Antonia was giving her able assistance. They had made garlands with flowers from the garden and arches out of ash boughs and clumps of clover. The old maid had taken from her linen closet two counterpanes and a very pretty bedspread with long fringes. All of that rustic and urban decoration was to be placed in doorways and windows with the best possible taste, and I was the artisan to whose skill that task was entrusted.

---

5. Like Lola later on, this is a diminutive of Dolores.

Lo hice muy bien; encaramándome en una escalera me estuve una hora larga amarrando y clavando aquellas colas, dirigido por la solterona, y cuando bajé, tanto ella como Antonia parecieron satisfechas de mí.

A las once pasó la comitiva del pueblo que iba a recibir al señor general. El digno alcalde, el señor cura, el vicario, el administrador de rentas, los regidores, dos o tres dueños de tienda y otros honrados vecinos que se habían puesto sus mejores ropas, precedidos por la *música* y por los alguaciles que llevaban sendas *gruesas* de cohetes, atravesaron la calle Real y se dirigieron a la orilla del pueblo por donde debía entrar la tropa.

Un momento después, estos cohetes, los tamborazos desaforados que se oyeron, y el sonar de las cornetas, anunciaron que la columna llegaba; la gente se apiñó en las bocacalles y en puertas y ventanas, que como las de la casa de Doloritas, estaban hechas un altar de Viernes de Dolores. Las campanas de la parroquia repicaban a vuelo, y todo era alboroto y expectativa en la calle.

La comitiva de las autoridades y de los *particulares* venía por delante, trayendo en medio al señor general, viejo sargentón bigotudo y terrible, vestido con un dormán azul, en el que se ostentaban las enormes divisas, y montado en un caballo magnífico y que parecía buen corredor. La música venía dando unos pitazos descomunales; y como los ciudadanos que lo componían andaban a pie y al paso de la cabalgata, aquellos sonecitos salían de los demonios.

La comitiva se dirigió a la plaza, y el general fue alojado en la casa de un rico tendero, que era la mejor.

Pero la brigada venía atrás, y era a ella a la que esperaban con mayor ansiedad las gentes. Se me olvidaba decir que Doloritas se había puesto de veinticinco alfileres, y aun creo que se había encajado en los cabellos algunas viejas flores de trapo que eran el tesoro de su tocador. Esperaba seguramente llamar la atención de los oficiales, y atrapar a alguno de esos galanes de uniforme grasiento, que son el encanto y la delicia de las *románticas* de los poblados y aun de las ciudades.

En cuanto a Antonia, estaba como siempre, linda, con su fisonomía virginal, sonrosada y fresca, y con su traje sencillo y gracioso. Ella no necesitaba flores de trapo para sus cabellos negros y brillantes. Sus quince años eran una corona de rosas que poetizaba su frente juvenil. Sus ojos grandes y curiosos animaban su semblante, y su boquita sensual y encarnada lo hacía irresistible.

Decididamente, la solterona había escogido una mala compañera para mostrarse.

La primera banda de tambores y de cornetas pasó frente a nosotros, y detrás de ella ¡oh! detrás de ella venía el citado coronel, hijo del ge-

I performed it quite well; climbing a ladder, I spent a full hour tying and nailing those long trains, directed by the old maid, and when I descended, both she and Antonia seemed satisfied with me.

At eleven there passed by the village the committee that was to welcome the general. Our worthy mayor, the priest, the vicar, the tax collector, the councilmen, two or three shopowners, and other honorable citizens who had put on their best clothes, preceded by the "orchestra" and by the constables, each of whom carried a gross of firecrackers, crossed Royal Street and headed for the edge of town, where the troops were to enter.

A moment later, those firecrackers, the gigantic drumbeats that were heard, and the blowing of the bugles announced that the column was arriving; people crowded at the intersections and in doorways and windows, which, like those in Doloritas's house, had become a Good Friday altar. The bells in the parish church were pealing gaily, and the street was all jubilation and expectancy.

The committee of authorities and private citizens was marching in the lead, in their midst the general, an old trooper, fearsome, with a big mustache, dressed in a blue dolman on which his enormous insignia were displayed; he rode a magnificent horse which looked like a good racer. The band followed, emitting enormous squeaks; and since the citizens who comprised it were on foot keeping up with the cavalcade, their racket was really hellish.

The committee headed for the square, and the general was quartered on a wealthy shopkeeper, who had the best house.

But the brigade followed, and it was it that the people awaited with greater anxiety. I almost forgot to say that Doloritas had dressed herself to the nines, and I even believe she had inserted in her hair some old cloth flowers which were the treasure of her dressing table. She surely expected to draw the officers' attention and to catch one of those gallants in greasy uniforms who are the enchantment and delight of "romantic" ladies in villages and even in big cities.

As for Antonia, she was pretty as always, with her pink, fresh maidenly face and her simple, graceful attire. She didn't need cloth flowers in her shiny black hair. Her fifteen years were a wreath of roses that lent poetry to her youthful brow. Her large, inquisitive eyes enlivened her face, and her sensual red lips made her irresistible.

Decidedly, the old maid had chosen the wrong companion to display herself with.

The first group of drums and bugles went by in front of us, and behind it, oh, behind it came the above-mentioned colonel, son of the

neral, mandando la columna y acompañado de su ayudante y de su corneta de órdenes.

Ya se supondrá que el bravo militar venía mirando a todos lados con extremada insolencia, guiñando el ojo a las muchachas buenas mozas, con aire de conquistador, y haciendo caracolear su caballo tordillo como un centurión en Jueves Santo. También se supondrá que las mujeres se fijaban en él de preferencia. Traía su cachucha, una levita militar, pantalón con franja y botas fuertes. Todo estaba lleno de bordados, y empuñaba con suma bizarría la valerosa espada que él se imaginaba teñida en sangre de invasores.

El carmín de la vanidad tiñó las mejillas de la solterona luego que distinguió al garboso coronel. Alisóse el cabello, arregló su pañoleta, y con un descaro singular dijo a Antonia, estirándola el vestido:

—¡Ay, Antonia, mira qué coronel tan buen mozo! ¡Y qué garbo! ¡Y qué ojos!

El coronel que notó que se fijaba en él con admiración, lanzó a la solterona una mirada flechadora; le dirigió una sonrisa; pero reparando luego en la linda aldeana, se sorprendió visiblemente, la devoró con ojos de tigre y no pudo menos que señalarla a su ayudante con una sonrisa preñada de amenazas.

Antonia, al verse mirada así, se ruborizó y se cubrió el semblante con su chal, pero mi coronel, aun cuando se alejaba con su columna, volvía la cara frecuentemente para seguir mirando.

La solterona, irritada al ver esta preferencia disimuló, sin embargo, y dijo a la joven:

—¡Ay! Antonia, ¡cómo me mira el coronel!

Antonia no dijo nada; pero yo, ardiendo ya de celos, había comprendido perfectamente que no era a la jamona a quien veía el pícaro militar, sino a la muchacha de quince años que me pertenecía.

¡Entonces conocí por primera vez el sabor delicioso de este rico manjar que el mundo llama *celos*, y que te deseo, ¡oh lector! para que endulces con él tu querida existencia!

Desde ese momento me pareció que rugía sobre mi cabeza algo como una tempestad. Probablemente era el zumbido de oídos que ocasiona la sangre alborotada de todos los celosos. Vi a Antonia, me estremecí, la odié, y tuve ganas de que se muriera. Es seguro que la solterona sintió lo mismo que yo, aunque no por la misma causa. En ella había la vanidad herida de la coqueta vieja; en mí había la horrorosa inquietud del amor alarmado.

¡Ay! ¡pobre del que tiene corazón!

general, leading the column and accompanied by his adjutant and his personal bugler.

Now you may imagine the brave soldier looking all around with extreme insolence as he proceeded, winking at the good-looking girls, with the air of a conqueror, and making his dapple-gray horse prance like a centurion on Holy Thursday. You may also imagine the women staring at him especially. He wore his cap, a military frock coat, trousers with a broad stripe, and heavy boots. All this was full of embroidery, and with supreme elegance he clutched the valorous sword which he pictured as being dyed in the invaders' blood.

The crimson of vanity colored the old maid's cheeks the moment she discerned the dashing colonel. She smoothed her hair, adjusted her fichu, and with extreme insolence she said to Antonia, tugging the girl's dress:

"Ah, Antonia, see how handsome the colonel is! And so elegant! And what eyes!"

The colonel, who noticed that someone was staring at him in admiration, cast an arrowlike glance at the old maid; he sent a smile her way; but then catching sight of the pretty village girl, he was visibly surprised; he devoured her with tiger's eyes and couldn't help pointing her out to his adjutant with a smile fraught with menace.

Antonia, finding herself gazed at that way, blushed and covered her face with her shawl, but the colonel, even when moving away with his column, frequently turned his face to continue gazing.

The old maid, vexed at seeing that preference, nevertheless dissimulated and said to the girl:

"Ah, Antonia, how the colonel gazes at me!"

Antonia said nothing; but I, already aflame with jealousy, had understood perfectly that it wasn't the butterball the roguish soldier was looking at, but the fifteen-year-old girl who belonged to me.

Then I knew for the first time the delicious flavor of the rich food the world calls jealousy, and which I wish on you, reader, so you can sweeten your dear existence with it!

From that moment on, it seemed to me that something like a storm was roaring over my head. It was probably the buzzing in the ears caused by the excited blood of all jealous men. I looked at Antonia, I shuddered, I hated her, and I wished she would die. Surely the old maid had the same wish, but not for the same reason. In her it was the wounded vanity of an elderly coquette; in me it was the horrible nervousness of alarmed love.

Ah, how I pity those who have loving hearts!

VII

Después de haberse acuartelado las tropas, alojádose el general y oído con una cara de Federico el Grande el discurso elocuente que el Secretario del Ayuntamiento le dirigió en nombre del vecindario, felicitándole por las glorias de la Patria, los jefes y oficiales se diseminaron por la población para buscar sus alojamientos y comenzar sus conquistas.

Yo no sé cómo diablos se arregló el coronel con el alcalde, pero el caso es que le tocó de alojamiento la casa de Doloritas.

De manera que aún no había transcurrido media hora de la entrada y estábamos todos nosotros en las ventanas, cuando vimos llegar a un ayudante seguido de asistentes, caballos y mulas de carga. Un alguacil traía la boleta de alojamiento, y notificó a la solterona, de orden del alcalde, que recibiera en su casa al señor coronel.

Cualquier otra persona se habría puesto de mal humor, calculando las molestias que aquella carga le imponía; pero la jamona, todavía no enteramente desengañada acerca de las intenciones del coronel, recibió sonriendo al ayudante, y ordenó a sus criados que indicaran a los asistentes la cuadra y los demás departamentos de la casa, yendo ella misma a preparar su recámara para que sirviera al militar.

Como es de suponerse, Antonia fue ocupada por su madrina en estas faenas, y yo, temblando de inquietud y de cólera, me aproveché de tales momentos para acercarme a mi amada y decirle casi llorando:

—Oye, te suplico que luego que acabes te vayas a tu casa, y no vuelvas aquí.

—¿Sí? ¿por qué? —me preguntó ella con aire burlón.

—¿Cómo por qué? Pues qué, ¿no tienes miedo a los soldados?

—Yo no . . . ni tantito.

—¿Ni tantito? ¿Es posible, Antonia? ¿y si te roban?

—¡Qué me han de robar! No seas tonto.

—Oye: he oído decir que los soldados son muy malos; ese coronel te miró con unos ojos . . .

—¿A mí? no . . . sería a mi madrina.

Ahora era la niña la que ocultaba la verdad, que había comprendido tanto como nosotros.

—No, fue a ti —repuse colérico—; a ti que eres más bonita que doña Lola.

—¿De veras?

—¡Oh! Antonia, no me hagas enojar; vete para tu casa, por vida tuya.

VII

After the troops were billeted, and the general was lodged and had listened with an expression like that of Frederick the Great to the eloquent speech that the village clerk addressed to him in the name of the population, congratulating him for the glories of the homeland, the chiefs and officers scattered through the village to seek their quarters and begin their conquests.

I don't know what damned arrangements the colonel made with the mayor, but the fact is that Doloritas's house fell to his lot as a billet.

So that a half hour hadn't yet gone by since their entrée, during which we had all been at the windows, when we saw arriving an adjutant followed by orderlies, horses, and pack mules. A constable carried the billeting voucher and informed the old maid, by the mayor's orders, that she was to welcome the colonel in her home.

Anyone else would have been annoyed, reckoning up the nuisances which that charge imposed on him; but the butterball, not yet completely undeceived as to the colonel's intentions, welcomed the adjutant with a smile and ordered her servants to show the orderlies the stable and the other parts of the household, while she herself went to prepare her bedroom for the officer's use.

As may be supposed, Antonia was kept busy by her godmother at these chores, while I, trembling with nervousness and anger, made use of those moments to approach my beloved and say, almost in tears:

"Listen, I beg you to go home as soon as you finish, and not come back here."

"Really? Why?" she asked me in a sarcastic tone.

"What do you mean, why? Well, aren't you afraid of the soldiers?"

"Not me . . . not a bit."

"Not a bit? Is it possible, Antonia? What if they abduct you?"

"Why should they abduct me? Don't be silly!"

"Listen: I've heard it said that soldiers are very wicked; that colonel looked at you with such eyes . . ."

"At me? No . . . it must have been at my godmother."

Now it was the girl who was concealing the truth, which she had understood as well as we had.

"No, it was at you," I retorted angrily, "at you who are prettier than Lola."

"Honestly?"

"Oh, Antonia, don't get me angry; go home, for your sake!"

Yo dije esto saltándoseme las lágrimas. La muchacha pareció sorprenderse al notar mi sentimiento, y enternecida me dio un beso, diciéndome:

—No tengas cuidado, no tengas cuidado.

Pero en ese instante oímos un ruido ocasionado por la llegada del coronel, que como todos los animales de su especie, no entraba jamás a una casa sin causar un estrépito escandaloso. Pisaba con brutalidad para que sus acicates repiquetearan, y arrastraba su sable de cubierta metálica para producir un curioso terror en las mujeres y en los niños. Además, hablaba con voz de estentor y de una manera imperiosa e insolente, tratando a todo el mundo como trataba a sus reclutas. Todos los que hayan conocido al antiguo ejército recordarán este tipo, que va perdiéndose de día en día, pues aunque algunos oficiales de esta época o los que se han incrustado por hambre en las filas liberales pretenden algunas veces reproducirlo, nuestras burlas lo hacen insostenible.

Antonia me abandonó para ir a la sala. Yo la seguí. Ya la solterona estaba haciendo los honores al coronel, que aún no tomaba asiento. Parecía que buscaba algo. Luego que vio a Antonia, sonrió con satisfacción y la saludó con una familiaridad descarada.

—¡Hola! ¡qué linda niña! ¿Es algo de usted, señorita? —preguntó a Dolores.

—Es mi ahijada, señor coronel.

—¿Ahijada de usted?

—Sí; era yo muy niña cuando la confirmé. Es muy encogidita, porque ya sabe usted lo que son las gentes de pueblo. Yo también así soy, aunque me he educado en México.

—¿Ha estado usted en México, eh?

—Sí; desde chica, allí estuve en un convento, y después con mi familia, hasta que mamá que estaba curándose tuvo alivio, y nos vimos obligados a venirnos a este pueblo donde papá tenía sus fincas. En aquel tiempo murió papá.

—¿Y su mamá de usted vive todavía?

—No señor, a consecuencia de la muerte de papá nos vimos enredadas en un pleito, y mamá quizá a causa de las pesadumbres que tuvo y de las infamias que nos hicieron, murió también —la solterona aquí suspiró y se llevó el pañuelo a los ojos.

—Vamos, no se entristezca usted, señorita, con esos recuerdos —dijo con aire indiferente el militar.

—¡Ay, señor coronel! ¡cuán desgraciada he sido! Pues señor, desde entonces vivo aquí sola, lejos del mundo, sin distracciones, porque ¿qué distracciones quiere usted que haya en este poblacho? Y hasta

As I said that, tears sprang to my eyes. The girl seemed taken aback on observing my emotion and tenderly gave me a kiss, saying:

"Don't worry, don't worry!"

But at that instant we heard a noise caused by the arrival of the colonel, who, like every animal of his species, never entered a house without making a terrific racket. He took heavy steps so his spurs would jingle, and he dragged his metal-sheathed saber to generate a curious terror in women and children. In addition, he spoke in a stentorian voice and in an imperious, insolent way, treating everyone as he treated his recruits. All those who have known the old army will remember this type, which is dying out daily, because, even though a few officers from that era, or those who out of hunger have infiltrated the liberal ranks, sometimes try to emulate it, our mockery makes it impossible to maintain.

Antonia deserted me and went to the parlor. I followed her. The old maid was already making her obeisance to the colonel, who hadn't taken a seat yet. He seemed to be looking for something. As soon as he saw Antonia, he smiled with contentment and greeted her with insolent familiarity.

"Hello! What a pretty girl! Is she anything to you, miss?" he asked Dolores.

"She's my goddaughter, colonel."

"Your goddaughter?"

"Yes; I was very young when she was confirmed. She's very bashful, because you must know what villagers are like. I'm that way, too, even though I was brought up in Mexico City."

"You've been in Mexico City, eh?"

"Yes, from childhood I was in a convent there, and later with my family, until mother, who was undergoing a cure, got better and we found ourselves compelled to come to this village, where father had his estate. Then father died."

"And your mother is still alive?"

"No, sir, as a result of father's death, we found ourselves entangled in a lawsuit and, perhaps because of the trouble she underwent and the vile things that were done to us, mother died, too." Here the old maid sighed and raised her handkerchief to her eyes.

"Come, don't sadden yourself with those memories, miss," said the soldier with an air of indifference.

"Ah, colonel, how unfortunate I've been! Well, sir, ever since then I've lived here alone, far from the world, without distractions, because what distractions do you think there can be in this hick town? And I'm

me estoy volviendo tonta; me ha de encontrar usted muy tonta, acostumbrado como estará usted a tratar a las señoritas de la Capital.

—¡Oh! no lo crea usted, la encuentro muy amable y muy graciosa, y me alegro de encontrarme por estos rumbos una joya como usted, cuyo trato me recuerda la sociedad en que he vivido siempre. Además, la hermosura de usted . . .

—Coronel —repuso la jamona mirando tiernamente al jefe—, usted es muy galante, usted me hace mucho favor . . . ¡Yo hermosa! ¡Si en estos pueblos se pone una harto fea, y luego los pesares . . . ! ¡Si estoy inconocible . . . !

—Y ¿esta niña vive con usted? —preguntó el coronel que había estado mirando frecuentemente a Antonia.

La solterona hizo una mueca de disgusto y se apresuró a contestar:

—No; no vive aquí sino con su padre que es un labrador; y de veras, Antonia, se me pasaba decirte que ya es tarde y te estarán aguardando en tu casa; no vayan a regañarte.

—¡Cómo! —dijo impaciente el militar—. ¿Esta niña nos abandonará, cuando es tan graciosa, señorita? Espero que no me privará usted de su presencia.

Yo devoraba a señas a Antonia, pero esta bribonzuela respondió con mucha seguridad, aunque ruborizándose:

—No, madrina, mi padre me dijo que podía yo estarme todo el día con usted.

Dolores hizo una mueca nueva, el coronel movió la cabeza con satisfacción, yo me desesperé y quise arrancarme los cabellos.

—Ya lo ve usted, señorita —añadió el soldado—; está autorizada, y por consiguiente comerá con nosotros y nos platicará. ¡Qué candorosa es! ¿Cuántos años tienes, linda?

—Quince, señor, ya los cumplí.

—¡Quince! —repitió él, atusándose los bigotes con marcada fatuidad—. ¡Muy bien . . . ! —y la devoró con una mirada de sátiro.

No había remedio: la solterona, al oír hablar de comer, se había levantado para dar sus órdenes.

—Usted dispensará, coronel, la asistencia; va usted a comer muy mal.

—¡Oh, señorita, no lo creo así! Pero no se moleste usted por mí; cualquiera cosa; un soldado como yo se contenta con nada . . . ¡con tal de que ustedes me acompañen, me parecerá divina cualquier cosa!

Este *ustedes* acabó de malhumorar a Dolores, que se marchó llevando el diablo adentro. En cuanto a Antonia, quedóse mirando de soslayo al guapo militar, y poniéndose colorada a cada momento. El

even turning foolish; you must find me very foolish, accustomed as you must be to conversing with the young ladies in the capital."

"Oh, nothing of the sort, I find you very likeable and very gracious, and I'm glad to have met a jewel like you in these parts; conversing with you reminds me of the society I've always lived in. Besides, your beauty . . ."

"Colonel," the butterball interjected, with a tender glance at the officer, "you're very gallant, you do me too much honor . . . I, beautiful! The fact is that in these villages a woman gets good and ugly, and then the worries! . . . I must be unrecognizable!"

"And this girl lives with you?" asked the colonel, who had been casting frequent glances at Antonia.

The old maid pouted with displeasure and hastened to reply:

"No, she doesn't live here, but with her father, who's a farmer; and actually, Antonia, I was forgetting to tell you that it's late now and they must be waiting for you at home; I don't want you to be scolded."

"What!" the soldier said impatiently. "Shall this girl desert us, when she's so graceful, miss? I hope you won't deprive me of her company."

I was making frantic signs to Antonia, but that little rogue answered with great self-confidence, though blushing:

"No, godmother, my father told me I could stay with you all day."

Dolores pouted again, the colonel nodded his head in contentment, while I fell into despair and wanted to pull out my hair.

"So you see, miss," the soldier added, "she has permission, and therefore she'll eat with us and chat with us. How innocent she is! How old are you, pretty one?"

"Past my fifteenth birthday, sir."

"Fifteen!" he repeated, twisting his mustache with notable vanity. "Very good! . . ." And he devoured her with a satyrlike gaze.

There was no help for it: on hearing a meal mentioned, the old maid had gotten up to give orders.

"Colonel, you'll forgive the poor hospitality, you're going to have a very bad meal."

"Oh, miss, I don't believe it! But don't bother over me; any old thing; a soldier like me is satisfied with nothing at all . . . as long as you two join me, anything will seem divine to me!"

"That "you two" put the finishing touches on Dolores's bad mood, and she went out in a silent fury. As for Antonia, she remained there, casting sidelong glances at the natty soldier and turning red every

coronel la hizo señas de que se sentase junto a él; Antonia obedeció, y sentóse en el canapé jugando con los flecos de su chal. Yo me arrimé también.

—Y este picarillo, ¿es tu hermano?

—¿Quién? ¿Este? No, no es nada; es Jorge, un muchacho de aquí que viene a ver a mi madrina.

Ni la negación de San Pedro me pareció tan infame como esta negación de mi amada.

El coronel, mirándome con burla, me dijo:

—¡Qué bueno estás para tambor, muchacho! ¿Quieres irte con la tropa?

Yo me encogí de hombros confuso y aterrado. ¡Tambor! esa es una amenaza terrible para los muchachos de pueblo.

—Vamos, te voy a llevar de tambor; ¿no te enojarás tú, linda mía? ¿Qué dices?

—Si él no ha de querer —contestó sonriendo Antonia. Esa fue la única observación que se le ocurrió.

Yo me olvidé por un momento de mi amor, de mis celos y de Antonia, por no atender más que al peligro que estaba corriendo. El coronel me miraba como un tigre; sentí correr hielo en mis venas a la sola idea de que me cogiesen de tambor y me quebrasen las manos, como me habían dicho que se hacía con los muchachos. Así es que, espantado y sacando los ojos, me escurrí poco a poco de la sala; y sin decir adiós a nadie, eché a correr con todas mis zancadas en dirección de mi casa, y busqué el rincón más oscuro para acurrucarme.

Hasta que estuve en salvo, no reflexioné que había yo dejado a la tórtola en las garras del gavilán.

VIII

Decir cómo pasé aquel día maldito, es inútil. Transcurridos los primeros momentos de cólera y terror, reflexioné con profunda humillación que estaba yo derrotado física y moralmente.

¿Qué podía yo hacer, pobre muchacho, aldeano insignificante, contra aquel militar, superior a mí bajo mil aspectos, y que se me figuraba un semidiós o algo semejante? Tan grande era mi impotencia, y tal la distancia que la casualidad había querido establecer entre mi rival y yo.

Naturalmente, esta distancia y esta impotencia se marcaban dolorosamente a mis ojos, a propósito de mi amor a Antonia; porque en

moment. The colonel signaled to her to sit down beside him; Antonia obeyed, and sat down on the sofa playing with the fringes of her shawl. I came closer, too.

"And this young rascal, is he your brother?"

"Who? Him? No, he's nothing to me; he's Jorge, a local boy who comes to see my godmother."

Not even Saint Peter's denials seemed as vile to me as that denial by my beloved.

The colonel, with a mocking glance at me, said to me:

"What a good drummer boy you'd make, sonny! Do you want to follow the troops?"

I shrugged my shoulders, confused and frightened. A drummer boy! That's a terrible threat to village lads.

"Come, I'll take you along as a drummer. You won't be angry, my pretty one? What do you say?"

"Maybe he won't want to," Antonia replied with a smile. That was the only remark that occurred to her.

For a moment I forgot about my love, about my jealousy, and about Antonia, and heeded only the danger I was in. The colonel was looking at me like a tiger; I felt ice running in my veins at the sole idea I might be impressed as a drummer and have my hands broken, as I had been told they did to such boys. That's why, scared stiff and my eyes bulging, I gradually slipped out of the parlor; and without saying good-bye to anyone, I started running with giant strides toward my house, where I sought out the darkest corner to huddle in.

Until I was in safety, I didn't reflect that I had left the turtledove in the sparrow hawk's talons.

VIII

It's needless to say how I spent that accursed day. Once the first moments of anger and fear had passed, I reflected with deep humiliation that I had been defeated physically and psychologically.

What could I, a poor boy, an insignificant villager, do against that soldier, who was my superior in a thousand ways and seemed to me like a demigod or something similar? My powerlessness was so great, and so was the distance which it had pleased chance to establish between my rival and me.

Naturally, that distance and that powerlessness were painfully obvious to my eyes, where my love for Antonia was concerned; because

otro caso, y con otro motivo, la comparación no me habría preocupado un solo instante.

En el mundo tiene uno, día a día, y momento a momento, ocasiones de comprender la inferioridad de su situación, si la compara con la de otras gentes más afortunadas; pero estas observaciones rápidas y comunes no inquietan el ánimo para nada, y sigue uno su camino indiferente y resignado, sin sentir las amarguras de la desigualdad social.

Pero llega un momento en que a causa de algún asunto que interesa vivamente al orgullo, esta desigualdad toma proporciones colosales a nuestra vista, y entonces se siente todo el dolor, toda la indignación de la debilidad humillada. En tal ocasión, los espíritus débiles miden temblando sus fuerzas, y encontrándolas miserables, sufren la agonía de la desesperación y mueren en el abatimiento. Son atletas afeminados que se doblegan al primer empuje, y caen en la arena cubriéndose la cara con las manos. Pero los espíritus altivos y templados para la lucha, sienten entonces nacer o despertarse en ellos algo desconocido y terrible que los transforma y les hace comprender su fuerza. Es el gigante del orgullo, que nace desafiando al mundo con una mirada, y que desde su cuna, como Hércules, alza los puños para ahogar entre sus manos a las serpientes que le amenazan.

Aquel instante decide el porvenir. Basta un arranque de esos para romper las cadenas de la debilidad humana, y emprender con paso firme los caminos más difíciles de la vida.

Esa revolución se operó en mí aquel día, y le doy gracias; porque habiéndome hecho conocer mi debilidad, despertó en mí la ambición de ser algo más que un pobre aldeanito, asustadizo y expuesto a ser tratado con desprecio por el primer sayón insolente que quisiera divertirse con él.

Mis propensiones a la independencia y a otra vida superior, largamente acariciadas, se fortificaron entonces de tal manera, que mi resolución quedó tomada irremisiblemente. ¿Cómo iba yo a ponerla en práctica? No lo sabía, y esperé con ciega confianza que el destino, por uno de sus agentes misteriosos, me tomase por los cabellos como al profeta Ezequiel para colocarme en mi nuevo camino.

Por lo demás, tuve el buen sentido de comprender que en el asunto de Antonia había otros mil motivos fuera del de mi humilde posición, para que ella me juzgase inferior al coronel. El primero era seguramente mi edad. Tenía yo trece años; mi rival treinta. El prestigio que ejerce la virilidad cuando está en plena florescencia sobre el corazón femenil, me faltaba por completo. Yo era un niño inexperto y can-

otherwise, and with different reasons, the comparison wouldn't have worried me for an instant.

In the world, from day to day, and from minute to minute, a man has occasion to realize the inferiority of his position if he compares it with that of other, luckier people; but those rapid, common observations don't trouble his courage a bit, and he goes along his way indifferent and resigned, without feeling the bitterness of social inequality.

But a moment comes when, because of some matter that intensely concerns our pride, that inequality takes on colossal proportions in our eyes, and then we feel all the pain, all the indignation of humiliated weakness. On such occasions our feeble spirits measure their strength, trembling, and finding it puny, suffer the agony of despair and die in dejection. They're effeminate athletes, who buckle at the first spurt and fall on the sand, covering their face with their hands. But at those times haughty spirits that are trained for the fight feel in themselves the birth or awakening of something unknown and awesome which transforms them and makes them realize their strength. It's the giant of pride, born defying the world with a glance, and from its very cradle, like Hercules, raising its fists to throttle in its hands the serpents that threaten it.

That instant decides the future. An impulse like that is all that's needed to break the chains of human weakness and set out with firm tread on the most difficult roads of life.

This revolution took place within me on that day, and I thank it; because, after acquainting me with my weakness, it awakened in me the ambition to be something more than a poor little villager, timorous and liable to be treated scornfully by the first insolent bully who wants to have fun with him.

My leanings toward independence and a new, higher life, which I had long cherished, were then strengthened so greatly that my resolution was taken irrevocably. How was I going to put it in practice? I didn't know, and I waited in blind confidence for fate, through one of its mysterious agents, to take me by the hair, as it did the prophet Ezekiel, in order to place me on my new path.

For the rest, I had the good sense to understand that, where Antonia was concerned, there were a thousand other reasons besides my lowly status for her to consider me inferior to the colonel. The first, surely, was my age. I was thirteen; my rival, thirty. The fascination exerted by manliness in its full flower over the feminine heart I lacked completely. I was an inexperienced, naïve boy, and that inex-

doroso, y esta inexperiencia y este candor que tienen tanto atractivo para la vieja, no son más que virtudes sosas y desabridas para la joven.

Y si ésta siente una repugnancia invencible por el anciano, o por el hombre cuya edad está en gran desproporción con la de ella, en cambio adora y se somete al hombre que reúne en su persona el ardor de la juventud con la energía de la madurez. Esta década de treinta a cuarenta años, que suele prolongarse en las organizaciones privilegiadas, es la poderosa en los hombres y peligrosa para las mujeres.

Yo no me explicaba esto tan claramente como hoy, pero comenzaba a comprenderlo merced a una rara y precoz disposición a reflexionar.

Los otros motivos de mi inferioridad, eran mi humilde posición y lo insignificante de mi carácter. Pero cuando yo pensaba en ellos, era cuando se sublevaba mi indignación contra Antonia, porque era entonces también cuando consideraba yo que su fragilidad no tenía razón alguna para hacerse perdonar. Yo la amaba, y mi amor era bastante para llenar ante sus ojos los vacíos que la casualidad había puesto en mi vida. Ella me había correspondido; es decir, me amaba, me encontraba digno de ella y debía encontrarme preferible a todos los demás. Haberme sacrificado en la primera comparación, era una cosa infame, era indicarme o que su amor era mentido, o que su corazón que así desalojaba el cariño, no valía un ardite.

Como es natural, cualquiera de estas conclusiones me ponía fuera de mí y me obligaba a formar proyectos de venganza a cual más disparatados.

Entonces sentía yo una necesidad irresistible de confiar a alguno mi pena y mis deseos; pero ¿a quién abrir mi corazón? La solterona era rival de Antonia, cuando no su cómplice, y por ese momento también ella se hallaba demasiado ocupada en hacer la conquista del coronel para que tuviese tiempo de consagrarme su atención. A ningún otro me resolvía yo a darle participio en aquel asunto.

Así es que me encerré en un silencio sombrío, y triste y como siempre, fui a buscar en la soledad el oráculo que debía guiarme.

—Mañana —decía yo—, seré otra cosa; procuraré salir de la esfera humillante en que me hallo, y no correré el peligro de que me amenacen con hacerme *tambor;* podré ver frente a frente a los fanfarrones y a los soberbios de la estofa de este militar; pero entretanto, ¿qué haré con Antonia? ¿cuál debe ser mi conducta con ella después de haber renegado de mí?

—Después de todo —añadía yo como para consolarme—, tal vez estoy construyendo sobre arena el edificio de mi propia desgracia; tal

perience and innocence, so attractive to elderly women, are merely insipid and tasteless virtues for young ones.

And if a girl feels an invincible repugnance for an old man, or for a man whose age differs greatly from hers, on the contrary she adores and surrenders to the man who combines in his person the ardor of youth and the energy of maturity. That ten-year period from thirty to forty, which is generally extended when a man is especially well constituted, is the one which exerts power over men and means danger for women.

I didn't see all this as clearly as I do today, but I was beginning to understand it, thanks to an unusual, precocious tendency to mull over things.

The other reasons for my inferiority were my lowly position and the insignificance of my character. But when I thought about them was when my annoyance with Antonia welled up, because it was also then that I reflected that her frailty entailed no reason to be forgiven. I loved her, and my love was sufficient to fill up in her eyes all the gaps that chance had left in my life. She had returned my affection; that is, she loved me, she found me deserving of her, and she should have found me preferable to anyone else. To have sacrificed me at the first comparison was a vile thing, it was an indication to me either that her love was false or that her heart, which so readily evicted a lover, wasn't worth a cent.

As was natural, any of these conclusions made me rabid and compelled me to make plans of vengeance, one more nonsensical than another.

Then I felt an irresistible need to confide my sorrow and desires in someone; but to whom could I lay bare my heart? The old maid was a rival of Antonia's, if not her accomplice, and at that moment she, also, was too busy making the conquest of the colonel to have time to devote her attention to me. I decided to make nobody else a partner in that matter.

And so I shut myself up in a gloomy silence, and sadly, as always, I went to seek in solitude the oracle that was to guide me.

"Tomorrow," I said, "I'll be different; I'll try to emerge from the humiliating sphere I'm in, and I won't run the risk of their threatening to make me a drummer boy; I'll be able to look showoffs and haughty people of that soldier's type right in the eye; but meanwhile what shall I do with Antonia? What should be my conduct with her now that she's jilted me?

"After all," I added, as if to console myself, "maybe I'm constructing the building of my own misfortune on sand; maybe I'm torturing

vez estoy atormentando con fantasmas mi pobre imaginación. ¿Pues qué, porque mi amada con la timidez de su edad no ha podido dar otras respuestas que las que le he oído, y ha sonreído avergonzada a un soldado buen mozo y terrible, puedo creer ya que se ha dejado conquistar y que me ha sido infiel? Antonia y yo somos unos niños apenas. ¿Qué sabemos nosotros de estos asuntos? Yo, sobre todo, soy un injusto en pensar así, y este sentimiento de cólera contra mi amada es una cosa ruin. Por la primera vez, como lo he dicho, conocía yo los celos, y es una verdad que el corazón que jamás los ha sentido, los rechaza siempre avergonzado cuando brotan por primera vez. La credulidad lucha desesperadamente antes de sufrir la primera derrota.

De manera que al tremendo arranque de celos, de cólera y de tristeza, sucedió luego un momento de confianza y de sabrosa tranquilidad. Renació mi cariño hacia Antonia, y a su impulso me dirigí ya adelantada la noche y con paso seguro, a la casa de la solterona, donde supuse que aún encontraría a mi amada.

IX

Eran las nueve de la noche cuando penetré en la casa por el zaguán, dirigiéndome al pequeño patio que estaba todo sembrado de flores, para observar desde allí un momento lo que podía verse en las piezas de asistencia.

Con ese objeto entré de puntitas y sin hacer el menor ruido. Lo primero que oí fue el punteo de una guitarra y el principio de una canción ridícula, entonada con voz tabernaria. Era un ayudante del señor coronel que procuraba en la sala lucir sus talentos musicales delante de la solterona. Era probable también que ésta hubiese cantado algunas antigüedades que sabía, y con las cuales estaba hechizando a la gente de mi pueblo desde hacía diez años. De manera que se divertían, y no pude dejar de reírme, figurándome los esfuerzos que la vieja coqueta estaría haciendo para parecer amable. Pero a todo esto, ¿y el coronel dónde estaría? Y Antonia ¿qué había sido de ella?

Apenas acababa de hacerme estas preguntas, cuando oí sonar a mi espalda dos magníficos besos tan *tronados*, según de dice aquí, como los que dan las nodrizas a sus nenes.

Volví la cara con rapidez, y me quedé helado. Era el coronel que parecía perseguir a Antonia, que la había alcanzado, la había cogido por el talle; y le había aplicado en la boca aquellos dos ósculos escandalosos.

my poor imagination with fantasies. What of it? Because my beloved, with the timidity of her years, was unable to give other answers than the ones I heard her give, and smiled out of shame at a good-looking, fearsome soldier, can I now believe that she has let herself be conquered and has been unfaithful to me? Antonia and I are merely children. What do we know of such matters? I, especially, am unfair to think that way, and this feeling of anger at my beloved is a nasty thing." For the first time, as I said, I knew what jealousy was, and it's true that the heart which has never felt it always rejects it out of shame when it sprouts for the first time. Belief in someone fights desperately before suffering its first defeat.

And so that tremendous gust of jealousy, anger, and sadness was followed at once by a moment of trust and delicious calm. My affection for Antonia was reborn, and its impulse directed me with firm steps, though night had set in completely, to the old maid's house, where I presumed I'd still find my beloved.

IX

It was nine P.M. when I went into the house through the entranceway, heading for the little patio that was completely planted with flowers in order to observe from there for a moment whatever could be seen in the living room.

With that purpose I entered on tiptoe and without making the slightest sound. The first thing I heard was the strumming of a guitar and the beginning of a ridiculous song, intoned in a voice fit for taverns. It was an adjutant of the colonel's who was trying to display his musical talents to the old maid in the parlor. It was also probable that she had already sung a few old-fashioned numbers that she knew, with which she had been enchanting the people in my village for ten years. And so they were amusing themselves, and I couldn't help laughing as I pictured the efforts that the aged coquette must be making to appear likeable. But while all this was going on, where was the colonel? And what had become of Antonia?

No sooner had I asked myself those questions than I heard resounding behind me two magnificent kisses, "smackers" as the people here say, like the ones that wetnurses give their infant charges.

I rapidly looked behind me, and I was frozen to the spot. It was the colonel, who seemed to be pursuing Antonia, had caught up with her, and had taken her around the waist; and he had planted on her mouth those two noisy kisses.

La muchacha presentó muy leve resistencia, y murmuraba por fórmula algunas palabras que el militar ahogó con sus labios.

—¡Oh! déjeme usted, déjeme usted —dijo ella al coronel que aún la enlazaba con sus brazos.

—Espérate, mi vida, espérate, linda . . . —le decía este— estoy enamorado de ti y voy a robarte.

—Sí, ¿verdad? y ¿mi madrina? ¡también está usted enamorado de ella!

—¡Qué he de estar! ¿de esa vieja? Vamos, no seas tonta . . . ven.

—No, no; suélteme usted.

Y acabando de desasirse, la muchacha corrió medio desmelenada a refugiarse en la sala. El coronel la siguió a paso lento, y un instante después le oí puntear a su vez la guitarra y entonar una canción amorosa con una voz de sochantre endemoniada.

Sabido es que los valientes del antiguo ejército eran muy aficionados a cantar, acompañándose con la vihuela, lo cual constituía uno de sus principales atractivos a los ojos de las mujeres de aquella época. Lo hacían de los perros casi todos, pero ellos sabían sacar partido de esta cualidad, por más que presentasen una abominable figura, vestidos de uniforme y con sendos bigotes, abriendo una boca enorme para entonar con voz áspera y forzada una tonadilla generalmente desapacible. Ya se acabó también esta familia de *trovadores,* y los pocos miembros de ella que aún quedan, tienen la boca desamueblada por los años, y no cantan ya.

Pero volvamos a Antonia. Si al lector (lo cual no sería raro) le ha acontecido alguna vez presenciar la escena *desgarradora* que yo presencié, puede formarse una idea de mi indignación y de mi desaliento.

Acababa yo de sentir en mi alma una ardiente reacción cariñosa en favor de Antonia, merced a las razones tranquilizadoras que yo mismo me di para alejar mis sospechas. Venía yo dispuesto a repetirle que la seguía amando, y a arrancarla, si era posible, de los peligros que la cercaban. Pero al ver lo que vi, toda aquella expectativa risueña se había disipado. Volví a caer en un abismo.

Es verdad que lo que oí me indicaba que aún la joven no había concedido cosa mayor al coronel, y éste había tenido que sorprenderla para arrebatarle aquellos besos; pero también me constaba que la muy bribona se había dejado alcanzar fácilmente, y no se había muerto de ira al sentir sobre la suya la boca atrevida del militar; lejos de eso, ni siquiera había gritado pidiendo socorro; y sobre todo, a las solicitudes del coronel sólo había contestado con una frase de celos y de reproche.

The girl offered only slight resistance, and was mechanically muttering a few words, which the colonel smothered with his lips.

"Oh, let me be, let me be!" she said to the colonel, who still had his arms around her.

"Wait, my darling, wait, pretty one . . . ," he was saying to her, "I'm in love with you and I'm going to steal you away."

"Yes, really? And what about my godmother? You're in love with her, too!"

"How could I be? With that old woman? Come, don't be silly . . . come with me."

"No, no, let go of me."

And finally breaking loose, the girl ran, half disheveled, to take refuge in the parlor. The colonel followed her with slow steps, and an instant later I heard him, too, strumming the guitar and intoning a love song with a horrible voice, like a deputy leader of a church congregation.

It's well known that the brave men of the old army were very fond of singing, accompanying themselves on the guitar; this constituted one of their chief attractions in the eyes of the women of that day. Almost all of them did a lousy job of it, but they knew how to derive profit from that attainment, no matter what an abominable appearance they presented, dressed in uniform, mustachioed, and opening their mouth enormously wide to perform in a harsh, forced voice a ditty that was generally unpleasant. This race of troubadours is also no more, and the few members of it who still survive have a mouth unfurnished by the years, and no longer sing.

But let's get back to Antonia. If it has ever been the reader's lot (and this wouldn't be unusual) to be present at the heartrending scene that lay before me, he can imagine my indignation and my discouragement.

I had just felt in my soul an ardently affectionate reaction in Antonia's favor, thanks to the soothing reasons I had given myself to dispel my suspicions. I had come ready to repeat to her that I still loved her, and to rescue her, if possible, from the dangers that encircled her. But when I saw what I saw, all of that promising expectancy had dissipated. Once more I fell into an abyss.

True, what I heard indicated to me that the girl had not yet made a major concession to the colonel, and that he had had to catch her off guard in order to steal those kisses from her; but it was also clear to me that the roguish girl had let herself be caught easily, and hadn't died of anger on feeling the soldier's bold mouth on hers; far from it, she hadn't even called out for help; and, above all, she had only replied to the colonel's inducements with a phrase of jealousy and reproach.

"¡También está usted enamorado de mi madrina!" había dicho. Eso indicaba que para ella no había más obstáculo ni más razón de resistir, que la doble galantería de su seductor. Y ese obstáculo que entonces sólo era un pretexto a mi modo de ver, hoy que lo analizo con mayor experiencia, era justamente un incentivo más para la muchacha, como para toda mujer.

Arrebatarle un amante a una amiga, a una parienta, a una conocida siquiera, he aquí el manjar de los dioses para el orgullo femenil.

Todas estas amargas reflexiones hechas después que salí de mi dolorosa estupefacción, me produjeron un arrebato tal de cólera, que determiné marcharme a mi casa sin volver siquiera la vista hacia aquella casa odiosa que escondía a tan miserable criatura.

Pero en este momento el coronel había acabado de cantar y recibía los aplausos de la vieja coqueta, cuya voz chillona recorría todas las notas de la adulación.

Seguramente se acercaba la hora de la cena, porque inmediatamente después, Doloritas salió de la sala y se dirigió con paso ligero a la cocina. Yo me le atravesé en el camino.

—¡Ah! ¿eres tú, Jorge? —me dijo al verme—, ¿qué andas haciendo?

—Venía a ver qué se le ofrecía a usted.

—¿Sí? pues precisamente te estaba deseando. Corre a la casa de Antonia, y dile a su padre de mi parte que venga por ella. Ya es noche y es tiempo de que se vaya. Además, yo no quiero ser responsable de lo que le suceda a la muy . . .

—¡Cómo! —exclamé yo, haciéndome el asombrado—, ¿pues qué le pasa algo?

—Le pasa, que es una indecente, una provocativa. Ha estado haciendo todo el santo día los ojos tiernos al coronel, y éste que no se hace de rogar va a acabar por trastornármela; pero no será en casa, ¡no faltaba más! ¡Como si yo no hubiera quedado ya más que para eso!

—Pues yo creí a Antonia muy buena muchacha, muy candorosa.

—Linda está tu candorosa y tu buena muchacha . . . tiene unos modos que, ¡Dios me ampare! Pero va a para en . . . ¡cállate boca! Anda, anda, Jorge, dile a su padre que venga por ella en el instante, y que le mando llamar porque como hay ahora soldados en el pueblo, no me atrevo a enviarla sola, ni contigo. Ya es hora de cenar, y no quiero que se siente con nosotros a la mesa.

Yo volé con las alas de mis celos, alegre de poder pagar a Antonia con la contrariedad que iba a sufrir, el mal que me había hecho.

"You're in love with my godmother, too!" she had said. This showed that for her the only obstacle, the only reason to resist, was her seducer's double-barreled gallantry. And that obstacle, which then was only a pretext, as I saw it, now that I analyze it today after greater experience, was precisely one incentive more for the girl, as it would be for every woman.

To steal a lover from a girlfriend, female relative, or any female acquaintance, is the food of the gods to feminine pride.

All those bitter reflections made after I came out of my painful stupefaction caused me so great a fit of rage that I decided to leave for home without even looking back at that odious house, which hid such a miserable creature.

But at that moment the colonel had finished singing and was receiving the applause of the aged coquette, whose shrill voice was running the whole gamut of adulation.

Surely suppertime was approaching, because immediately thereafter Dolores left the parlor and headed with a light tread for the kitchen. I crossed her path.

"Oh, it's you, Jorge?" she said on seeing me. "What are you up to?"

"I've come to see what I can do for you."

"Yes? Well, I was just wishing you were here. Run to Antonia's house and tell her father from me to come for her. It's night by now and it's time for her to leave. Besides, I don't want to be responsible for what may happen to that little . . ."

"What!" I exclaimed, pretending to be amazed. "Is something happening to her, then?"

"What's happening to her is that she's indecent, she's a tease. All the livelong day she's been making sheep's eyes at the colonel, and he, who doesn't have to be coaxed, will end up by turning her head; but it won't be in this house—I should say not! As if this were the only thing I was meant for!"

"But I thought Antonia was a very good girl, very simple."

"Your simple, good girl is a fine one . . . she's got ways that—God help me!—but she's going to end up . . . My lips are sealed! Go, go, Jorge, tell her father to come for her at once; say that I'm sending for him because, since there are now soldiers in the village, I don't dare send her away alone, or with you. It's already suppertime, and I don't want her to be at the table with us."

I sped on the wings of my jealousy, glad to be able to pay Antonia back with the vexation she was going to suffer for the harm she had done to me.

X

Di el recado de Doloritas al viejo de la mula, y el buen hombre, encontrando muy cuerda la disposición de su comadre, se envolvió en su manga y se dirigió, en unión mía, a la casa en que se hallaba su picarona hija.

Yo quise hacerle aguardar en el zaguán; pero él, contra lo que yo esperaba de su timidez de campesino, quiso entrar para conocer a los oficiales, como él decía, y se entró muy ceremonioso en la sala.

—Santas noches, mi señora comadre —dijo saludando a la solterona—: ¿dónde está ese señor coronel para que yo le salude?

El coronel estaba tan pegadito a Antonia y tan entretenido, que el ranchero se admiró de aquella familiaridad. El coronel, contra su carácter, se levantó muy atento y vino a abrazar al viejo, cuando supo que era el padre de la muchacha.

—Amigo —le dijo—, tengo muchísimo gusto de conocer a un tan honrado vecino y padre de una niña tan hermosa como Antoñita.

—¡Ah! sí, señor —respondió el estúpido—, eso sí, señor, muy hombre de bien, es lo único que yo tengo; y en cuanto a la chica, es regular, señor, regular, no hay que alabarla. ¡Válgame María Santísima, señor coronel! Y su merced ha estado platicando con esta mocosa de mis pecados, que no tiene palabra, ni modos . . . Fuera mi comadrita, señor, esa sí que lo entiende, como que se ha criado en la capital y se ha rozado con caballeros y con licenciados, y con frailes y demás gente copetona. Esa sí, señor, que se la recomiendo deveritas; porque no es porque sea mi comadrita, pero aquí es la que hace raya . . .

El coronel se reía abrazando burlescamente al ranchero; la solterona hacía muecas de desagrado, aparentando sumo despejo para con el militar; Antonia procuraba ocultar la cara, y los ayudantes se reían de la figura y de las palabrotas del viejo. Sólo yo examinaba aquel cuadro con simple curiosidad.

El viejo entabló después conversación con el coronel. Este, que tenía interés en familiarizarse con el padre de Antonia, le prodigó mil frases lisonjeras, en las que, sin embargo, se podía notar una mofa mal disimulada. A las preguntas que el ranchero hizo sobre la campaña con los norteamericanos, cualquiera hombre pundonoroso se habría visto singularmente embarazado; pero el coronel, como todos los hombres de su clase, no tenía sino una idea muy mediana de la vergüenza militar; y en consecuencia, comenzó a ensartar con el mayor desenfado del mundo, tantas y tan estupendas mentiras sobre su propio heroísmo y el de su ilustre padre, que todo el auditorio es-

X

I gave Doloritas's message to the old man with the mule, and the good man, finding the arrangement made by his daughter's godmother a very rational one, wrapped himself in his poncho and headed along with me for the house in which his roguish daughter was staying.

I tried to make him wait in the entranceway, but, contrary to what I expected from his rustic timidity, he insisted on going in to meet the officers, as he put it, and he entered the parlor very ceremoniously.

"Blessed night, my child's godmother," he greeted the old maid. "Where's the colonel so I can greet him?"

The colonel was so stuck on Antonia and so occupied with her that the farmer was surprised at that familiarity. The colonel, contrary to his nature, stood up very attentively and came over to embrace the old man when he learned he was the girl's father.

"My friend," he said, "it's a great pleasure to meet such an honorable citizen and the father of a girl as lovely as Antoñita."

"Oh, yes, sir," replied the stupid man. "Yes, sir, a man of great honor, that's all I've got; and as for the girl, she's average, sir, average, there's no need to praise her. May the most holy Virgin help me, colonel! And your worship has been chatting with this miserable brat of mine, who doesn't know how to speak or behave . . . Had it only been her godmother, sir! She *does* understand such things, since she was raised in the capital and has rubbed elbows with gentlemen and scholars, and with friars and other high-hat folk. Yes, her, sir, I recommend to you truly; nor is it because she's my girl's godmother, but because here she's the one who stands out . . ."

The colonel was laughing as he mockingly embraced the farmer; the old maid was pouting with displeasure, feigning supreme annoyance with the soldier; Antonia was trying to hide her face, and the adjutants were laughing at the old man's appearance and vulgar speech. Only I was observing that tableau with mere curiosity.

Then the old man engaged the colonel in conversation. The colonel, in whose interest it was to get to know Antonia's father, heaped a thousand flattering phrases on him, in which could nevertheless be detected an ill-disguised mockery. At the questions the farmer asked about the campaign against the North Americans, any man with a sense of honor would have been extremely embarrassed, but the colonel, like all the men of his sort, had not even a very slight notion of military modesty; and therefore he began, with the greatest possible self-confidence, to rattle off so many and such stupendous

cuchaba en silencio y asombrado, como el auditorio de Eneas. Sólo el ayudante sonreía a hurtadillas, lo que observado por el valiente narrador, no le inquietó sin embargo.

Antonia escuchaba extasiada. Figurábasele su nuevo amante uno de los doce pares de Francia. Muy lejos estaba de pensar la pobre aldeanilla que el tal coronel no era más que un solemne embustero, gran figurón de parada, y más, gran corredor todavía a la hora de los cañonazos.

En cuanto al ranchero, movía la cabeza de cuando en cuando en señal de admiración, y en su boca enormemente abierta, y en su semblante todo, que presentaba las señales de la petrificación, se traslucía el rústico entusiasmo de que estaba poseído el muy bestia.

Doloritas, que por su trato con los militares en México, sabía ya a qué atenerse respecto del valor temerario de que hacían gala siempre, no se mostraba muy convencida; pero en su empeño de hacer la conquista de aquel héroe, aparentaba creer todas sus hazañas, y a cada peligro que refería el *valiente* haber corrido, ella se estremecía, juntaba las manos con angustia, para concluir, al oír el desenlace afortunado, lanzándonos un ¡ah! tiernísimo, respirando como un fuelle, y gratificando al coronel con una mirada y una sonrisa dignas de la *Gran Duquesa*. La misma Dido no hizo tantas coqueterías escuchando la narración del héroe troyano, como la jamona, mi amiga, oyendo los embustes del gallinón de mi coronel. Por mi parte, debo declarar que en esa época no tenía yo la más ligera idea de lo que valían realmente estos Fierabrás del ejército, a quienes apenas conocía por su aspecto arrogante y por sus fechorías en los pueblos inermes. Pero por simple instinto había yo comprendido que todo lo que había contado nuestro paladín, era un tejido de mentiras a propósito para embaucar a la muchacha, al viejo, a la solterona y a mí.

Y me asaltaron vivísimos deseos de reírme a carcajadas y de decirle al coronel que no era más que un podenco, pero me contuvo el temor de exponerme a una paliza soberana, y de ir a aumentar la banda de haraposos y hambrientos tambores que había visto entrar al frente del batallón que mandaba su señoría.

A esta sazón, el ranchero, como si coincidiera conmigo en pensamientos, o bien reflexionando con su rudo buen sentido, que el resultado de todas aquellas heroicidades no era precisamente el que

lies about his own heroism, and that of his illustrious father, that his whole audience listened in awed silence, like the listeners to Aeneas's account of the fall of Troy. Only the adjutant was smiling on the sly, though when the brave narrator noticed it, it didn't disturb him.

Antonia was listening in ecstasy. She pictured her new lover as one of the twelve peers of France. The poor little village girl was very far from thinking that this colonel was nothing but a downright swindler, a showy figurehead, and, what's more, a fast runner when the cannons started to shoot.

As for the farmer, he nodded his head from time to time as a sign of admiration, and his wide-open mouth and his whole face, which looked as if it had turned to stone, made manifest the rustic excitement that had possessed that imbecile.

Doloritas, who, because she had dealt with military men in Mexico City, already knew what to expect with regard to the foolhardy valor they always boasted of, didn't display much conviction; but in her effort to make the conquest of that hero, she was pretending to believe in all his exploits, and at each peril the brave man reported he had undergone, she shuddered, clasped her hands in nervousness, and finally, on hearing the happy denouement, she'd utter a very tender "Ah!," blowing like a bellows and favoring the colonel with a glance and smile worthy of the Grand Duchess.[6] Dido herself didn't display as much coquetry when listening to the Trojan hero's narrative as my friend the butterball did when hearing that gamecock colonel's lies. For my part, I must declare that in those days I hadn't the slightest notion of the real worth of these army daredevils, whom I just scarcely knew as having an arrogant bearing and as committing misdeeds in helpless villages. But by mere instinct I had understood that everything our paladin had related was a tissue of lies meant to dupe the girl, the old man, the old maid, and me.

And I was assailed by a strong desire to laugh out loud and tell the colonel he was nothing but a hound, but I was restrained by the fear of letting myself in for a thorough beating and of adding to the number of that gang of ragged, hungry drummer boys I had seen marching in at the head of the battalion commanded by his lordship.

Just then, as if his thoughts coincided with mine, or else he had thought things over with his rough-hewn common sense and realized that the outcome of all those heroic actions wasn't precisely the one to

6. This may refer to Offenbach's 1867 military operetta *La Grande-Duchesse de Gérolstein.*

debía esperarse de ellas, se atrevió a decir con voz en que la duda se traslucía a leguas:

—Bueno, señor coronel, usted es muy valiente, y todos los que andan con usted son muy valientes, y así me gustan los hombres; pero dígame usted, mi señor, dispensando la llaneza, y no haga usted caso de mis palabras, porque yo soy un animal que no rebuzno porque Dios es grande, dígame usted ¿por qué con todas esas *redotas* que les ha pegado usted a los *yankees,* ellos se han metido hasta México y ustedes andan por aquí? Tal vez será para cogerlos a toditos acorralados; eso me pienso yo; pero quiero que usted me saque de ese engaño, para mi gobierno.

El maldito viejo había dado en el clavo, y el coronel se fastidió de aquella pregunta, mientras que el maligno ayudante tarareaba una cancioncilla para no reírse tal vez.

—Amigo —respondió el héroe—: usted no entiende de cosas militares, y sería inútil que yo le explicara cómo está eso; pero sépase usted que así está bien hecho, y que lo que ha dispuesto el gobierno es muy hábil. Ha pensado usted algo de lo que va a suceder. Los *yankees,* derrotados como están, y en tierra ajena, y en medio de una población que no los puede ver, van a llevar su merecido. Ni uno solo ha de salir de México, yo se lo aseguro a usted; pero el cómo no puedo decírselo a usted, porque eso sólo nosotros los soldados lo sabemos.

—Cabal —repuso el viejo—, usted me convence. Ya le dije a usted que yo soy un animal; pero me alegro de haber acertado en parte. Con eso me sobra. Con que quiere decir que los *yankees,* aunque parece que están ganando, están perdiendo. Pues bendita sea su boca, señor coronel, que eso que nos dice es precisamente lo que deseamos saber para nuestro consuelo. Ahora, si su señoría me hace la honra de ir por aquella mi casa, yo se lo estimaré mucho. Es una casa de rancheros, pero su señoría será recibido como quien es, y no faltará por allí una pobre comida que ofrecerle. Quién sabe si le gustará la carne de los pobres.

—¡Ah! —se apresuró a responder el coronel—, y cómo si me gusta la carne de los pobres. Yo la prefiero muchas veces a la carne de los ricos, porque es más sazonada y se come con mejor apetito y con menos peligro de indigestarse. Figúrese usted, amigo, si no habré comido la carne de los pobres en esta carrera militar, en que tiene uno que contentarse con lo que encuentra más a mano. Le he tomado

be expected from them, the farmer was emboldened to say, in a tone
in which doubt could be detected a mile away:

"Right, colonel, you're very brave, and all those with you are very
brave, and it's the way I like men to be; but tell me, sir, forgiving my
frankness—and pay no heed to how I express myself, because I'm an
animal that doesn't bray thanks only to the greatness of God—tell me
why, with all those defleets[7] you've inflicted on the Yankees, they've
moved on all the way to Mexico City and you're all hanging around
here. Maybe it's in order to catch them all in an encirclement; that's
what *I* think; but I want you to relieve me of this doubt, and I'll be
ruled by you."

The accursed old man had hit the nail on the head, and the colonel
was embarrassed by that question, while the malicious adjutant
hummed a tune, perhaps to avoid laughing.

"My friend," the hero replied, "you don't understand military matters, and it would be pointless for me to explain the nature of this to
you; but I'll have you know that we're doing the proper thing, and that
the government's plan is very clever. You have guessed a part of what's
going to happen. The Yankees, defeated as they are, and on foreign
soil, and amid a population that can't stand them, are going to get
what's coming to them. Not one is going to get out of Mexico City, I
assure you; but I can't tell you the how of it, because only we soldiers
know it."

"Right," the old man replied, "you've convinced me. I already told
you I was a stupid fellow, but I'm glad I hit on the right answer partially. That's more than enough for me. And so it means that, even
though the Yankees seem to be winning, they're losing. A blessing on
your lips, then, colonel, because what you tell us is exactly what we
want to know for our consolation. Now, if your lordship will do me the
honor of visiting my house, I'll be very grateful to you. It's a farmhouse, but your lordship will be welcomed as the man you are, and
there won't be a lack of a little meal there to offer you. Who knows
whether you'll like poor men's food?"

"Oh," the colonel hastened to reply, "I'll say I like poor men's food!
I frequently prefer it to rich men's food, because it's tastier and a man
eats it with a better appetite and less risk of indigestion. Just ask yourself, my friend, whether I haven't eaten poor men's food during this
military career, in which a man's got to be satisfied with whatever he
finds available. I've developed a liking for it and I'll prove to you how

7. *Redota* is an ignorant corruption of *derrota* ("defeat").

gusto y le probaré a usted con cuánto placer acepto sus ofertas. Mañana pasaré el día con usted.

—Corrientes —concluyó el ranchero, levantándose—; pues mañana aguardo a su señoría a almorzar, y si gusta echaremos una correría por esos campos, en que tengo mis labores, y mi rancho y mi huerta. Se divertirá usted.

—¿Y nos acompañará Antoñita?

—Nos acompañará, mi señor, que ella para andar a caballo es tan buena cómo un hombre; usted la verá.

—Muy bien, Antoñita, hasta mañana, yo seré el caballero de usted en ese paseo, que espero será delicioso. No sabe usted, amigo, cuánto me ha simpatizado su hija.

—Favor de usted, mi señor, ella no merece.

—Compadre —interrumpió la solterona, que había escuchado este capítulo de cumplimientos con el más visible enfado—, ¿y a mí no me invita usted?

—Con mucho gusto, comadrita, y le mandaré ensillar a usted aquel caballito canelo que tanto le gusta.

Entonces el ranchero y su hija se despidieron; Doloritas abrazó a su compadre y a su ahijada con un mal humor infernal, el coronel se restregó las manos, pensando en el día siguiente, y yo seguí a Antonia con un puñal clavado en el corazón.

El viejo, cuya locuacidad se había despertado con la conversación del coronel, charló en el camino de una manera fastidiosa. Antonia, preocupada, apenas contestaba una que otra vez, y yo caminaba en silencio, mordiéndome los labios de cólera.

Al llegar a la casa, el viejo me invitó a entrar, pero yo rehusé, pretextando que era muy tarde; el viejo se metió, y Antonia iba a hacer lo mismo, cuando la detuve temblando de ira y de celos.

—Antonia —le dije—, ¿ya no cuento contigo, no es verdad?

—¿Por qué? —me preguntó a su vez con una frialdad que me la hizo odiosa.

—¿Cómo por qué? ¿Y lo que he visto esta noche, y esos besos que te dio el coronel, y el paseo de mañana? Tú estás enamorada de él, y va a perderte.

—¡Qué me ha de perder . . . ! no seas tonto. En lo que has visto esta noche no tengo yo la culpa, y bien viste que corrí para que no me abrazara; lo del paseo fue cosa de mi padre, ¿qué quieres que yo haga? No estoy enamorada del coronel: pues qué, ¿somos iguales? Él es un señor muy caballero, yo soy una pobre muchacha: ¿qué caso me había

delighted I am to accept your invitation. Tomorrow I'll spend the day with you."

"Agreed," the farmer concluded, rising. "And so tomorrow I expect your lordship for lunch, and if you like we'll take a ride across those fields, in which I have my crops, and my livestock enclosure, and my orchard. You'll have a good time."

"And will Antonia accompany us?"

"She will, sir, because at horseback riding she's as good as a man; you'll see."

"Very good, Antoñita, until tomorrow; I'll be your cavalier on that ride, which I hope will be delightful. You don't know, my friend, how likeable I've found your daughter."

"You're too good, sir, she doesn't deserve it."

"Neighbor," interrupted the old maid, who had listened to this chapter of compliments with the most obvious annoyance, "aren't you inviting *me*?"

"With great pleasure, neighbor, and I'll have saddled for you that cinnamon-colored horse you like so much."

Then the farmer and his daughter took their leave; Doloritas embraced her goddaughter and the girl's father in a devilishly bad temper, the colonel rubbed his hands while thinking of the next day, and I followed Antonia with a dagger thrust into my heart.

The old man, whose loquacity had been awakened during his conversation with the colonel, babbled on the way in a tedious manner. Antonia, her thoughts elsewhere, hardly answered once or twice, and I walked in silence, biting my lips with rage.

When reaching his house, the old man invited me in, but I declined, on the pretext it was very late; the old man went in, and Antonia was about to do likewise when, trembling with anger and jealousy, I detained her.

"Antonia," I said, "I don't count with you any more, do I?"

"Why do you say that?" she asked in turn with a chilliness that made me hate her.

"What do you mean, why? What about the things I saw tonight, and those kisses the colonel gave you, and tomorrow's ride? You're in love with him, and he's going to ruin you."

"How is he to ruin me? . . . Don't be silly. I'm not to blame for what you saw tonight, and you saw clearly how I ran so he wouldn't embrace me; the idea of the ride was my father's, what can I do about it? I'm not in love with the colonel; just stop and think: Are we equals? He's a very noble gentleman, and I'm a poor girl. Why should he pay attention to

de hacer? Mi madrina es a la que él va a querer; ya verás —Antonia dijo estas palabras con una cierta tristeza de muy mal agüero para mí.

—Además —añadió pensativa—, si al coronel le parezco bonita, y quiere hacer de mí una cosa que no convenga, yo sé cuidarme, y eso de que él me dejara así, para que fuera yo después la burla del pueblo . . . ¡no! ¡eso no!

—Antonia, cuídate —le dije tomándole la mano y próximo a llorar—. Mira que si te sucede algo, me voy a morir.

—¿Tú . . . ? —replicó la joven, como interrumpiendo sus reflexiones—. ¿Tú morirte? ¡Vaya que tienes unas cosas, Jorge! ¿Y por qué te habías de morir si me sucediera algo?

—Porque te quiero con todo mi corazón, Antonia; porque no quiero que seas de otro.

—Vamos, vete a acostar, no seas tonto, no tengas cuidado. ¡Hasta mañana!

—Oye una palabra. ¿Quieres que venga yo mañana para ir con ustedes al paseo?

Antonia pensó un momento y me contestó resueltamente:

—No: será mejor que no vengas, porque el coronel ha dado en que te ha de meter de tambor, y no se le vaya a antojar mandarte desde mañana. Además, nosotros iremos a pasear a caballo, y tú no podrías venir a pie. No nos veremos hasta pasado mañana.

—Está muy bien —dije yo derramando lágrimas de indignación.

Antonia se entró a su casa; yo me alejé desesperado para ocultar en las tinieblas mi primer tormento de celos. ¡Ay! Las horas de esa noche fueron las primeras en que el insomnio calcinó mis ojos y mi cerebro por causa de una mujer.

Aquel quebranto de mis primeros amores, exprimió la primera gota de duda en el blanco cáliz de mi alma.

XI

Al día siguiente me levanté muy temprano, y fui a situarme a una huerta vecina de la casa de Antonia, desde donde podía observarlo todo sin ser visto.

En la casa se hacían los preparativos correspondientes al rango de la ilustre visita que venía a honrarla. Los criados iban y venían muy afanados. El viejo comprendía, quizá por instinto, que los héroes ordinariamente están dotados de una voracidad bestial, y con esa convicción mandó sacrificar un buen número de víctimas. Gallinas, pavos, carneros, lechoncitos, todo esto se asaba en el horno, se freía en

me? It's my godmother he's going to love, you'll see." Antonia spoke these words with a certain sadness that boded very ill for me.

"Besides," she added pensively, "if I seem pretty to the colonel and he wants to make me into something improper, I can take care of myself; and that idea of his leaving me so I'd be the laughingstock of the village later on . . . no! Absolutely not!"

"Antonia, watch out," I said, taking her hand and on the verge of tears. "Look: if anything happens to you, I'll die."

"You? . . ." the girl retorted, as if interrupting her reflections. "You'll die? What things you come out with, Jorge! Why should you die if something happens to me?"

"Because I love you with all my heart, Antonia; because I don't want you to belong to anyone else."

"Come now, go to bed, don't be silly, don't worry. See you tomorrow!"

"Listen to one word. Do you want me to come tomorrow to join all of you on the ride?"

Antonia thought it over for a moment and answered me resolutely:

"No; it will be better if you don't come, because the colonel has decided on making a drummer boy out of you, and I don't want him to take it into his head to enroll you tomorrow. Besides, we'll be riding on horseback, and you won't be able to follow on foot. We won't see each other till day after tomorrow."

"Very well," I said, shedding indignant tears.

Antonia entered her house; I went away in despair, to hide my first jealous torment in the darkness. Ah! The hours of that night were the first in which insomnia scorched my eyes and brain because of a woman.

That disturbance of my first romance pressed the first drop of doubt into the white cup of my soul.

XI

On the following day I got up very early and posted myself in an orchard adjoining Antonia's house, from which I could observe everything without being seen.

In the house preparations were under way befitting the rank of the illustrious guest who was coming to honor it. The servants were going to and fro very busily. The old man understood, perhaps instinctively, that heroes are usually endowed with a tremendous appetite; and, thus persuaded, he ordered the sacrifice of a good number of victims. Chickens, turkeys, sheep, suckling pigs were all roasted in the oven,

sendas cazuelas o se cocía en las ollas; amén de la nata que los vaqueros habían traído del rancho y que se ostentaba en grandes fuentes, de los dulces de leche que la madre de Antonia preparaba con cierto orgullo, y de las sabrosas y aromáticas frutas que la joven colocaba con esmero en limpios canastillos.

Aquello parecía un banquete de bodas.

El viejo bonazo aparecía de cuando en cuando por el patio dando órdenes a sus criados para el arreglo de la casa. Habíase puesto sus mejores ropas: su camisa llena de randas y bordados; su corbata de colores chillantes atada con una sortija, calzoneras con grandes botones de plata, chaqueta de paño oscuro, y botas de venado color verde olivo.

Antonia también apareció acompañada de algunas primas que estaban ayudándola en sus tareas. Para mi desesperación, la muchacha estaba más linda y más provocativa que nunca. Su vestido tenía siempre la sencillez encantadora, que ella, por un instinto de buen gusto, sabía dar a todo lo que se ponía. Había colocado hábilmente entre sus espesas y negras trenzas, algunas flores del campo rojas y exquisitas. Sobre su camisa de finísimo lino y para cubrirse el seno, se había cruzado el más precioso pañuelo de punto que puede imaginarse; sus mangas bordadas y llenas de encajes dejaban en toda su desnudez sus hermosos y torneados brazos, adornados de hoyuelos y cubiertos de un vellito suave y apenas perceptible como el de un melocotón. (Aunque no pude ver por la distancia esto último, me lo figuré; ¡había yo besado tantas veces esos pícaros brazos!)

Sus enaguas eran de seda de bonitos dibujos y colores, y como en aquel tiempo precisamente no se usaban largas, dejaban ver a la perfección unos pies arqueados y pequeños, calzados con zapatitos de raso verde, y el principio de dos piernas que había yo visto, ¡ay! la primera vez desnudas en su mayor parte, pero que entonces se me figuraron desconocidas y por lo mismo terriblemente hermosas. ¡Lo que es la privación!

Yo me mordía los puños y los brazos, como debió sucederle a Tántalo siempre que tenía delante la fruta provocadora que no podía devorar. Ardientes lágrimas surcaban mis mejillas, y ardía en mi corazón una sed de venganza espantosa.

¡Antonia, Antonia, perdóname si más tarde la ejercí con una crueldad tan terrible! ¡Sufrí tanto entonces, que nunca creí que pudiera llegar hasta la saciedad y el arrepentimiento!

Pero no anticipemos: yo continué observando desde la atalaya que me había formado entre los árboles y arbustos de la huerta susodicha.

fried in a pan apiece, or boiled in pots; not to mention the cream that the cowherds had brought from the stock farm and that was displayed in large serving dishes; the milk puddings that Antonia's mother was preparing with a certain pride; and the tasty, fragrant fruit that the girl was carefully placing in clean little baskets.

It looked like a wedding feast.

The good-natured old man showed up in the patio now and then giving orders to his servants for arranging the house. He had put on his best clothes: his shirt full of lace trim and embroidery; his garishly colored tie fastened with a ring; trousers with big silver buttons down the sides; a dark wool jacket; and olive-green deerskin boots.

Antonia also appeared in the company of some cousins who were helping her with her chores. To my despair, the girl was prettier and more tempting than ever. Her attire always had the spellbinding simplicity which, with instinctive good taste, she knew how to lend to everything she put on. She had skillfully placed in her thick black braids a few exquisite red wildflowers. Over her blouse of very fine linen, to cover her bosom she had placed crosswise a fichu of the most precious fabric imaginable; her embroidered and lace-adorned sleeves left in all their nakedness her beautiful, well-turned arms, adorned with dimples and covered with a soft, barely visible down like that on a peach. (Though, at that distance, I couldn't see it, I pictured it: I had kissed those roguish arms so often!)

Her petticoats were of silk with pretty patterns and colors, and since in those days the fashion wasn't for long ones, they revealed to perfection her well-arched small feet, shod with little green satin shoes, and the lowest part of the two legs which (ah, me!) I had first seen almost completely nude, but which I just then imagined to be unknown and therefore terribly beautiful. That's what deprivation will do!

I was on tenterhooks, as Tantalus must have been every time he saw in front of him the tempting fruit that he couldn't eat. Hot tears furrowed my cheeks, and there burned in my heart a thirst for some frightful revenge.

Antonia, Antonia, forgive me if later on I carried it out with such terrible cruelty! I was suffering so badly at the time that I thought I could never arrive at satiety and repentance!

But let's not get ahead of ourselves: I continued my observations from the watchtower I had made for myself among the trees and shrubbery of the above-mentioned orchard.

Las viejas campanas y rotos esquilones de la iglesia parroquial daban las doce, cuando llegó a la casa de Antonia la gran comitiva.

Componíase ésta del valiente general a quien había invitado su hijo el bizarro coronel, de algunos oficiales y de Doloritas, a quien ofrecía galantemente el brazo el viejo jefe, y que venía emperejilada con todos los ridículos arreos que una vieja coqueta, ignorante de la moda de la ciudad, se envanece de ostentar en un poblacho.

El padre de Antonia salió a recibir a sus visitantes con profundas cortesías, y la linda muchacha se sonrió, poniéndose como una grana al ver al coronel.

Este se sorprendió al encontrar tan bella a Antonia, y la devoró con una mirada de sátiro. No se contentó con eso, sino que pasando de la contemplación más impertinente a la familiaridad más indebida, ciñó con sus brazos el talle de la niña y levantándola hasta la altura de su rostro, la estrechó contra sí, de un modo que hizo dar un brinco al viejo, lanzar un chillido a la jamona, reír a los oficiales y decir al general con una severidad zumbona:

—¡Hombre! ¡hombre!

Pero ya estaba hecho: el coronel, tomando las manos de la aldeanita, se entró con ella en la casa seguido de los demás, y para mí cayó la horrorosa cortina de lo invisible, tras de la cual iban a ocultarse misterios cuyo solo presentimiento me hacía temblar y oprimírseme el corazón. Caí desplomado sobre mi asiento de yerba; los árboles que me rodeaban me parecieron odiosos, y aun aquella luz del mediodía que tomó a mis ojos un color verdoso, no logró calentarme los huesos. La bilis comenzaba a mezclarse en los asuntos del corazón.

Así quedé por espacio de dos horas, enderezándome a veces al oír las carcajadas de los militares, la risa chillona de Doloritas, o la voz armoniosa de la infame aldeana, que me punzaba como un puñal agudo.

A las tres de la tarde concluyó la comilona; y debieron haber bebido bastante aquellos sujetos, porque cuando salieron al patio en espera de los caballos, algunos de ellos, particularmente el general y el viejo de la mula, vacilaban y reían como insensatos.

Los caballos llegaron un momento después. Los de los militares que habían sido traídos por asistentes, venían ricamente enjaezados. El caballito canelo prometido a Doloritas, y cuya silla plateada estaba cuidadosamente envuelta por un blando cobertor para que no se lastimara la gordinflona, fue sacado en triunfo por el viejo ranchero, que levantó en sus robustos brazos a su comadrita y tardó diez minutos en acomodarla.

La madre de Antonia no era de la partida, porque tenía que recoger

The old peals and cracked bells of the village church were striking twelve when the distinguished party arrived at Antonia's house.

It was made up of the brave general, who had been invited by his son the dashing colonel, a few officers, and Doloritas, to whom the old chief gallantly offered his arm; she was bedizened with all the ridiculous gewgaws that an aged coquette, ignorant of city fashions, is vain enough to flaunt in a hick town.

Antonia's father came out to welcome his visitors with deep bows, and the pretty girl smiled, turning beet red when she saw the colonel.

He was taken aback at finding Antonia so beautiful, and he ate her up with his satyrlike gaze. Not content with that, he proceeded from the most impertinent stare to the most inappropriate familiarity; he encircled the girl's waist with his arms and, lifting her level with his face, he pressed her to himself in a manner that made the old man jump, the butterball squeal, the officers laugh, and the general say with a mock severity:

"My boy! My boy!"

But what was done was done: the colonel, taking the village girl's hands, went into the house with her, followed by the rest; and for me the horrible curtain of invisibility fell, behind which were to be hidden mysteries the sole presentiment of which made me tremble and made my heart contract. I collapsed onto my grass seat; the trees around me seemed hateful to me, and even that noonday light, which took on a greenish color in my eyes, didn't succeed in warming my bones. Bile began to mingle in the affairs of my heart.

I remained that way for some two hours, straightening up at times to hear the guffaws of the soldiers, the shrill laughter of Doloritas, or the harmonious voice of that awful village girl, which stabbed me like a sharp dagger.

At three P.M. the big feed ended; and those characters must have had a lot to drink, because when they came out into the patio waiting for their horses, some of them, especially the general and the old man with the mule, were reeling and laughing like imbeciles.

The horses arrived a moment later. Those belonging to the soldiers who had been brought along as aides had rich trappings. The little cinnamon-colored horse promised to Doloritas, the saddle of which was silver-plated and carefully covered in a soft cloth so the chubby woman wouldn't hurt herself, was led out in triumph by the old farmer, who lifted his daughter's godmother in his sturdy arms and spent ten minutes settling her in on the saddle.

Antonia's mother wasn't in the group, because she had to clear away

el campo del festín; pero la joven, habiéndose colocado un gracioso sombrerillo de paja, de alas anchas, montó con gallardía y ligereza, y sin ayuda de nadie, en un potro retinto de hermosa estampa y de mucho brío, que apenas sintió su carga cuando comenzó a caracolear impaciente.

—Ajá —exclamó el general con voz de borracho—. ¿Con que esas tenemos, eh? ¡Caramba, y qué bien monta la chica! Pues es un tesoro de gracias la bribonzuela, amigo; debe usted estar vanidoso con semejante alhaja.

—Mil gracias, mi general; usted la pondera, señor. Es regular, no hay que alabarla —contestó el ranchero con su fraseología de siempre.

Después de lo cual montó a su vez en un caballo magnífico, el mejor de sus dehesas seguramente, y se puso a la cabeza de la comitiva para guiarla.

Entonces yo, como todos los celosos, deseando apurar el cáliz hasta la última gota, sin haberme desayunado, pero fuerte con mi cólera, puse los pies en alas de mis celos, y seguí a la cabalgata hasta llegar a orillas del pueblo. Allí, adivinando adonde se dirigía, tomé un camino de través, y un cuarto de hora de carrera después, me hundía en un bosque contiguo a la casa del rancho. Luego, trepando a veces en las rocas que elevaban sus picos por sobre la cima de los grandes árboles, procuraba yo encontrar con la vista a la comitiva.

Esta llegó a la casa, descansó en ella un momento, y volvió a salir para continuar el paseo, pues ya pardeaba la tarde.

El viejo ranchero se había apoderado del general y le mostraba todas sus riquezas agrícolas y pecuarias, cosa que maldito lo que importaba al sargentón, haragán de oficio y poco afecto al honrado trabajo de los campos, del que no tenía noticia sino por los productos que muchas veces había saqueado durante su honrosa carrera militar.

Yo procuré colocarme cerca del camino que tenía que atravesar la comitiva, a fin de cerciorarme por mis propios ojos de la liviandad de Antonia. No tardé en satisfacerme.

Apenas me había escondido entre la grieta que formaban dos riscos, y que estaba oculta bajo una cortina de maleza, cuando pasaron el ranchero y el general, después Doloritas en compañía de los oficiales. La jamona venía muy encarnada, y sus cabellos flotaban en desorden bajo su gorrito viejo de terciopelo, del que pendía un gran velo descolorido.

Al último, y a una distancia considerable, caminaban paso a paso Antonia y el coronel, conversando, al parecer con extraordinaria animación.

the site of the banquet; but the girl, who had put on a graceful little straw hat with a broad brim, mounted with elegant ease, nobody helping her, a dark-chestnut colt of a beautiful build and high spirits, which, as soon as it felt its burden, began to prance impatiently.

"Aha!" exclaimed the general in a drunken voice. "So that's how you behave, eh? Damme, how well the girl rides! I tell you, the little rogue is a treasure of grace, my friend; you must be proud of such a jewel."

"A thousand thanks, general; you're overestimating her, sir. She's average, there's no cause to praise her," replied the farmer in his eternal phraseology.

After that, he himself mounted a magnificent horse, surely the best in his pastures, and took the lead of the party as their guide.

Then I, like all jealous men, wishing to drain the cup to the last drop, not having breakfasted but strengthened by my anger, clapped the wings of jealousy to my heels and followed the cavalcade until reaching the edge of the village. There, guessing where they were heading, I chose a cross-country route and, after a fifteen-minute dash, I immersed myself in a stand of trees next to the farmhouse. Then, at times climbing the crags that lifted their summits over the tops of the tall trees, I tried to catch sight of the party.

They reached the house, rested in it briefly, and came out again to continue the ride, since it was now the gray of evening.

The old farmer had taken charge of the general and was showing him all his wealth in fields and livestock, something that the trooper didn't give a damn about, since he was an idler by profession and unconcerned with honest rural labors, which he was aware of only through their products, which he had often plundered during his honorable military career.

I tried to position myself near the path that the party had to pass by, in order to make sure of Antonia's fickleness with my own eyes. I was satisfied before very long.

I had hardly hidden in the cleft formed by two crags, which was concealed by a curtain of shrubbery, when the farmer and the general came by, followed by Doloritas together with the officers. The butterball's face was very flushed, and her hair was floating in disarray beneath her old velvet bonnet, from which hung a large, faded veil.

Finally, and at a considerable distance, came Antonia and the colonel, at a pace, and conversing, apparently with extraordinary animation.

Después de sentir un horrible estremecimiento, causado por el temor y el disgusto, fijé sobre ellos una mirada de odio.

Venían muy juntos, al grado de que los caballos parecían encadenados estrechamente el uno al otro. El coronel se había puesto, como era natural, del lado en que podía contemplar a su sabor la parte inferior del cuerpo de Antonia, y aun tomarse algunas libertades, sin riesgo de ser visto.

Ella parecía abandonarse a las caricias del militar libertino, con todo gusto. De repente vi una mano de éste coger una cosa blanca que estrechó y atrajo, de manera que imprimió con esta acción un movimiento oblicuo al caballo de su compañera. La cosa blanca era el pie de Antonia calzado todavía con el zapato de raso verde, y que pertenecía a la pierna que iba cruzada en la cabeza de la silla.

La muchacha sonrió soltando las riendas, lo que permitió al coronel atraerla hacia él y estamparle el beso más voluptuoso en la boca, beso que ella correspondió con un entusiasmo superior a sus conocimientos. Esto hizo que se le cayera el sombrerillo de paja. El coronel, después de repetir sus ósculos, se bajó para alzar el sombrero.

Entonces no pude reprimir mi cólera, y encontrando a mano un guijarro, lo lancé con la destreza que me era habitual, y con tal fuerza, que silbando como una bala fue a estrellar precisamente aquella mano atrevida que acababa de acariciar el hermoso pie de mi infiel amada.

El movimiento que el coronel hizo al sentir aquella pedrada maestra, fue tan grotesco, que me obligó a lanzar una carcajada, la cual aumentó la sorpresa y la confusión de los dos amantes. Antonia lanzó un grito; el militar, engarabatado todavía por el dolor, y sacudiendo frenético la mano lastimada, alcanzó a duras penas su caballo, lo montó y echó a correr como si una legión de diablos le persiguiese. Antonia, menos asustada, porque probablemente me había visto, se apresuró a seguirlo sin embargo, procurando tranquilizarlo.

Yo no creí conveniente continuar mi persecución, temiendo que el viejo ranchero viniese a buscarme; y alejándome por una vereda escabrosa, me alejé de aquel lugar, sin querer entrar tampoco en el pueblo hasta que fuese de noche.

Hice muy bien, porque al acercarme a mi casa a cosa de las ocho, distinguí junto a las puertas a una patrulla de soldados, y una criada de mi familia me detuvo por el brazo tan pronto como me conoció.

—Jorge, por Dios, anda vete —me dijo temblando—; esos soldados vienen a cogerte para tambor, y te andan buscando por todas partes los alguaciles. Dice tu madre que te huyas al monte hasta que se vaya la tropa. ¡Corre!

After experiencing a horrible shudder caused by fear and displeasure, I stared at them in hatred.

They were very close together, so much so that their horses seemed to be tightly chained to each other. The colonel, as was natural, had placed himself on the side from which he could gaze his fill on the lower part of Antonia's body, and even take some liberties, without the risk of being seen.

She seemed to be surrendering herself to the caresses of the profligate soldier, and enjoying them greatly. Suddenly I saw one of his hands seize something white which he squeezed and drew near him, in such a way that, in doing so, he made his companion's horse move at an angle. The white object was Antonia's foot, still shod in the green satin shoe, the foot belonging to the leg that she had crossed over the front of the saddle.

Smiling, the girl let go of the reins, which allowed the colonel to draw her up to himself and plant the most amorous kiss on her mouth, a kiss that she returned with an eagerness that exceeded her experience. This made her little straw hat fall off. After repeating his kisses, the colonel dismounted to retrieve the hat.

Then I was unable to restrain my anger and, finding a pebble handy, I hurled it with my customary skill, and so hard that it whistled like a bullet and accurately hit that bold hand which had just caressed the lovely foot of my faithless beloved.

The jump the colonel gave on receiving that masterly blow with the stone was so grotesque that it forced me to burst out laughing; this added to the surprise and confusion of the two lovers. Antonia uttered a scream; the soldier, still doubled up in pain and frenetically shaking his injured hand, caught up with his horse with great difficulty, mounted it, and began to race as if pursued by a legion of devils. Antonia, less frightened, probably because she had seen me, hastened to follow him nevertheless, trying to calm him down.

I didn't think it was advisable to continue my persecution, fearing lest the old farmer come looking for me; and, making off along a rugged track, I left that spot; nor did I want to enter the village until night had fallen.

I acted very wisely, because when I approached my house at about eight, I could make out near the doors a patrol of soldiers, and one of my family's maids held me back by the arm as soon as she recognized me.

"Jorge, for the love of God, run away!" she said, trembling. "Those soldiers have come to impress you as a drummer boy, and the constables are looking for you everywhere. Your mother says you should escape into the mountains until the troops leave. Run!"

Todo lo comprendí; la traidora Antonia había seguramente descubierto que era yo el que había herido al coronel. Habían venido al pueblo rabiosos y me perseguían. No pensé ya entonces más que en salvarme.

Me apresuré a ganar una montaña vecina; y sería la medianoche, cuando habiendo llegado a lo más escarpado de aquella sierra, resolví descansar, pues estaba ya fuera del alcance de mis perseguidores. Rendido por la fatiga y el sueño, dormí, como se duerme a esa edad, y cobijado por el manto de la madre Naturaleza.

XII

A los primeros albores de la mañana siguiente desperté, y pude darme cuenta de mi situación. No era, en verdad, muy favorable. En mi casa ignoraban el rumbo que había yo tomado; no tenía provisiones, y me hubiera sido difícil dar con un camino que me condujera a alguna ranchería. Pero mi carácter enérgico y el peligro que estaba corriendo, sostuvieron mi ánimo, y no desesperé.

Vagando entre las selvas pasé dos días, manteniéndome como el Bautista, con frutas y miel silvestre, que se convertía en rejalgar cuando pensaba yo que Antonia, a esa hora, pertenecía ya al coronel.

En la mañana del tercer día logré encontrar un sendero que iba a parar hasta lugares conocidos, y respiré cuando distinguí la torre de la iglesia, el caserío del pueblo y los jardines que lo rodean.

Contemplaba yo con una emoción gratísima este espectáculo, del que me parecía haber estado ausente por muchos años, cuando al mirar abajo de la colina montuosa en que estaba yo situado, distinguí primero una polvareda y luego una columna de tropa que serpenteaba subiendo por un camino ancho y cercano al lugar en que yo estaba.

Era la brigada; vi brillar las armas, conocí los uniformes, aunque no pude, por la lejanía, distinguir a las personas. Mi primer deseo fue el de correr para salvarme de mis enemigos; pero después, comprendiendo que nada podían hacerme en aquel terreno, me atreví a acercarme hasta llegar a un flanco del camino para examinarlo bien todo. Poco a poco, y aprovechándome de los accidentes de la montaña, me acerqué tanto, que pude ponerme a algunos pasos de la columna.

El general marchaba por delante con algunos oficiales y precedido de una pequeña guerrilla. Luego seguían los croquis de batallones, y a retaguardia venía mi coronel; pero, ¡oh rabia! no venía solo, sino con Antonia, que ya vestida con una túnica mal forjada y cubierta la cabeza

I understood it all; the treacherous Antonia had surely revealed that I was the one who had wounded the colonel. They had come to the village in a rage and were after me. By then my only thought was to escape.

I hastened to reach a nearby mountain; it must have been midnight when, having attained the most rugged part of that range, I decided to rest, because I was now out of my pursuers' reach. Worn out with fatigue and sleepiness, I fell asleep, as deeply as one does at that age, and sheltered by Mother Nature's mantle.

XII

At first light on the following morning I awoke and was able to take in my situation. It really wasn't very promising. At home no one knew which direction I had gone in; I had no provisions, and it would have been hard for me to find a path that would lead me to some farm. But my energetic nature and the danger I was in fostered my courage and I didn't despair.

I spent two days roaming amid the woods, feeding myself like John the Baptist on fruit and wild honey, which turned into arsenic whenever I remembered that by now Antonia belonged to the colonel.

On the morning of the third day I managed to find a trail that ended in places I knew, and I breathed more easily when I made out the church tower, the cluster of houses in the village, and the gardens that surround it.

I was gazing at that sight with a most pleasant emotion, feeling as if I had been absent from it for many years, when, on looking down from the wooded hill where I was standing, I made out, first a cloud of dust, then a column of troops that was winding upward on a broad road near the spot I was occupying.

It was the brigade; I saw their weapons gleam, I recognized their uniforms, although, because of the distance, I couldn't distinguish any individuals. My first wish was to run and escape from my enemies; but then, realizing they could do nothing to me in that terrain, I was bold enough to draw closer until I reached a side of the road in order to study everything properly. Gradually, taking advantage of the mountain's natural features, I came so close that I was able to position myself a few paces from the column.

The general was riding up front with a few officers, preceded by a small line of riflemen. Then followed the sketchy battalions, and the colonel brought up the rear; maddeningly, however, he wasn't alone, but with Antonia, who, now dressed in an ill-cut army jacket with a

con un sombrero gris y un paño de sol, montaba un gran caballo flaco y amarillento de su ilustre raptor.

No me habían engañado mis celos. El pícaro militar había acabado por robarse a la muchacha, que firme en sus principios, no había prometido entregarse sino a condición de ser sacada de la casa paterna y del pueblo.

Así pues, el desventurado viejo de la mula, el estúpido anfitrión que había tenido a mucha honra el ofrecer un banquete a aquellos soldados cobardes, había él mismo preparado su deshonra, y a aquella hora lamentaba la desenvoltura de su hija y la ingratitud infame del coronel.

Pero sobre todo, yo estaba furioso. Jamás había sentido el dolor punzante que sentí al ver a mi primera amada huir con su raptor.

¿Conque así se cumplían las promesas? ¿así se guardaba la fe jurada? ¿Esto ocultaban aquellas palabras tranquilizadoras de la última noche?

¡Pérfida! ¡infame!

Y pasaba junto a mí, platicando con su aborrecido amante, que aún traía envuelta en un pañuelo la mano herida por mí. Yo no pude contenerme, y asomé el cuerpo de tal manera, que los dos me reconocieron. Antonia palideció. El coronel, enfurecido, sacó una pistola, me apuntó y disparó; pero no era un buen tirador, y la bala pasó lejos de mí.

Entonces gritó a sus asistentes:

—¡Ea, pronto, a coger a ese bribón! Ahora verás si te escapas de llevar el tambor o de que te cuelgue de un árbol . . .

Yo quise responder algo terrible que tradujese mi odio y mi cólera; pero no encontré más que esta frase, muy de mi edad y de mi inexperiencia:

—¿Yo tambor? grité . . . ¿Sí? ¡Su madre!

El coronel se torció de ira, los asistentes quisieron lanzarse en mi persecución, pero el flanco del camino era montuoso, muy escarpado y lleno de cortaduras. A caballo era imposible seguirme; a pie, tenía yo ventaja. Así es que me alejé lentamente y con toda seguridad, aun cuando oí algunos tiros sonar a mis espaldas. La columna entera había hecho alto, comunicóse la novedad al general en jefe, pero después de haber reconocido este ilustre veterano la imposibilidad de perseguirme con buen éxito, y de haberme contemplado con su anteojo suficientemente, mandó continuar la marcha con gran despecho de su valeroso hijo, que dos veces se había visto burlado por un chico delante de su joven dama.

gray hat and sunshade on her head, was riding a large, thin, yellowish horse belonging to her illustrious abductor.

My jealousy hadn't deceived me. The rascally soldier had finally stolen the girl, who, standing firmly on her principles, had only promised to surrender herself on the condition of being taken away from her father's house and the village.

So, then, that unfortunate old man with the mule, that stupid host who had considered it a great honor to offer a banquet to those cowardly soldiers, had prepared his dishonor himself, and at that moment was bewailing his daughter's brazeness and the colonel's vile ingratitude.

But above all I was furious. I had never felt the lancing pain that I felt on seeing my first love running away with her seducer.

And so, that's how she was keeping her promises? That's how she was observing the faith she had plighted? This was what had been concealed in her pacifying words on that last night?

Cheat! Wretch!

And she was riding by me, chatting with her loathsome lover, who still had the hand I had injured wrapped in a handkerchief. I couldn't contain myself, and I thrust forth my body in such a way that they both recognized me. Antonia turned pale. The colonel, in a fury, drew a pistol, aimed at me, and fired; but he wasn't a good shot, and the bullet passed far from me.

Then he shouted to his orderlies:

"Hey, quick, catch that rascal! Now you'll see whether you get out of carrying a drum or being hanged from a tree . . ."

I tried to make some fearful reply that would convey my hatred and anger, but all I could come up with was this utterance, typical of my youth and inexperience:

"Me, a drummer boy?" I shouted . . . "Oh, yeah? Like hell I will!"

The colonel writhed with anger, and the orderlies wanted to dash after me, but the side of the road was wooded, very steep, and full of clefts. It was impossible to follow me on horseback; on foot, I had the advantage. And so I moved away slowly and in full safety, even when I heard the noise of a few shots behind me. The whole column had halted, and the news was passed to the general in the vanguard, but after that illustrious veteran had acknowledged the impossibility of pursuing me successfully, and after studying me sufficiently through his spyglass, he ordered the march to continue, to the great vexation of his valorous son, who twice had found himself made a fool of by a boy in front of his young lady.

Sin embargo de este triunfillo, que me envaneció por algunos momentos y calmó algo mi dolor, cuando desde una nueva altura miré perderse a lo lejos la columna, me sentí desfallecer; me senté sobre una piedra, incliné la cabeza y lloré.

Todo el mundo, en mi caso, al conocer que está consumada la primera perfidia de la mujer que se ama, se pregunta con voz sorda y ahogada por una convulsión dolorosa: *¿Es posible?* Yo también me pregunté *¿Es posible?*

¡Ay! Largos años de perfidias y decepciones iban a responderme en seguida, que para las mujeres todo es posible.

XIII

Por la tarde bajé por fin al pueblo, y lo encontré mudo, triste y vacío. No estaba allí Antonia.

La mujer querida es la que alegra y hace vivir todo en derredor nuestro. El pueblo, mi casa, mi familia, todo me parecía insoportable. Apenas la ternura de mi buena madre que me creía salvado de un gran peligro, y la severa bondad de mi padre que me dio muchos consejos, pudieron derramar un poco de bálsamo en las heridas de mi corazón.

Después de algunos días en que anduve arrastrando por las soledades mi tristeza, me sentí con deseos de ver a la solterona para hablar con ella de mi mal.

Doloritas me recibió sonriendo y al parecer satisfecha.

—No te aflijas, Jorge —me dijo, prodigándome extrañas caricias;— ya has conocido cuán bribona era la Antoñita; yo me alegro de que te hayas desengañado.

—¿Se alegra usted? —le pregunté sorprendido.

—Naturalmente, hijito, porque tú eres un buen muchacho, muy amoroso, muy tierno, muy niño, y no merecías a esa perdularia, que lo que deseaba era que se la llevara el diablo, como se la llevó, con un militar que va a dejarla en el primer pueblo del camino. Tú mereces otra cosa; tú mereces un corazón que sea siempre tuyo, que te quiera como tú deseas y que no sea capaz de dejarte por el primer advenedizo. Además, tú eres muy jovencito, y aún no conoces bien lo que es verdaderamente amor. Déjate de miraditas, de suspiros y de niñadas que no tienen objeto, y que no te han de traer más que tristeza y fastidio. Hay otras cosas en el amor que tú no conoces, y que necesitas que te enseñen . . . Pero eso no puede hacerlo una criatura que todavía tiene la leche en los labios. Te hace falta una mujer que

Despite that minor triumph, which filled me with pride for a few moments and calmed my grief somewhat, when from another high point I watched the column recede into the distance, I felt as if I were fainting; I sat down on a stone, bowed my head, and cried.

Everyone in my circumstances, learning that the first perfidy of the woman he loves has been accomplished, asks himself in a muffled voice stifled by a painful convulsion: "Is it possible?" I, too, asked myself: "Is it possible?"

Alas! Long years of treacheries and disappointments were to reply to me afterward that, with women, anything is possible.

XIII

In the afternoon I finally descended to the village, which I found silent, sad, and empty. Antonia wasn't there.

It's the woman we love who cheers up, and gives life to, everything around us. The village, my home, my family all seemed unbearable to me. The affection of my good mother, who thought I'd been saved from a great danger, and the severe kindness of my father, who gave me a lot of advice, were just barely able to pour a little balm onto my heart's wounds.

After a few days during which I went dragging my sadness around through lonely places, I felt the urge to visit the old maid and discuss my affliction with her.

Doloritas welcomed me with a smile and looked contented.

"Don't be upset, Jorge," she said, lavishing odd caresses on me; "now you know what a rogue Antoñita was; I'm glad you've seen the light."

"You're glad?" I asked in surprise.

"Naturally, son, because you're a good boy, very loving, very tender, very childlike, and you didn't deserve that tramp, who only wanted the devil to carry her away, which he did, along with a soldier who's going to leave her in the first village along the way. You deserve something else; you deserve a heart that will always be yours, that will love you the way you want and won't be capable of dropping you for the first man who happens along. Besides, you're very young, and you still have no idea of what real love is. Leave off those glances, sighs, and childish things that have no purpose, and won't bring you anything but sadness and vexation. There are other things in love that you don't know, and that you need to be taught . . . But that can't be done by a baby who still has milk on her lips. You need a woman who has more

tenga más experiencia que tú. Yo te aseguro que con ella olvidarás a tu Antonia en el término de tres días, y hasta te reirás de haberla sentido tanto.

—Pero, Lola —le respondí—; si eso es verdad, ¿en dónde encontraré ese corazón de que usted me habla? ¿dónde está esa mujer de experiencia que necesito para consolarme? Si ella me prometiera curarme, yo la amaría toda mi vida . . .

Doloritas se puso como una amapola; sus ojos despedían llamas, su boca estaba seca, y su pecho se agitaba. Abrió los brazos, me estrechó contra su corazón, y me dijo con voz trémula:

—¡Ah! si tú me prometieras ser reservado, si tú me quisieras como querías a Antonia.

—¿A usted? —le pregunté azorado.

Por más señales que hubiese visto antes, de la extraña afición que la jamona me tenía, mi inexperiencia y mi amor a Antonia me habían impedido darles su verdadero carácter. Aquella tía me inspiraba una repugnancia invencible. Además, yo la creía muy culpable en el rapto de Antonia.

A mi brusca interpelación, la jamona me alejó de sí; pero pareció calmarse, y leyendo en mi semblante mi absoluto desamor y mi sorpresa, que no ocultaba mi repulsión hacia ella, me respondió:

—Sí, a mí, niño, a mí, para ser tu consejera en estos asuntos, para que no te vuelvan a engañar. Te digo que sería necesario que me quisieras como a Antonia, porque así nada me ocultarías y tendrías suma confianza en mí. No lo digo por otra cosa, Jorge, ni tú lo vayas a entender de otra manera, porque bien sabes que yo, teniendo otra edad que tú, y habiendo querido mucho (aquí suspiró) a un hombre digno de mí, no puedo querer ya a nadie, ni menos a un niño como tú.

Respiré. Doloritas se replegaba, ahorrándose un compromiso ridículo. Aquella declaración llevada hasta su último extremo, me hubiera causado horror.

Me alejé y no volví a la casa de la solterona, que por otra parte, lejos de extrañarme, me tomó ojeriza. Sabido es que las mujeres se convierten en enemigas, después de una contrariedad de esta naturaleza.

Seguí viviendo triste en aquella aldea, por espacio de ocho a diez meses, sin querer dedicarme a nada, ni trabajar en nada. Mi familia estaba alarmadísima, hasta que mi pobre padre, llamándome un día, me preguntó:

—Hijo, ¿quisieras irte a estudiar a México?

Yo di un salto de gozo. Jamás me hubiera atrevido a solicitar semejante cosa, pero la verdad era que esa idea me halagaba desde hacía tiempo.

experience than you. I assure you that with her you'll forget your Antonia in three days, and you'll even laugh at having missed her so."

"But, Lola," I replied, "if that's true, where will I find that heart you're telling me about? Where is that experienced woman I need to console me? If she promised to cure me, I'd love her as long as I live . . ."

Dolores turned poppy-red; her eyes shot forth flames, her mouth was dry, and her bosom was heaving. She opened her arms, pressed me to her heart, and said in a quavering voice:

"Oh, if you promised me to be discreet, if you loved me as you did Antonia!"

"You?" I asked in embarrassment.

No matter how many signs I had seen previously of the odd affection the butterball had for me, my inexperience and my love for Antonia had prevented me from attributing their true nature to them. That old lady inspired me with an unconquerable repugnance. Furthermore, I considered her very guilty of Antonia's abduction.

On my abrupt interjection, the butterball moved away from me; but she seemed to grow calm and, reading in my face my thorough dislike and my surprise, which didn't conceal my aversion to her, she replied:

"Yes, me, boy, me, to be your adviser on such matters, so you aren't deceived again. I said that you'd need to love me as much as you loved Antonia because, that way, you wouldn't hide anything from me and you'd trust me completely. That's the only reason I said it, Jorge, and you mustn't take it any other way, because you're well aware that I, being older than you, and having greatly loved" (here she sighed) "a man worthy of me, can no longer love anyone, let alone a child like you."

I breathed more easily. Dolores was retracting, sparing herself a ridiculous entanglement. That declaration, if pursued to its last extreme, would have horrified me.

I left and didn't return to the house of the old maid, who, moreover, far from missing me, conceived a grudge against me. It's well known that women become enemies after a disappointment of that nature.

I continued living in sadness in that village for a period of eight to ten months, without devoting myself to anything or working at anything. My family was very alarmed, until my poor father, calling me over one day, asked:

"Son, would you like to go and study in Mexico City?"

I leaped with joy. I had never dared to request such a thing, but, to tell the truth, I had been harboring that idea for some time.

—¿A estudiar? ¿Y en dónde?

—En un colegio; aunque somos pobres, aplicándote, te podemos sostener y serás lo que tú quieras.

—Con mucho gusto, padre. Ese es mi deseo.

—Pues arreglado; partiremos pronto.

Desde aquel día no pensé en otra cosa. Dar a mi espíritu una ocupación conforme con mis esperanzas y mis ambiciones; ir a México, entrar en otro mundo, poner el pie en los primeros peldaños de una escala que yo había soñado . . . ¡qué orgullo y qué dicha!

Quince días después, acompañado de mi padre y de algunos parientes, y montado en un caballejo pacífico y meditabundo como yo, me dirigía a la famosa capital de la República, con la cabeza llena de ilusiones y el corazón casi enfermo por las constantes palpitaciones de alborozo.

Los *yankees* habían evacuado ya la República, y la vida mexicana iba volviendo a su curso normal.

A medida que me aproximaba a la gran ciudad, nuevas sorpresas y más bellas ilusiones acariciaban mi joven imaginación. Un recuerdo me asaltó al entrar en la hermosa calzada que debía conducirnos hasta las puertas de México.

¡Antonia!

Este amor no se había apagado enteramente, y de sus cenizas tibias aún brotaban de cuando en cuando algunas chispas. Antonia tal vez estaba en México; tal vez iba a encontrarla. ¡Qué curioso estaba yo de conocer su nuevo estado! ¡qué deseos abrigaba de vengarme de ella! ¡Desgraciada!

El destino iba a ponérmela delante más tarde. ¡Y de qué manera iba yo a verla otra vez!

Pero esa segunda parte de esta historia de mi adolescencia, pertenece a otro tiempo, y allí tendrá su lugar.

Mi padre me sacó de mi meditación cuando estábamos frente a la garita, y veíamos las grandes calles de la capital por las que hormigueaba la gente. Diome un golpecito en el hombre, y me dijo:

—Muchacho, ¡ya estamos en México!

Mis recuerdos y preocupaciones se disiparon como por encanto, en presencia de este espectáculo terrible para un niño de aldea. ¡MÉXICO!

"To study? Where?"

"At an academy; even though we're poor, if you apply yourself we can support you, and you can become whatever you like."

"I'd be very glad to, father. That was my wish."

"Settled, then; we'll leave soon."

From that day on, I thought of nothing else. To give my mind an occupation in line with my hopes and ambitions; to go to Mexico City, to enter a different world, to put my foot on the first rungs of a ladder I had dreamed of . . . what pride and what luck!

Two weeks later, accompanied by my father and a few relatives, and riding a nag as peaceful and pensive as I was, I was on my way to the famous capital of the Republic, my head full of daydreams and my heart almost sick with its constant palpitations of joy.

The Yankees had evacuated the Republic by then, and Mexican life was returning to its normal course.

As I neared the big city, new surprises and more beautiful daydreams continued to flatter my young imagination. One recollection assailed me as I entered the beautiful highway that was to lead us to the gates of Mexico City.

Antonia!

That love hadn't been completely extinguished, and from its lukewarm ashes a few sparks still shot up from time to time. Perhaps Antonia was in Mexico City; perhaps I'd meet her. How curious I was to learn her new situation! What wishes I harbored to be revenged on her! The poor girl!

Fate was to set her before me subsequently. And in what a guise I would see her again!

But that second part of this history of my adolescence belongs to another time, and will have its place there.

My father drew me out of my meditation when we were opposite the sentry box and could see the big streets of the capital swarming with people. He gave me a tap on the shoulder and said:

"My boy, we're now in Mexico City!"

My memories and worries were dispelled as if by a charm, in the presence of that sight so awesome to a village boy. MEXICO CITY!

JOSÉ LÓPEZ PORTILLO Y ROJAS

Reloj sin dueño

I

—¡Insoportable es ya la insolencia de estos periodistas! —exclamó el juez don Félix Zendejas, golpeando coléricamente la mesa con el diario que acababa de leer.

Era don Félix hombre de mediana edad, como entre los treinta y los cuarenta años, grueso, sanguíneo, carirredondo, barbicerrado, de centelleantes ojos, nariz larga, tupidísimas cejas y carácter tan recio como sus facciones. Hablaba siempre a voz herida, y cuando discutía, no discutía, dogmatizaba. No toleraba objeciones; siempre tenía la razón o pretendía tenerla, y si alguno se la disputaba, exaltábase, degeneraba el diálogo en altercado, y el altercado remataba pronto en pendencia. Hubiérase dicho que la materia de que estaba formado su ser era melinita o ruburita, pues con la menor fricción, y al menor choque, inflamábase, tronaba y entraba en combustión espantosa; peligroso fulminante disfrazado de hombre.

Pocas palabras había cruzado con su esposa Otilia durante la comida, por haber estado absorto en la lectura del periódico, la cual le había interesado mucho, tanto más, cuanto que le había maltratado la vesícula de la bilis; porque era su temperamento a tal punto excitable, que buscaba adrede las ocasiones y las causas de que se le subiese la mostaza a las narices.

De la lectura sacó el conocimiento de que los *perros emborronadores de papel,* como irreverente llamaba a los periodistas, continuaban denunciando a diario robos y más robos, cometidos en diferentes lugares de la ciudad y de diversas maneras; y todos de carácter alarmante, porque ponían al descubierto un estado tal de inseguridad en la metrópoli, que parecían haberla trocado en una encrucijada de camino real. Los asaltos en casas habitadas eran el pan de cada día; en

124

JOSÉ LÓPEZ PORTILLO Y ROJAS

Unclaimed Watch

I

"The insolence of these journalists has become unbearable!" exclaimed Judge Félix Zendejas, angrily striking the table with the newspaper he had just read.

Don Félix was a man of middling age, between thirty and forty, fat, sanguine, with a round face, voluminous beard, glittering eyes, long nose, very thick eyebrows, and a character as rough as his features. He always spoke in an injured tone and when he discussed things, he didn't discuss them, but laid down dogma. He couldn't abide objections; he was always in the right or claimed to be, and if anyone denied it, he'd get excited, the dialogue would degenerate into an altercation, and the altercation soon ended as a quarrel. You might have said that the material he was composed of was melinite or lyddite, since at the least friction, and at the least shock, he'd ignite, roar, and enter into a frightful combustion; a dangerous explosive disguised as a man.

He had exchanged few words with his wife Otilia during the meal, because he had been absorbed in reading the paper, which had greatly interested him, all the more so for having irritated his gall bladder; because his temper was so excitable that he intentionally sought out occasions and reasons for flying off the handle.

From that reading he derived the knowledge that those "dogs of scribblers," as he irreverently called the journalists, were still reporting robberies and more robberies every day, committed in different parts of the city and in various ways; all of them of an alarming nature, because they revealed such a state of insecurity in the metropolis that it seemed to have been changed into a highway crossroads. Attacks in people's homes were daily events; the bandits pulled off their deeds

125

plena vía pública y a la luz del sol llevaban a cabo los bandidos sus hazañas; y había llegado a tal punto su osadía, que hasta los parajes más céntricos solían ser teatro de hechos escandalosos. Referíase que dos o tres señoras habían sido despojadas de sus bolsitas de mano, que a otras les habían sacado las pulseras de los brazos o los anillos de los dedos, y que a una dama principal le habían arrancado los aretes de diamantes a tirón limpio, partiéndole en dos o, más bien dicho, en cuatro, los sonrosados lóbulos de sus preciosas orejas. La repetición de aquellos escándalos y la forma en que se realizaban denunciaban la existencia de una banda de malhechores o, más bien dicho, de una tribu de apaches en México, la cual tribu prosperaba a sus anchas como en campo abierto y desamparado.

Zendejas, después de haberse impuesto de lo que el diario decía, se había puesto tan furioso, que se le hubieran podido tostar habas en el cuerpo y, a poco más, hubiera pateado y bramado como toro cerril adornado con alegres banderillas.

—¡Es absolutamente preciso poner remedio a tanta barbarie! —repitió, dando fuerte palmada sobre el impreso.

Su esposa, que estaba acostumbrada a aquellos perpetuos furores, como lo está la salamandra a vivir en el fuego (en virtud, sin duda, de la ley de adaptación al medio), no se acobardó en manera alguna al sentir la atmósfera saturada de truenos y bufidos que la rodeaba, y hasta se atrevió a observar con perfecta calma:

—Pero, Félix, ¿no te parece que la insolencia de los bandidos es mayor que la de los escritores?

Andaba ella cerca de los veintiocho años; era morena, agraciada, de ojos oscuros y de pelo lacio, con la particularidad de que peinábalo a la griega, a la romana o a la buena de Dios, pero siempre en ondas flojas y caídas sobre las orejas.

Lanzóle con esto el marido una mirada tal, que un pintor la hubiese marcado en forma de haces flamígeros salidos de sus pupilas; pero ella no se inquietó por aquel baño cálido en que Zendejas la envolvía, y continuó tomando tranquilamente una taza de té.

—Tú también, Otilia —vociferó el juez, con voz de bajo profundo—. ¡Como si no fuese bastante la rabia que me hacen pasar estas plumas vendidas! ¡Todos los días la misma canción! Robos por todas partes y continuamente. A ese paso, no habría habitante en la capital que no hubiese sido despojado . . . ¡Ni que se hubiesen reconcentrado cien mil ladrones en esta plaza! Para mí que todas ésas son mentiras, que se escriben sólo en busca de sensación y venta de ejemplares.

out in the street and in broad daylight; and their daring had reached such a pinnacle that even the most central neighborhoods were wont to be the scene of scandalous actions. It was reported that two or three ladies had been robbed of their handbags, that others had had their bracelets snatched off their arms or their rings off their fingers, and that one prominent lady had had her diamond earrings pulled clean off, so that the pink lobes of her precious ears had been torn in two (or, to be more precise, in four). The repetition of those scandals and the way they were carried out pointed to the existence of a gang of criminals or, rather, a tribe of Apaches in Mexico City; a tribe that was thriving comfortably as if in an open, unprotected field.

Zendejas, after taking in what the paper said, had become so furious that you could have roasted beans on his body; a little more, and he would have stamped and bellowed like a wild bull decked with bright banderillas.

"It's absolutely necessary to find some remedy for so much barbarity!" he repeated, giving the paper a hard slap.

His wife, who was used to those perpetual rages, as the salamander is used to living in fire (no doubt in virtue of the law of adaptation to one's environment), was in no way cowed on hearing the atmosphere saturated with blasts and snorts that surrounded her, and she even ventured to remark, perfectly calmly:

"But, Félix, don't you think that the bandits' insolence is greater than the reporters'?"

She was about twenty-eight; she was dark-complexioned, charming, with dark eyes and lank hair, which had the peculiarity that, whether she combed it in Greek style, in Roman style, or in any old style, it was always in limp waves that fell over her ears.

At that remark her husband gave her such a look that a painter would have rendered it as a series of flaming torches issuing from his pupils; but she wasn't alarmed by that hot bath in which Zendejas was immersing her, and she calmly went on drinking a cup of tea.

"You, too, Otilia!" the judge shouted, in basso profondo tones. "As if I didn't have enough with the rage that those mercenary pens put me in! Every day the same refrain! Robberies everywhere and all the time. At this rate, there won't be an inhabitant in the capital who won't have been plundered . . . It's as if a hundred thousand thieves had assembled in this locality! As for me, it's all lies, written merely as a sensational item to boost circulation."

—Dispensa, esposo, pero a mí no me parece mal que los periodistas traten tales asuntos; lo hallo conveniente y hasta necesario.

—Es demasiada alharaca para la realidad de los hechos.

—Eso no puede saberse a punto fijo.

—Yo lo sé bien, y tú no. Si las cosas pasaran como estos papeles lo gritan, habría muchas más consignaciones de ladrones y rateros . . . En mi juzgado no hay más que muy pocas.

—Y aumentará el número cuando la policía ande más activa. ¿No te parece?

—A mí no me parece.

—El tiempo lo dirá.

El temperamento tranquilo de Otilia tenía la virtud de neutralizar los huracanes y terremotos que agitaban el pecho de Zendejas; lo que no debe llamar la atención, por ser un hecho perfectamente averiguado, que la pachorra es el mejor antídoto contra la violencia, como los colchones de lana contra las balas de cañón.

—En último caso —parlamentó el esposo—, ¿encuentras justo que esos perros (los periodistas) hagan responsables a los jueces de todo cuanto pasa? ¡Que desuellen vivos a los gendarmes! ¡Que se coman crudos a los comisarios! Pero, ¡a los jueces! ¿Qué tenemos que ver nosotros con todos esos chismes? Y, sin embargo, no nos dejan descansar.

—La justicia tardía o torcida da muy malos resultados, Félix.

—Yo jamás la retardo ni la tuerzo. ¿Lo dices por mí?

—Dios me libre de decirlo, ni aun siquiera de pensarlo: te conozco recto y laborioso; pero tus compañeros . . . ¿Cómo son tus compañeros?

—Mis colegas son . . . como son. Unos buenos y otros malos.

—Por ahí verás que no andan de sobra los estímulos.

—Pues que estimulen a los otros; pero a mí, ¿por qué? Dime, esposa, ¿qué culpa puedo tener yo de que a la payita que aquí se menciona (señalando el periódico) le hayan arrebatado ayer, en el atrio de la catedral, a la salida de la misa de las doce, el collarzote de perlas con que tuvo el mal gusto de medio ahorcarse?

—Ya se ve que ninguna; pero de ti no se habla en el diario.

—De mí personalmente no; pero me siento aludido, porque se habla del cuerpo a que pertenezco.

—¿Qué cuerpo es ése? No perteneces a la milicia.

—El respetable cuerpo judicial.

"Forgive me, dear, but I don't find it wrong for journalists to discuss such matters; I think it's proper and even necessary."

"It's too much fuss when you compare it with the real state of affairs."

"No one can be absolutely sure of that."

"I *am* sure, and you're not. If things went on the way these papers clamor, there'd be many more arraignments of thieves and pickpockets . . . In my court there are only very few."

"And the number will increase when the police get more active. Don't you think so?"

"No, I don't."

"Time will tell."

Otilia's calm nature had the power to neutralize the hurricanes and earthquakes that stirred Zendejas's bosom; this shouldn't be surprising, because it's a well-known fact that tranquillity is the best antidote for frenzy, just as woolen mattresses are the best protection against cannonballs.

"Lastly," her husband argued, "do you think it's fair for those dogs" [the journalists] "to make the judges responsible for everything that's going on? Let them flay the police alive! Let them eat the commissioners raw! But the judges? What have *we* got to do with all that gossip? And yet they won't let us rest."

"When justice is delayed or crooked, it gives very bad results, Félix."

"*I* never delay or twist it. Do you have *me* in mind?"

"God forbid I should say such a thing, or even think it: I know you're upright and hardworking; but your colleagues . . . What are your colleagues like?"

"My fellow judges are . . . the way they are. Some good, others bad."

"Which goes to show that some stimulants aren't out of place."

"Well, let them stimulate the others; but why me? Tell me, dear, what blame can I have if the peasant woman named here" [indicating the newspaper] "was robbed yesterday, in the cathedral porch, when she came out from twelve-o'clock Mass, of that rotten pearl necklace she had the bad taste to half-choke herself with?"

"You're obviously not to blame, but they're aren't talking about *you* in the paper."

"Not about me personally; but I sense the allusion, because they're speaking of the corps I belong to."

"What corps is that? You aren't in the militia."

"The honorable judiciary corps."

—Sólo en ese sentido; pero ésa es otra cosa.

—No, señora, no lo es, porque cuando se dice, grita y repite: "¡Esos señores jueces tienen la culpa de lo que pasa! ¡Todos los días absuelven a un bandido!" O bien: "¡Son unos holgazanes! ¡Las causas duermen el sueño del justo!" Cuando se habla con esa generalidad, todo el que sea juez debe tomar su vela. Además, basta tener un poco de sentido común para comprender que esos ataques son absurdos. Todos los días absolvemos a un bandido; supongámoslo. Entonces, ¿cómo duermen las causas? Si hay absoluciones diarias, es claro que las causas no duermen. Por otra parte, si las causas duermen, es injustamente. ¿Cómo se dice, pues, que duermen el sueño del justo? Son unos imbéciles esos periodistas, que no saben lo que se pescan.

Don Félix descendía a lo más menudo de la dialéctica para desahogar su cólera; pasaba de lo más a lo menos; involucraba los asuntos; pero nada le importaba; lo preciso, para él, era cortar, hender, sajar y tronchar, como bisonte metido en la selva.

—En eso sí tienes razón —repuso la esposa—; está muy mal escrito el párrafo.

—¿Confiesas que tengo razón?

—De una manera indirecta; pero no te preocupes por tan poca cosa. Cumple tu deber; no absuelvas a los culpables; trabaja sin descanso, y deja rodar el mundo.

—Hago todo lo que quieres, sin necesidad de que me lo digas, mujer. No necesito que nadie me espolee. Pero lo que sí no haré nunca, será dejar al mundo que ruede.

A Otilia se le ocurrió contestarle: "Pues, entonces, detenle"; pero temiendo que Zendejas no llevase en paz la bromita, se limitó a sonreír y a decir en voz alta:

—¿Qué piensas hacer entonces?

—Mandar a la redacción de este diario un comunicado muy duro, diciendo a esos escritorzuelos cuántas son cinco.

—Si estuviera en tu lugar no lo haría, Félix.

—¿Por qué no, esposa?

—Porque me parecería ser eso lo mismo que apalear un avispero.

—Pues yo sería capaz de apalear el avispero y las avispas.

—Ya lo creo, pero no lo serías de escapar a las picaduras.

—Me tienen sin cuidado las picaduras.

—En tal caso, no te preocupes por lo que dicen y exageran los diarios.

La observación no tenía respuesta; Zendejas se sintió acosado, y no halló qué replicar; por lo que, cambiando de táctica, vociferó:

"Only to that extent; but this is a different matter."

"No, madam, it isn't, because when they say, yell, and repeat; 'Those judges are to blame for what's going on! Every day they let a bandit off!,' or else: 'They're a bunch of do-nothings! Their cases sleep the sleep of the just!'—when they speak in such general terms, everyone who's a judge must get involved. Besides, you only need to have a little common sense to understand that those attacks are absurd. Every day we let a bandit off; let's imagine it's so. If it is, then how can our cases be sleeping? If people are let off every day, obviously the cases aren't sleeping. On the other hand, if the cases are sleeping, that's unjust. So how can they say they're sleeping the sleep of the just? Those journalists are a pack of idiots who don't know what they're reporting."

Don Félix was descending to the most trifling rules of dialectic in order to vent his anger; he was passing from the major to the minor premise; he was tangling up his arguments; but that didn't bother him in the least; what was necessary in his eyes was to cut, split, make incisions, and topple, like a bison let loose in the forest.

"On that point you *are* right," his wife rejoined; "the article is very badly written."

"You admit I'm right?"

"Indirectly; but don't worry over such a trifle. Do your duty; don't let guilty people off; work tirelessly, and let the world go on turning."

"I do everything as you wish, woman, without needing you to tell me. I don't need anyone to spur me. But what I'll never do is to let the world go on turning."

Otilia had the idea of replying: "Well, stop it, then!" But fearing that Zendejas wouldn't take the little joke calmly, she confined herself to a smile and to saying aloud:

"Then, what do you intend to do?"

"Send the editor of this paper a very firm message, telling those miserable reporters what's what."

"If I were you, I wouldn't, Félix."

"Why not, dear?"

"Because I think it would be the same as hitting a wasps' nest."

"Well, I'm man enough to hit the nest and the wasps."

"I believe you, but you wouldn't be able to escape being stung."

"I'm not worried about stings."

"In that case, don't fret about the reports and exaggerations in the papers."

That remark elicited no reply; Zendejas sensed that he was at bay, and could find no comeback; therefore, changing tactics, he shouted:

—Lo que más indignación me causa de todo esto es saber que no sólo las mujeres, sino también los hombres barbudos se llaman víctimas de los criminales. ¡Pues qué! ¿No tienen calzones? ¿Por qué no se defienden? Que tímidas hembras resulten despojadas o quejosas se comprende; pero ¡los machos, los valientes! . . . Eso es simplemente grotesco.

—Pero ¡qué remedio si una mano hábil extrae del bolsillo el reloj o la cartera!

—No hay manos hábiles para los manos fuertes. A mí nadie me las ha metido en la faltriquera, y ¡pobre del que tuviese la osadía de hacerlo! Bien caro le habría de costar. Tengo la ropa tan sensible como la piel, y al menor contacto extraño, echo un manotazo y cojo, agarro y estrujo cualquier cosa que me friccione.

—Pero, ¿si fueras sorprendido en una calle solitaria por ladrones armados?

—A mí nadie me sorprende; ando siempre vigilante y con ojo avizor para todo y para todos. Sé bien quién va delante, al lado o detrás de mí; dónde lleva las manos y qué movimientos ejecuta . . .

—Pero al dar vuelta a una esquina . . .

—Nunca lo hago a la buena de Dios, como casi todos lo hacen; sino que, antes de doblarla, bajo de la acera para dominar con la vista los dos costados del ángulo de la calle . . . por otra parte, jamás olvido el revólver y, en caso de necesidad, lo llevo por el mango a descubierto o dentro del bolsillo.

—No quiera Dios que te veas obligado a ponerte a prueba.

—Todo lo contrario. Ojalá se me presente la oportunidad de dar una buena lección a esos bellacos. ¡No les quedarían deseos de repetir la hazaña! Si todos los hombres se defendieran e hiciesen duro escarmiento en los malhechores, ya se hubiera acabado la plaga que, según dice la prensa, asuela hoy a la ciudad.

Otilia nada dijo, pero hizo votos internos porque su marido no sufriese nunca un asalto, pues deseaba que nadie le hiciese daño, ni que él a nadie lo hiciese.

Así terminó la sobremesa.

A renglón seguido, levantóse Zendejas y entró en su cuarto para dormir la acostumbrada siestecita, que le era indispensable para tener la cabeza despejada; pues le pasaba la desgracia de comer bien y digerir mal, cosa algo frecuente en el género humano, donde reinan por igual el apetito y la dispepsia.

Entretanto, ocupóse Otilia en guardar viandas en la refrigeradora y en dar algunas órdenes a la servidumbre.

"What makes me most indignant in all this is to learn that not only women, but even bearded men call themselves victims of the criminals. My goodness! Don't they wear pants? Why don't they defend themselves? I can understand timid females getting robbed or complaining; but men, brave men! . . . It's simply grotesque."

"But how can they help it if a skillful hand lifts their watch or wallet from their pocket?"

"There are no skillful hands where there are strong hands. Nobody has put one in *my* pocket, and I pity the fellow daring enough to try! It would cost him very dear. My clothing is as sensitive as my skin, and at the least contact with a strange object, I'd clap my hands on it, seize it, clutch it, and crush anything that rubs up against me."

"But what if you were caught off guard by armed robbers on a lonely street?"

"Nobody catches *me* off guard; I'm always vigilant, with an eye peeled for everything and everyone. I'm well aware who's in front of me, beside me, or behind me; where he's got his hands and what movements he's making . . ."

"But when you turn around a corner . . ."

"I never do it heedlessly, as almost everyone does, but, before I turn, I step down off the sidewalk so I have a full view of both sides of the street corner . . . besides, I'm never without my revolver and, in case of need, I clutch it by the handle either openly or in my pocket."

"God forbid you should be compelled to put yourself to the test!"

"On the contrary. I wish I were offered the opportunity to give a good lesson to those scoundrels. They'd have no further desire to repeat their exploit! If every man were to defend himself and teach the criminals a severe lesson, this plague which the papers say is now laying the city waste would already be over."

Otilia said nothing, but she made mental wishes that her husband would never be mugged, since she wanted no one to harm him, or him to harm anybody else.

That was the end of the aftermeal conversation.

Immediately thereafter, Zendejas got up and went into his room to take his usual little nap, which he found indispensable for keeping his head clear; because he had the misfortune to eat well and digest badly, something rather frequent in the human race, where appetite and dyspepsia reign equally.

Meanwhile, Otilia was busy putting food back in the refrigerator and giving some orders to the servants.

II

Tan pronto como Zendejas se vio en la alcoba, cerró la puerta y la ventana para evitar que la luz y el ruido le molestasen; despojóse del jaquet y del chaleco, puso el reloj sobre la mesa de noche para consultarle de tiempo en tiempo y no dormir demasiado, y desabrochó los botones del pantalón para dar ensanche al poderoso abdomen, cuyo volumen aumentaba exabrupto después de la ingestión de los alimentos. Y en seguida, tendióse a la bartola, medio mareado por un sabroso sueñecillo que se le andaba paseando por la masa encefálica.

La máquina animal del respetable funcionario estaba bien disciplinada. ¡Cómo no, si quien la gobernaba se hallaba dotado de extraordinaria *energía!* Don Félix no hacía más que lo que quería, tanto de sí mismo como de los otros, ¡canastos! Así que hasta su sueño se hallaba sometido a su beneplácito; y cuando decía *a dormir doce horas,* roncaba la mitad del día; pero cuando se proponía descansar cinco minutos, abría los ojos pasada una doceava parte de la hora o, cuando menos, uno o dos segundos más tarde. ¡No faltaba más! Todo está sujeto a la voluntad del hombre; sólo que los hombres carecen de *energía.* Él era uno de los pocos *enérgicos,* porque no se entregaba a la corriente, ni se descuidaba, y ¡ya se las podían componer todos cuantos con él trataban, porque con él no había historias, ni componendas, ni medias tintas, sino puras cosas serias, fuertes y definitivas! ¡Canastos!

En prueba de todo eso, saltó del lecho media hora después de lo que se había propuesto; cosa que nadie sospechó y que permanecerá reservada en el archivo de la historia hasta la consumación de los siglos. No obstante, el saber para sí mismo que se le había pasado la mano en la siesta le puso de un humor de los mil demonios, por lo que se levantó de prisa, poniéndose de carrera todas las prendas de vestir de que se había despojado, y abrochando con celeridad, aunque con esmero, las que había dejado sueltas para facilitar la expansión de las vísceras abdominales. Tomó en seguida el revólver y el sombrero, y salió del aposento con la faz airada de todo hombre de carácter, que no sufre que nadie le mire feo, ni le toque el pelo de la ropa.

Otilia, que se había instalado en el aposento inmediato para cuidar que los niños no hiciesen ruido y poder despedirse de él cuando saliese, no pudo menos que decirle:

—Ahora has dormido un poco más que de costumbre.

—Exactamente lo que me propuse —repuso Zendejas—, ni más ni menos.

II

As soon as Zendejas found himself in his bedroom, he shut the door and the window to keep light and noise from bothering him; he took off his jacket and vest, placed his watch on the night table so he could consult it every so often and not oversleep, and undid his trouser buttons to give room to his huge belly, whose volume would expand abruptly after he had ingested food. Then he stretched out at his ease, half groggy with a delightful little dream that was strolling through his brain.

The physical mechanism of the honorable functionary was well disciplined. Naturally, since the man who ruled it was endowed with extraordinary "energy"! Don Félix never did any more than he wanted, with regard either to himself or to others, by gosh! And so, even his slumbers were governed by his wishes, and when he said "sleep twelve hours," he'd snore half the day; but when he planned to relax for five minutes, he'd open his eyes when a twelfth of an hour had gone by, or at least only a second or two later. The opposite was unthinkable! Everything is subjected to a man's will; it's just that men lack "energy." He was one of the few "energetic" ones, because he didn't drift with the stream, he wasn't negligent, and all those who dealt with him just had to manage to the best of their ability, because with him there were no excuses, no compromises, no gray areas, but only serious, firm, and resolute actions, by gosh!

To prove all this, he jumped out of bed a half hour later than he had decided to; something which no one suspected, and which will remain locked away in the archives of history until the end of time. Nevertheless, his own awareness that he had gone overboard with his nap put him in a horrible mood, so that he got up hastily, racing to put on all the garments he had taken off and rapidly, but carefully, doing up those which he had left loosened to facilitate the expansion of his guts. Then he took his revolver and his hat, and left the room with the angry face of every man of character that won't let anyone give him a funny look or touch a fiber of his clothing.

Otilia, who had settled herself in the adjacent room to take care the children should make no noise, and so she could say good-bye to him when he went out, couldn't help saying to him:

"Today you slept a little more than usual."

"Precisely as long as I intended to," retorted Zendejas, "neither more nor less."

—Celebro que hayas descansado de tus fatigas.

—¿Quién te ha dicho que me fatigo? Podría trabajar las veinticuatro horas del día sin sentir el menor cansancio.

—Sí, eres muy fuerte.

—Me río de los sietemesinos de mi época; tan enclenques y dejados de la mano de Dios. No, aquí hay fibra . . .

Y doblando el brazo derecho hasta formar un ángulo agudo, señaló con la mano izquierda la sinuosa montaña de su bien desarrollado bíceps. Después de eso, se pellizcó los muslos, que le parecieron de bronce, y acabó por darse fuertes puñadas en los pectorales, tan abultados como los de una nodriza. Aquella investigación táctil de su propia persona llenóle de engreimiento y calmó su mal humor, hasta el punto de que, cuando él y la joven llegaron caminando despacio al portal de la casa, había olvidado ya el retardo en que había incurrido por causa del dios Morfeo.

—Conque hasta luego, Otilia —dijo a su esposa, estrechándole cariñosamente la mano.

—Hasta luego, Félix —repuso ella, afablemente—. No vuelvas tarde . . . Ya ves que vivimos lejos y que los tiempos son malos.

—No tengas cuidado por mí —repuso el juez con suficiencia.

—Procura andar acompañado.

El juez contestó la recomendación con una especie de bufido, porque le lastimaba que su esposa no le creyese suficientemente valeroso para habérselas por sí solo hasta con los cueros de vino tinto, y se limitó a decir en voz alta:

—Te recomiendo a los chicos.

Tomó en seguida su camino, mientras Otilia permanecía en la puerta viéndole con ojos afectuosos, hasta que dobló la esquina. Entró entonces la joven, y prosiguió las diarias y acostumbradas faenas del hogar, que absorbían todo su tiempo, pues era por todo extremo hacendosa. La única preocupación que sentía era la de la hora en que volvería Zendejas, pues la soledad de aquella apartada calle donde vivían, y la frecuencia de los asaltos de los malhechores, no la dejaban vivir tranquila.

Don Félix, entretanto, llevado del espíritu de contradicción que de continuo le animaba, y del orgullo combativo de que estaba repleta su esponjada persona, iba diciendo para sí: "¡Buenas recomendaciones las de Otilia! Que no vuelva tarde y que me acompañe con otros . . . ¡Como si fuera un muchacho tímido y apocado! Parece que no me conoce . . . No tengo miedo a bultos ni fantasmas, y por lo que hace a los

"I'm glad you relaxed from your labors."

"Who told you I was tired out? I could work for twenty-four hours a day without feeling the least bit tired."

"Yes, you're very strong."

"I laugh at the puny weaklings these days; so feeble and careless. No, here there's sinew . . ."

And bending his right arm till it formed an acute angle, he pointed with his left hand to the curved mountain of his well-developed biceps. Then he pinched his thighs, which felt to him like bronze, and finally gave himself strong punches on the pectorals, which were as bulky as a wetnurse's. That tactile examination of his own body filled him with self-satisfaction and calmed his bad mood, so much so that, after he and his young wife had walked slowly as far as the gateway to the house, he had already forgotten the delay he had fallen into because of the god Morpheus.

"And so, I'll see you later, Otilia," he said to his wife, squeezing her hand affectionately.

"See you later, Félix," she replied affably. "Don't come home late . . . As you see, we live in a remote spot and these are bad times."

"Don't worry about me," replied the judge conceitedly.

"Try to have someone with you when you walk."

The judge answered the advice with a kind of snort, because he was hurt that his wife didn't think him brave enough to have it out alone even with the skins of red wine,[1] and all that he said aloud was:

"Take good care of the little ones."

Then he set out, while Otilia remained at the door watching him with affectionate eyes, until he turned the corner. Then the young woman went in and performed the usual daily household chores, which took up all her time, since she was extremely industrious. The only worry she felt concerned the time that Zendejas would get home, because the loneliness of that remote street on which they lived, and the frequency of muggings by criminals, didn't let her relax.

Meanwhile Don Félix, led on by the spirit of contradiction that constantly activated him, and by the pugnacious pride that filled his spongy body, was saying to himself as he went: "Fine advice Otilia gave me! Not to come home late and to walk together with others . . . As if I were a timid, cowardly boy! She doesn't really know me . . . I'm not afraid of shapes or ghosts, and as far as men are concerned, I'm as

---

1. Probably a reference to one of Don Quixote's misadventures in Cervantes's novel.

hombres, soy tan hombre como el que más . . . Y ahora, para que mi esposa no torne a ofenderme de esa manera, voy a darle una lección, volviendo tarde a casa, solo y por las calles menos frecuentadas . . . Y si alguien se atreve a atajarme el paso, por vida mía que le estrangulo, o le abofeteo, o le pateo, o le mato . . ."

Tan ensimismado iba con la visión figurada de una posible agresión y de los diferentes grados y rigores de sus propias y variadas defensas que, sin darse cuenta de ello, dibujaba en el espacio, con ademanes enérgicos e inconscientes, las hazañas que pensaba iba a realizar; así que ora extendía la diestra en forma de semicírculo y la sacudía con vigor, como si estuviese cogiendo un cogote o una nuca culpables, o bien repartía puñadas en el aire, como si por él anduviesen vagando rostros provocativos, o alzando en alto uno u otro pie, enviaba coces furibundas a partes (que no pueden ni deben nombrarse) de formas humanas, que desfilaban por los limbos de su enardecida fantasía.

Cualquiera que le hubiese visto accionar de tan viva manera, sin que toque alguno de clarín hubiese anunciado enemigo al frente, habríale tenido por loco rematado, siendo así que, por el contrario, era un juez bastante cuerdo, sólo que con mucha cuerda. Por fortuna estaba desierta la calle y nadie pudo darse cuenta de su mímica desenfrenada; de suerte que pudo llegar al juzgado con la acostumbrada gravedad, y recibir de los empleados la misma respetuosa acogida que siempre le dispensaban.

Instalado ante el bufete, púsose a la obra con resolución y se dio al estudio de varias causas que se hallaban en estado de sentencia, con el propósito de concluirlas y rematarlas por medio de fallos luminosos, donde brillasen a la vez que su acierto incomparable, su nunca bien ponderada *energía*. Y se absorbió de tal modo en aquella labor, que pasó el tiempo sin sentir, declinó el sol y se hizo de noche. Y ni aun entonces siquiera dio muestras de cansancio o aburrimiento, sino que siguió trabajando con el mismo empeño, a pesar de ser escasa y rojiza la luz eléctrica que el supremo gobierno había puesto a su disposición; pues solamente dos focos incandescentes había en la gran sala de despacho, los cuales, por ser viejos, habían perdido su claridad, y parecían moribundas colillas de cigarro metidas dentro de bombas de vidrio y pendientes del techo. Por fortuna, tenía el juez ojos de lince.

Otro funcionario tan empeñoso como él, que se había quedado asimismo leyendo fastidiosos expedientes y borroneando papel, vino a distraerle de sus tareas muy cerca de las ocho de la noche:

—¡Cuán trabajador, compañero! —le dijo.

—Así es necesario, para ir al día —contestó Zendejas.

manly as the best of them . . . And now, so my wife won't insult me like that again, I'm going to give her a lesson by coming home late, alone, and by the least frequented streets . . . And if anyone dares to block my path, I swear I'll strangle him, slap him, kick him, or kill him . . ."

He was so wrapped up in his imaginary vision of a possible assault, and of the various degrees of harshness in his own varied protective measures, that without realizing it, he was acting out in the air, with energetic gestures he was unaware of, the exploits he thought he would perform; so that now he held out his right arm in a semicircle and shook it vigorously, as if seizing a guilty man's neck or nape, or else he dealt out punches in the air, as if suspicious-looking faces were roaming through it; or, raising one foot or the other, he'd direct furious kicks to parts (which can't and shouldn't be named) of the human anatomy which were parading through the clouds of his ignited imagination.

Anyone who might have seen him behaving in such a lively fashion, though no bugle call had announced that the enemy was facing him, would have taken him for a total madman, although, on the contrary, he was quite a sensible judge, only a highly excitable one. Fortunately the street was empty and no one could witness his unbridled pantomime; so that he was able to reach his courthouse with his customary gravity and receive from the clerks the same respectful welcome they always accorded him.

Once at his desk, he set to work resolutely and began to study several cases that were ready to be decided, intending to conclude them and top them off with brilliant judgments, in which his incomparable skill would shine just as brightly as his never-to-be-exaggerated "energy." And he became so absorbed in that work that the time went by without his noticing it, the sun set, and night fell. But not even then did he show signs of weariness or boredom; he went right on working with the same dedication, despite the dimness and reddishness of the electric light that the national government had put at his disposal; because there were only two incandescent lights in the large office, which, being old, had lost their brightness and resembled dying cigar stubs placed inside glass bulbs and hanging from the ceiling. Fortunately the judge had eyes like a lynx.

Another functionary as industrious as he, who had also remained there reading boring dossiers and making scrawls on paper, came over to distract him from his tasks very close to eight P.M.

"What a worker you are, colleague!" he said.

"It's necessary in order to stay up to date," Zendejas replied.

–Lo mismo hago yo, compañero.

—Necesitamos cerrar la boca a los maldicientes. Nos acusan de perezosos, y debemos probar con hechos que no lo somos.

—Es mi modo de pensar . . . Pero, ¿no le parece, compañero, que hemos trabajado ya demasiado y que bien merecemos proporcionarnos alguna distracción como premio a nuestras fatigas?

—Tiene usted razón, compañero —repuso don Félix, desperezándose y bostezando—, es ya tiempo de dejar esto de la mano.

—Y de ir al Principal a ver la primera tanda.

—Excelente idea —asintió Zendejas.

La invitación le vino como de molde. Resuelto a volver tarde a casa, solo y por las calles menos frecuentadas (para demostrar a su cara mitad que no tenía miedo, ni sabía lo que era *eso,* y apenas conocía *aquella cosa* por referencias), aprovechó la oportunidad para *hacer tiempo* y presentarse en el hogar después de la medianoche. Por tanto, pasados algunos minutos, que invirtió en poner las causas y los códigos en sus lugares respectivos y en refrescarse la vista, tomó el sombrero y salió a la calle en unión del colega, con dirección al viejo coliseo.

Ambos jueces disputaron en la taquilla sobre quién debía ser el *pagano;* pero Zendejas, que no entendía de discusiones ni de obstáculos, se salió con la suya de ser quien hiciese el gasto, y los dos graves magistrados, orondos y campanudos, entraron en el templo de la alegría, donde ocuparon asientos delanteros para ver bien a las artistas. Proveyéronse, además, de buenos gemelos, que no soltaron de la mano durante la representación; de suerte que disfrutaron el placer de mirar tan de cerca a divetas y coristas, que hasta llegaron a figurarse que podrían pellizcarlas.

Y aquello fue diálogo, risa y retozo, jácara y donaire, chistecillos de subido color, música jacarandosa y baile, y jaleo, y olé, y el fin del mundo. Aquellos buenos señores, que no eran tan buenos como lo parecían, gozaron hasta no poder más con las picardihuelas del escenario, rieron en los pasos más escabrosos de las zarzuelas a carcajada fuerte y suelta, haciendo el estrépito de un par de frescas y sonoras cascadas; se comunicaron con descoco sus regocijadas impresiones, palmotearon de lo lindo, golpearon el entarimado con los pies, y pidieron la repetición de las canciones más saladas y de los bailes más garbosos, como colegiales en día de asueto, a quienes todo coge de nuevo, alegra y entusiasma.

Pasadas las nueve y media, salieron del teatro y fuéronse en derechura del salón Bach, donde cenaron despacio y opíparamente,

"I do the same, colleague."

"We've got to shut the slanderers' mouths. They accuse us of being lazy, and we've got to give actual proof that we aren't."

"That's my way of thinking . . . But, colleague, don't you think we've now worked too much and we well deserve to indulge in some entertainment as a reward for our labors?"

"You're right, colleague," replied Don Félix, stretching and yawning. "It's now time to set this aside."

"And to go to the Principal to see the first show."

"Excellent idea," Zendejas agreed.

The invitation suited him perfectly. Determined to come home late, alone and taking the least frequented streets (to demonstrate to his better half that he wasn't afraid, or even knew what fear was, and was barely acquainted with it by hearsay), he took advantage of the opportunity to "kill time" and show up at home after midnight. Therefore, after a few minutes that he spent putting the files and lawbooks in their proper places, and relaxing his eyes, he took his hat and went out onto the street together with his colleague, heading for the old theater.

At the box office the two judges argued over who would pay; but Zendejas, who wouldn't hear of discussions or obstacles, got his way and paid the admission; and the two grave magistrates, potbellied and bombastic, entered the temple of mirth, where they took front seats for a good view of the artistes. In addition, they provided themselves with good opera glasses which they didn't let go of during the performance; so that they enjoyed the pleasure of such a close look at starlets and chorines that they even came to imagine they could pinch them.

And all was dialogue, laughter, and frolic, jollity and humor, racy jokes, entertaining music and dancing, and hand-clapping and shouts of "Olé!" and sheer bliss. Those good gentlemen, who weren't as good as they seemed, enjoyed themselves to the utmost with the little rogueries onstage, they laughed at the bluest passages in the zarzuelas with loud, unrestrained guffaws, making as much noise as a couple of vigorous, resonant waterfalls; they brazenly exchanged their titillated impressions, applauded heartily, stamped on the parquet floor, and asked for encores of the naughtiest songs and most elegant dances, like schoolboys on a day off, whom everything strikes as new, cheering them and exciting them.

It was past nine-thirty when they left the theater and headed for the Salón Bach, where they had supper slowly and sumptuously until, well

hasta que, bien pasadas las once, dejaron el restaurante para irse a sus domicilios respectivos. Y después de haber andado juntos algunas calles, despidiéronse cordialmente.

—¡Hasta mañana, compañero, que duerma usted bien!

—¡Buenas noches, compañero, que no le haga daño la cena!

Zendejas se apostó en una esquina de la calle 16 de Septiembre para aguardar el tranvía que debía llevarle a su rumbo, que era el de la colonia Roma; pero anduvo de tan mala suerte, que ante sus ojos se sucedían unos tras otros todos los carros eléctricos que parten de la plaza de la Constitución, menos el que necesitaba. Dijimos que tuvo esa mala suerte, pero debemos corregirnos, porque él la estimó excelente y a pedir de boca, por cuanto retardaba su regreso al hogar, que era lo que se tenía propuesto, por motivos de amor propio de hombre y de negra honrilla de valiente.

Pocos minutos faltaban para la medianoche, cuando ocupó un carro de Tacubaya, determinándose al fin volver a su domicilio, por ser ya tiempo acomodado para ello, según sus planes y propósitos. Cuando bajó, en la parada de los Insurgentes, habían sonado ya las doce; atravesó la calzada de Chapultepec y entró por una de las anchas calles de la nueva barriada; y muy de propósito fue escogiendo las más solitarias e incipientes de todas, aquéllas donde había pocas casas y falta absoluta de transeúntes. Sentía vehemente deseo de topar con algún ladrón nocturno para escarmentarle; pero alma viviente no aparecía por aquellas soledades. No obstante, fiel a sus hábitos y a fin de no dejarse sorprender por quienquiera que fuese, continuó poniendo por obra las medidas precautorias que la prudencia aconseja; y, aparte de no soltar ni un instante de la mano la pistola, bajaba de la acera antes de llegar a las esquinas, miraba por todas partes y prestaba oído atento a todos los ruidos.

Buen trecho llevaba andado, cuando, al cruzar por una de las más apartadas avenidas, percibió el rumor de fuertes y descompasados pasos que de la opuesta dirección venían, y, muy a poco, vio aparecer por la próxima bocacalle la oscura silueta de un hombre sospechoso. Cuando el transeúnte entró en el círculo luminoso que el foco de arco proyectaba, observó Zendejas que era persona elegante y, además, que traía una borrachera de padre y muy señor mío . . . Tan bebido parecía aquel sujeto, que no sólo *equis* hacía, sino todas las letras del alfabeto; pero al verle avanzar, dijo don Félix para su coleto: "A mí no me la hace buena este ebrio ostentoso. ¿Quién sabe si venga fingiendo para sorprenderme mejor? ¡Mucho ojo con él, Zendejas!"

after eleven, they left the restaurant to go to their respective resi-
dences. And after walking down a few streets together, they took leave
of each other cordially.

"See you tomorrow, colleague. Sleep well!"

"Good night, colleague. I hope the supper does you no harm!"

Zendejas took his stand at one corner of the Calle 16 de Septiembre
to wait for the streetcar that was to take him in his direction, which
was that of the new Roma development; but his luck was so bad that
one after another of the electric cars that leave from the Plaza de la
Constitución went by in front of him, except the one he needed. We
said, "his luck was so bad," but we need to correct ourselves, because
he found his luck excellent, and just what he wanted, inasmuch as it
delayed his return home, which was what he had planned, for reasons
of male vanity and a brave man's concern for his reputation.

It was only a few minutes to midnight when he took a Tacubaya car,
having finally decided to return to his residence, because it was now
an appropriate hour to do so according to his plans and purposes.
When he got off, at the Los Insurgentes stop, the clock had already
struck twelve; he crossed the Chapultepec road and entered one of
the wide streets of the new quarter; and quite intentionally he chose
the loneliest ones of all, where construction had just begun, on which
there were few houses and absolutely no passersby. He felt a strong
urge to run into some nocturnal robber to give him a lesson; but not
a living soul was to be seen in that solitude. All the same, faithful to
his habits, and so he couldn't be caught off guard by anyone at all, he
continued to put into practice the precautionary measures that pru-
dence advises; and, besides never letting the pistol out of his hand for
a moment, he'd step down from the sidewalk before reaching the corners, look in every direction, and lend an attentive ear to every sound.

He had gone a good way when, on walking down one of the most
remote avenues, he heard the sound of loud, irregular footsteps coming from the opposite direction, and very shortly thereafter saw
appearing at the next intersection the dark silhouette of a suspicious-
looking man. When the passerby entered the bright circle projected
by the arc lamp, Zendejas observed that he was elegantly dressed and,
what's more, was as drunk as a lord . . . That individual looked so
soused that he was not only forming an X with his crossed legs, but
every letter of the alphabet; yet, seeing him advancing, Don Félix said
to himself: "I don't like the looks of this conspicuous drunk. Who
knows whether he isn't pretending in order to catch me more off my
guard? Keep an eye on him, Zendejas!"

Y no le perdió pisada, como suele decirse, a pesar de que, con ser tan ancha la calle, reducida y estrecha resultaba para las amplísimas evoluciones de aquel cuerpo desnivelado. Ítem más, en su alegría como de loco, con voz gemebunda y desentonada venía cantando:

¡Baltasara, Baltasara!
¡Ay! ¡Ay! ¡Qué cara tan cara!

O bien:

¡Ay, Juanita! ¡Ay, Juanita!
¡Ay qué cara tan carita!

O bien:

¡Ay, Carlota! ¡Ay, Carlota!
¡Ay qué cara tan carota!

Es de creer que aquel sacerdote de Baco hubiese acabado de celebrar algunos misterios en compañía de una o varias sacerdotisas, y que por esa y otras razones, viniese recordando al par de sus nombres, la carestía de sus caras bonitas (charitas bonitas). ¡Seguramente por eso también, daba ahora tantos pasos en falso; aparte de otros muchos que ya llevaría dados!

Don Félix tomó sus medidas desde el momento en que se hizo cargo de la marcha irregular del sujeto . . . ¡Ni tan irregular! . . . ¡Tanto para la geometría como para la moral y el orden público! Era preciso evitar una colisión, si era borracho, por desprecio, y si no lo era, para no ser sorprendido. Y se decía mentalmente, observando las desviaciones de la recta en que aquel hombre incurría:

"¿Ahora viene por la derecha? ¡Pues hay que tomar por la derecha! . . . ¿Ahora camina en línea recta? ¡Pues hay que coger por cualquier lado! . . . ¡Demonio, demonio, cuán aprisa cambia de dirección! . . . ¡No, lo que es conmigo no topa! . . . ¡Sí topa! . . . ¡No topa! . . . ¡Voto al chápiro!"

Cuando lanzó esta última exclamación, el ebrio, o lo que fuese, había chocado ya contra él, como un astro errático con un planeta decente y de órbita fija. ¿Cómo se realizó el accidente, a pesar de las precauciones de Zendejas? Ni el juez ni el ebrio llegaron a saberlo nunca.

El hecho fue que a la hora menos pensada se encontró don Félix, de manos a boca, o, mejor dicho, de estómago a estómago, con aquel

And he didn't lose a step of his, as the expression goes, despite the fact that, though the street was so wide, it was too small and narrow for the very ample maneuvers of that out-of-kilter body. In addition, in his lunatic merriment, the man was singing in a moaning, untuneful voice:

> "Baltasara, Baltasara,
> See your lovely face tomorrah!"

Or else:

> "Oh, Juanita, oh, Juanita,
> Tell me, what face could be sweetah?"

Or else:

> "Oh, Carlotta, oh, Carlotta,
> Tell me, what face could be hottah?"

It can well be believed that that priest of Bacchus had just been celebrating some rites in the company of one or several priestesses, and that for that and other reasons he was recalling not only their names but also the absence of their pretty faces (cute little short girls). It was surely for that reason, too, that he was now taking so many false steps, aside from many others he must already have taken!

Don Félix took his precautions as soon as he noticed the individual's irregular gait . . . I'll say it was irregular! . . . Not only geometrically but as regards morality and law and order! It was necessary to avoid a collision, out of contempt, if the man was drunk, and if he wasn't, so as not to be caught off guard. And, viewing the deviations from a straight line which that man was guilty of, Zendejas was saying to himself:

"Is he coming on the right side now? Then I've got to turn right! . . . He's now walking straight ahead? Then I've got to move to one side! . . . Damn, damn, how quickly he changes direction! . . . No, he's not going to bump into *me!* . . . Yes, he is! . . . No, he's not! . . . Confound it all!"

When he uttered that last exclamation, the drunk, or whatever he was, had already collided with him, like an erratic asteroid hitting a respectable planet that has a fixed orbit. How did the accident happen, despite Zendejas's precautions? Neither the judge nor the drunkard ever found out.

The fact is that, when it was least expected, Don Félix found himself face to face[2] or, rather, stomach to stomach, with that living pen-

---

2. *De manos a boca* really means "unexpectedly" but I have taken a liberty with it in order to suggest the original word play.

péndulo viviente, que parecía ubicuo a fuerza de huir porfiadamente de la línea perpendicular.

—¡Imbécil! —gritó Zendejas lleno de ira.

—¿Cómo? ¿Cómo? —articuló el sujeto con la lengua estropajosa—. ¿Por qué no se hacen a un lado? . . . ¡También se atraviesan! . . . ¡También no dejan pasar! . . .

—¡Vaya con todos los diablos! —clamó de nuevo don Félix, procurando desembarazarse del estorbo de aquel cuerpo inerte.

Con algún trabajo, echando pie atrás y apuntalando con el codo la masa que le oprimía, pudo verse al fin libre de la presura y dejar al borracho a alguna distancia, entre caigo y no caigo. Entonces le cogió por las solapas del jaquet y, por vía de castigo, le sacudió con furia varias veces, soltándolo luego para que siguiese las leyes de su peligrosa inestabilidad. El pobrete giró sobre el tacón de un zapato, alzó un pie por el aire, estuvo a punto de caer, levantó luego el otro, hizo algunas extrañas contorsiones como el muñeco que se dobla y desdobla, y logrando al fin recobrar cierta forma de equilibrio, continuó la ininterrumpida marcha lenta, laboriosa y en línea quebrada.

Y no bien se vio libre de las garras de Zendejas, recobró el buen humor y siguió canturreando con voz discorde e interrumpida por el hipo:

> ¡No me mates, no me mates,
> con pistola ni puñal!

Don Félix prosiguió también su camino, hecho un energúmeno, tanto por la testarada, como por la mofa que aquel miserable iba haciendo de su desencadenado y terrible enojo. Mas, de repente, se le ocurrió una idea singular. ¿Y si aquel aparente borracho fuese un ladrón? ¿Y si aquel tumbo hubiese sido estudiado, y nada más que una estratagema de que se hubiese valido para robarle sin que él lo echase de ver? Pensar esto y echar mano al bolsillo del reloj, fue todo uno . . . Y, en efecto, halló . . . qe no halló su muestra de plata, ni la leontina chapeada de oro, que era su apéndice.

Hecho el descubrimiento, volvió atrás como un rayo, y no digamos corrió sino voló en pos del enigmático personaje, quien iba alejándose como le era posible, a fuerza de traspiés y de sonoras patadas con que castigaba el asfalto de la vía pública.

Tan pronto como le tuvo al alcance de la mano, apercollóle férreamente por la nuca con la siniestra, en la misma forma concertada consigo mismo al salir de su casa, en tanto que con la diestra sacaba y echaba a relucir el pavoneado y pavoroso revólver.

dulum, who seemed to be everywhere at once by dint of persistently avoiding perpendicularity.

"Imbecile!" Zendejas shouted, filled with wrath.

"What? What?" the individual uttered with a stammering tongue. "Why don't they move aside? . . . They cross your path! . . . They don't let you by! . . ."

"Go to hell!" Don Félix yelled again, trying to rid himself of that inert body's encumbrance.

After some effort, putting one foot behind him and propping up with his elbow the mass that weighed him down, he was at last able to find himself free of the pressure and to leave the drunk at a little distance, unsteady on his feet. Next, he seized him by his jacket lapels and, by way of punishment, shook him furiously several times, then releasing him so he could obey the laws of his dangerous instability. The poor man spun on the heel of one shoe, lifted one foot into the air, was on the point of falling, then lifted the other, made some strange contortions like a puppet bending and straightening up, and, finally managing to regain a certain measure of equilibrium, continued his uninterrupted slow, laborious, zigzag walk.

And as soon as he found himself freed from Zendejas's talons, he regained his good humor and continued to sing, discordantly and interrupted by hiccups:

> "Don't kill me, don't kill me
> With a pistol or a dagger!"

Don Félix also continued on his way, like a man possessed, on account of both the knock on his head and that wretch's unceasing mockery of his terrible, unleashed anger. But suddenly he was struck by an odd thought. What if that seemingly drunk man were a thief? And what if that jolt had been planned and merely a stratagem he had used in order to rob him without his noticing? To have this thought and to put his hand in his watch pocket was the work of an instant . . . And in fact he found . . . that is, he didn't find his silver watch or the gold-plated chain attached to it.

Having made this discovery, he turned back like a flash, and not so much ran as flew after that enigmatic character, who was moving away as best he could, stumbling and giving loud stamps to punish the asphalt of the thoroughfare.

The moment he had him within hand's reach, he seized him by the neck in a grip of iron with his left hand, in the very fashion he had promised himself on leaving home, while with his right he drew and flashed his fearsome, ostentatious revolver.

—¡Alto, bellaco! —gritó.

—¿Otra vez . . . ? ¡No *jalen* tan recio! —tartamudeó el sujeto.

—¡Eres un borracho fingido! —gritó Zendejas.

—¡Ay! ¡Ay! ¡Policía, policía! —roncó el hombre.

—Ojalá viniera —vociferó don Félix—, para que cargara contigo a la comisaría, y luego te consignaran a un juez y te abrieran proceso.

—¿Me abrieran qué?

—Proceso.

—Por eso, pues, amigo, *por eso.* ¿Qué se le ofrece?

—Que me entregues el reloj.

—¿Qué reloj le debo?

—El que me quitaste, bandido.

—Este reloj es mío y muy mío . . . Remontoir . . . Repetición.

—¡Qué repetición ni qué calabazas! Eres uno de los de la banda.

—No soy músico . . . soy propietario.

—De lo ajeno.

Mientras pasaba este diálogo, procuraba el borracho defenderse, pero le faltaban las fuerzas, y don Félix no podía con él, porque a cada paso se le iba encima, o bien se le deslizaba de entre las manos hacia un lado o hacia otro, amenazando desplomarse. Violento y exasperado, dejólo caer sin misericordia, y cuando le tuvo en el suelo, asestóle al pecho el arma y tornó a decirle:

—¡El reloj y la leontina, o te rompo la chapa del alma!

El ebrio se limitaba a exclamar:

—¡Ah, Chihuahua! . . . ¡Ah, Chihuahua! . . . ¡Ah, qué Chihuahua! . . .

No quería o no podía mover pie ni mano. Zendejas adoptó el único partido que le quedaba, y fue el de trasladar por propia mano al bolsillo de su chaleco el reloj y la leontina que halló en poder del ebrio. Después de lo cual se alzó, dio algunos puntapiés al caído, e iba ya a emprender de nuevo la marcha, cuando oyó que éste mascullaba entre dientes:

—¡Ah, Chihuahua! . . . ¡Éste sí que es de los de la banda!

—¿Todavía no tienes bastante? . . . Pues, ¡toma! . . . ¡toma! . . . ¡ladrón! . . . ¡bellaco! . . . ¡canalla! . . .

Cada una de estas exclamaciones fue ilustrada por coces furiosas que el juez disparaba sobre el desconocido, el cual no hacía más que repetir a cada nuevo golpe:

—¡Ay, Chihuahua! . . . ¡Ay, Chihuahua! . . . ¡Ay, qué Chihuahua! . . .

Cansado, al fin, de aquel aporreo sin gloria, dejó Zendejas al ebrio,

"Halt, villain!" he cried.

"Again? . . . Don't holler so loud!" the fellow stammered.

"You're a fake drunk!" Zendejas cried.

"Oh! Oh! Police! Police!" the man bellowed.

"I hope they do come," shouted Don Félix, "to haul you off to the station and then bring you up before a judge and institute a trial."

"Institute what?"

"A trial."

"Well, friend, that's *why I'll* . . . What can I do for you?"

"Hand me over the watch."

"What watch do I owe you?"

"The one you took from me, bandit."

"This watch is mine and all mine . . . It's a stem-winder . . . It's a repeater."

"Forget about repeaters and that balderdash! You're one of the band."

"I'm not a musician . . . I'm a proprietor."

"Of other people's property."

While this dialogue was taking place, the drunk tried to defend himself, but didn't have the strength, and Don Félix couldn't cope with him because at every step he fell on him, or else slipped out of his hands to one side or the other, threatening to collapse. Violent in his exasperation, he let him drop mercilessly, and when he had him on the ground, aimed the weapon at his breast and said once more:

"The watch and the chain, or I'll break the casing of your soul!"

The drunk confined himself to exclaiming:

"Ah, Chihuahua! . . . Ah, Chihuahua! . . . Oh, my, Chihuahua!"

He wouldn't or couldn't move hand or foot. Zendejas adopted the only resource left to him, which was to transfer with his own hand into his own vest pocket the watch and chain he found in the drunkard's possession. After that he stood up, gave the fallen man a few kicks, and was about to set out again, when he heard the man muttering quietly:

"Ah, Chihuahua! . . . This *is* one of the gang members!"

"You don't have enough yet? . . . Well, take this! . . . Take this! . . . Thief! . . . Scoundrel! . . . Swine!"

Each of these exclamations was accompanied by furious kicks that the judge dealt out to the unknown man, who did nothing but repeat at each new blow:

"Ah, Chihuahua! . . . Ah, Chihuahua! . . . Oh, my, Chihuahua!"

Finally tired of that inglorious pummeling, Zendejas left the drunk,

falso o verdadero, que eso no podía saberse, y emprendió resueltamente la marcha a su domicilio, entretanto que el desconocido se levantaba trabajosamente, después de varios frustrados ensayos, y se alejaba a pasos largos y cortos, mezclados de avances y retrocesos, y con inclinaciones alarmantes de Torre de Pisa tanto a la derecha como a la izquierda.

III

Otilia no sabía cómo interpretar la tardanza de su esposo, y estaba seriamente acongojada. Pocas veces daban las diez a Zendejas fuera de casa; de suerte que, al observar la joven que pasaba la medianoche y que no llegaba su marido, figuróse lo peor, como pasa siempre en casos análogos.

"De seguro, algo le ha sucedido —se decía—; no puede explicarse de otra manera que no se halle aquí a hora tan avanzada . . . ¿Habrán sido los bandidos? . . . Y si le han conocido y él se ha defendido, como de fijo lo habrá hecho, pueden haberle herido, o matado tal vez . . . No lo permita Dios . . . ¡La Santísima Virgen le acompañe!"

Pensando así, no dejaba de tejer una malla interminable, que destinaba a sobrecama del lecho conyugal, y sólo interrumpía de tiempo en tiempo el movimiento de sus ágiles y febriles dedos, bien para enjugar alguna lágrima que resbalaba de sus pestañas, o bien para santiguar el espacio en dirección de la calle por donde debía venir el ausente . . . ¿Qué haría si enviudaba? No había en todo el mundo otro hombre como Félix . . . ¿Y sus pobres hijos? Eran tres, y estaban muy pequeños. ¿Capital? No lo tenían; el sueldo era corto y se gastaba todo en medio vivir. Sufrían muchas privaciones y carecían de muchas cosas necesarias. Nada, que iban a quedar en la calle; se vería precisada a dejar aquella casa que, aunque lejana, era independiente y cómoda; ocuparía una vivienda en alguna vecindad. ¡Qué oscuras y malsanas son las viviendas baratas! Ahí enfermarían los niños.

Su imaginación continuaba trabajando sin cesar. Tendría que coser *ajeno* para pagar su miserable sustento; los niños andarían astrosos y descalzos; no concurrirían a colegios de paga, sino a las escuelas del gobierno, donde hay *mucha revoltura;* aprenderían malas mañas; se juntarían con malas compañías; se perderían . . .

Llegó tan lejos en aquel camino de suposiciones aciagas, que se vio

real or false (there was no way of knowing this), and resolutely set out for home, while the unknown man got up laboriously, after several unsuccessful attempts, and walked away, taking long and short steps, some forward, some backward, and with alarming leanings to the right and left, like that of the Tower of Pisa.

III

Otilia didn't know how to interpret her husband's lateness, and she was in serious distress. Only rarely had Zendejas been away from home after ten; so that when the young woman noticed it was past midnight with no sign of her husband, she imagined the worst, as one always does in similar situations.

"Something must surely have happened to him," she said to herself. "There's no other explanation for his not being here at such a late hour . . . Could it have been the bandits? . . . And if they recognized him and he defended himself, as he certainly must have done, they may have injured him, or maybe killed him . . . God forbid . . . May the most blessed Virgin be with him!"

With these thoughts, she didn't cease working on an endless piece of knitting, which she intended as a spread for the bed they shared, interrupting the motion of her agile, febrile fingers every so often only to wipe away a tear that was trickling from her lashes, or else to make the sign of the cross in the air in the direction of the street the absent man should be coming down . . . What would she do if she were widowed? There wasn't another man like Félix in the whole world . . . And what about her poor children? There were three of them, and they were very little. Capital? They had none; his salary was low and they spent it all on just living moderately. They suffered many privations and lacked many necessities. No, they'd be left on the street; she'd find herself compelled to leave that house, which, though remote, was detached and comfortable; she'd rent an apartment in some big building. How dark and unsanitary cheap apartments are! There the children would get sick.

Her imagination continued to work unceasingly. She'd have to take in sewing to pay for her wretched keep; the children would go around ragged and barefoot; they wouldn't attend private academies, but public schools, where there's a lot of rowdyism; they'd learn bad ways; they'd fall into bad company; they'd be ruined . . .

She went so far along that path of baleful imaginings that she saw

en la miseria, viuda y sola en este mundo. Negro ropaje cubría su garbosa persona, y el crespón del duelo marital colgaba por sus espaldas; pero, ¡qué bien le sentaba el luto! Hacíala aparecer por todo extremo interesante. ¿Volvería a tener pretendientes? . . . Si algo valían su gracia y edad, tal vez sí; pero fijando la atención en su pobreza, era posible que no . . . Aficionados no le faltarían, pero con malas intenciones . . . ¿Y caería? ¿O no caería? . . . ¡La naturaleza humana es tan frágil! ¡Es tan sentimental la mujer! ¡Y son tan malos los hombres! Nadie diga *de esta agua no beberé.* ¡Oh, Dios mío!

Y Otilia se echó a llorar a lágrima viva sin saber bien si despertaban su ternura la aciaga y prematura muerte de don Félix, o la viudez de ella, o la orfandad de los hijos y su mala indumentaria, o el verlos en escuelas oficiales y perdidos, o mirarse a sí misma con tocas de viuda (joven y agraciada), o el no tener adoradores, o el ser seducida por hombres perversos, que abusasen de su inexperiencia, de su sensibilidad y de su desamparo . . . ¡y, sobre todo, de su sensibilidad! . . . Porque bien se conocía a sí misma; era muy sensible, de aquel pie era precisamente de donde cojeaba. Era aquélla la coyuntura donde sentía rajada la coraza de hierro de su virtud . . . Y si alguno era bastante avisado para echarlo de ver, por ahí le asestaría la puñalada, y sería mujer perdida . . . ¡Oh, qué horror! ¡Cuán desdichada es la suerte de la mujer joven, hermosa, desamparada y de corazón! . . . ¿Por qué no tendría en vez de corazón un pedazo de piedra? . . . Aquella entraña era su perdición; lo sabía, pero no podía remediarlo.

Por fortuna, sonó repetidas veces el timbre de la puerta, en los momentos mismos en que ya la desbocada imaginación de la joven empujábala al fondo del precipicio, y se engolfaba en un mundo inextricable de desgracias, pasiones y aventuras, de donde no era posible, no, salir con los ojos secos . . . El retintín de la campanilla eléctrica la salvó, por fortuna, sacándole muy a tiempo de aquel baratro de sombras y de sucesos trágicos en que se había despeñado. El sensible y peligroso corazón de la joven dio varios vuelcos de júbilo al verse libre de todos esos riesgos; viudez, tocas negras, muerte de los niños, asechanzas, tropiezos y caídas. Por otra parte, el timbre sonaba fuerte y triunfal; con la especial entonación que tomaba cuando Zendejas volvía victorioso y alegre, por haber dicho cuántas son cinco al lucero del alba, o por haber dado un revés a un malcriado, o por haber regalado un puntapié a cualquier zascandil. Así lo presintió Otilia, quien corrió a abrir la puerta, llena de gozo, para verse libre de tantos dolores, lazos y celadas como le iba tendiendo el pavoroso porvenir.

herself in poverty, a widow alone in the world. Black clothing covered her charming body, and the crepe of mourning for her husband hung down her back; but how well mourning became her! It made her look extremely provocative. Would she have suitors again? . . . If her grace and youth meant anything, maybe she would; but if they paid attention only to her poverty, maybe not . . . There'd be no lack of men attracted to her, but their intentions would be bad . . . And would she fall? Or wouldn't she fall? . . . Human nature is so weak! Women are so tenderhearted! And men are so wicked! Let no one say: "This will never happen to *me*." Oh, my God!

And Otilia began to weep hot tears without rightly knowing whether her tenderness was aroused by the dire, premature death of Don Félix, or her widowed state, or her children's orphaned state and their bad clothing, or seeing them attending public schools and ruined, or looking at herself in widow's garb (a young, pleasing widow), or not having suitors, or being seduced by evil men who'd take advantage of her inexperience, tenderheartedness, and unprotected position . . . especially her tenderheartedness! . . . Because she knew herself well; she was very tenderhearted, that was precisely where her weak point was. That was the joint where she felt that the iron armor of her virtue had a chink in it . . . And if any man was alert enough to spot it, that's where he'd aim the dagger blow at her, and she'd be a fallen woman . . . Oh, how horrible! How unhappy is the fate of a young, good-looking, unprotected but loving woman! . . . Why, in place of a heart, didn't she have a block of stone? . . . That organ was the ruin of her; she knew it, but couldn't help it.

Luckily, the doorbell rang a number of times at the very moment when the young woman's now runaway imagination was thrusting her to the bottom of the precipice and she was engulfed in an inextricable world of misfortunes, passions, and adventures from which it wasn't possible (no!) to emerge dry-eyed . . . The ringing of the electric bell saved her, luckily, pulling her just in time out of that abyss of shadows and tragic events into which she had flung herself. The young woman's dangerously loving heart gave several skips of joy in finding itself free from all those risks: widowhood, black clothes, the death of the children, ambushes, stumbles, and falls. Moreover, the bell sounded loud and triumphant, with that special tone it assumed whenever Zendejas returned victorious and happy because he had told the morning star what's what, or had slapped a rude man, or had given a kick to some meddler. That's how Otilia foresaw he'd be when she ran to open the door, filled with joy to find herself freed from all the sorrows, snares, and ambushes that the fearsome future had been preparing for her.

Y, en efecto, venía don Félix radiante por el resultado de la batalla acabada de librar con el astuto ladrón que le había asaltado en la vía pública, y por el recobro del reloj y de la leontina.

—¡Félix! —clamó Otilia con voz desmayada, echándose en sus brazos—. ¿Qué hacías? ¿Por qué has tardado tanto? Me has tenido con un cuidado horrible.

—No te preocupes, esposa —repuso Zendejas—, a mí no me sucede nada, ni puede sucederme. Sería capaz de pasearme solo por toda la República a puras bofetadas.

—¿Dónde has estado?

—En el trabajo, en el teatro, en el restaurante . . .

—¡Cómo te lo he de creer! . . . Y yo, entretanto, sola, desvelada y figurándome cosas horribles . . . He sufrido mucho pensando en ti . . .

Bien se guardó la joven de referir a don Félix lo de las tocas, la sensibilidad de su corazón y la seducción que había visto en perspectiva.

Cogidos de la mano llegaron a la sala.

—Pero, ¡tate!, si has llorado —exclamó don Félix, secando con el pañuelo las lágrimas que corrían por el rostro de ella.

—¡Cómo no, si te quiero tanto y temo tanto por ti! —repuso ésta, reclinando la cabeza sobre el hombro del juez.

—Eres una chiquilla —continuó Zendejas cariñosamente—, te alarmas sin razón.

—Félix, voy a pedirte un favor.

—El que gustes.

—No vuelvas a venir tarde.

—Te lo ofrezco, esposa. No tengo ya inconveniente, pues acabo de realizar mi propósito.

—¿Cuál, Félix?

—El de una buena entrada de patadas a un bandido . . . de esos de que habla la prensa.

—¿Conque sí? ¿Cómo ha pasado eso? . . . Cuéntame, Félix —rogó la joven, vivamente interesada.

Zendejas, deferente a la indicación de su esposa, relató la aventura acabada de pasar, no digamos al pie de la letra, sino exornada con incidentes y detalles que, aunque no históricos, contribuían en alto grado a realzar la ferocidad de la lucha, la pujanza del paladín y la brillantez de la victoria. La joven oyó embelesada la narración y se sintió orgullosa de tener por marido a un hombre tan fuerte y tan valeroso como Zendejas; pero, a fuer de esposa cariñosa y de afectos exquisi-

And indeed Don Félix was arriving radiant because of the outcome of the battle he had just waged against the sly thief who had attacked him on the public thoroughfare, and because he had recovered his watch and chain.

"Félix!" Otilia cried with a swooning voice, throwing herself into his arms. "What were you doing? Why are you so late? You've kept me horribly worried."

"Don't be upset, dear," Zendejas replied. "Nothing happens to *me,* nor can it. I'd be able to walk alone through the whole country merely by handing out slaps."

"Where have you been?"

"At work, at a theater, in a restaurant . . ."

"How I believe you! . . . While I, in the meantime, was sitting up alone, imagining awful things . . . I've suffered a lot, thinking about you . . ."

The young woman took great care not to report to Don Félix anything about her widow's weeds, her tenderheartedness, or the seduction she had foreseen.

Hand in hand they reached the parlor.

"Well, steady there, if you've been crying!" exclaimed Don Félix, drying with his handkerchief the tears that were running down her face.

"Of course, I cry, because I love you so and I'm so afraid for you!" she replied, leaning her head on the judge's shoulder.

"You're a child," Zendejas continued affectionately. "You get alarmed for no reason."

"Félix, I'm going to ask you a favor."

"Whatever you like."

"Don't come home late again."

"I consent, dear. I no longer have any objection because I have just put my decision into action."

"What decision, Félix?"

"The one to give a good series of kicks to a bandit . . . one of those the papers talk about."

"So you really did? How did it happen? . . . Tell me, Félix," the young woman begged with extreme curiosity.

Zendejas, acceding to his wife's request, narrated the adventure that had just taken place, not altogether literally, but decked out with incidents and details which, though not historical, contributed greatly to heighten the ferocity of the struggle, the derring-do of the paladin, and the brilliance of the victory. The young woman was spellbound as she listened to the story, and felt proud to have for a husband a man as strong and brave as Zendejas; but, like a loving and supremely

tos, no dejó de preocuparse por el desgaste que el robusto organismo de su esposo hubiese podido sufrir en aquel terrible choque; así que preguntó al juez con voz dulcísima:

—A ver la mano: ¿no te la has hinchado? . . . ¿No se ha dislocado el pie?

—Fuertes y firmes conservo la una y el otro —repuso don Félix con visible satisfacción, levantando en alto el cerrado puño y sacudiendo por el aire el pie derecho.

—¡Bendito sea Dios! —repuso la joven, soltando un suspiro de alivio y satisfacción.

—Aquí tienes la prueba —prosiguió don Félix— de lo que siempre te he dicho: si los barbones a quienes asaltan los cacos se condujeran como yo, si aporreasen a los malhechores y los despojasen de los objetos robados, se acabaría la plaga de los bandidos . . .

—Tal vez tengas razón . . . ¿Conque el salteador te había quitado el reloj y la leontina?

—Sí, fingiéndose borracho. Se dejó caer sobre mí como cuerpo muerto y, entretanto que yo me le quitaba de encima, me escamoteó esos objetos sin que yo lo sintiese.

—Son muy hábiles esos pillos . . .

—Sí lo son; por fortuna, reflexioné pronto lo que podía haber pasado . . . A no haber sido por eso, pierdo estas prendas que tanto quiero.

Al hablar así, sacólas Zendejas del bolsillo para solazarse con su contemplación. Otilia clavó en ellas también los ojos con curiosidad e interés, como pasa siempre con las cosas que se recobran después de haberse perdido; mas a su vista, en vez de alegrarse, quedaron confusos los esposos. ¿Por qué?

—Pero, Félix, ¿qué has hecho? —interrogó Otilia, asustada.

—¿Por qué, mujer? —preguntó el juez, sin saber lo que decía.

—Porque ese reloj y esa leontina no son los tuyos.

—¿Es posible? —volvió a preguntar Zendejas con voz desmayada, al comprender que la joven tenía razón.

—Tú mismo lo estás mirando —continuó ella, tomando ambas cosas en sus manos para examinarlas despacio—. Este reloj es de oro, y el tuyo es de plata . . . Parece una repetición.

La joven oprimió un resorte lateral y la muestra dio la hora con cuartos y hasta minutos, con campanilla sonora y argentina.

affectionate wife, she couldn't stop worrying about the wear and tear her husband's sturdy physique might have suffered in that awesome clash; so she asked the judge in the sweetest of tones:

"Show me your hand; it isn't swollen? . . . You didn't sprain your foot?"

"Both one and the other I have preserved hale and hearty," Don Félix replied with visible satisfaction, raising his closed fist and shaking his right foot in the air.

"Thank God!" said the young woman, heaving a sigh of relief and contentment.

"This is the proof," Don Félix continued, "of what I've always told you: if the he-men attacked by robbers behaved as I did, if they beat up the criminals and retrieved the stolen articles from them, the bandit plague would be over . . ."

"Maybe you're right . . . And so the attacker had taken your watch and chain?"

"Yes, pretending to be drunk. He let himself drop onto me like a corpse, and while I was getting him off me, he pinched those articles without my being aware of it."

"Those crooks are very skillful . . ."

"Yes, they are; luckily, I soon thought about what might have happened . . . If it weren't for that, I'd have lost those valuables I like so much."

Saying this, Zendejas drew them from his pocket to enjoy the sight of them. Otilia, too, glued her eyes on them with curiosity and interest, as is always the case with things that are recovered after being lost; but at the sight of them, the couple was confused instead of happy. Why?

"But, Félix, what have you done?" asked Otilia in alarm.

"Why do you ask, dear?" said the judge, not knowing what he was saying.

"Because that watch and that chain aren't yours."

"Can it be?" Zendejas asked again in a feeble voice, when he realized the young woman was right.

"You're looking at them yourself," she continued, taking both objects in her hands to examine them slowly. "This watch is gold, and yours is silver . . . It looks like a repeater."

The young woman pressed a spring at the side, and the watch told the time to the quarter-hour, and even the minute, with a resonant, silvery chime.

—Y mira, en la tapa tiene iniciales: A. B. C.; seguramente las del nombre del dueño . . . Es muy bueno y valioso.

Zendejas quedó estupefacto y sintió la frente cubierta de gotitas de sudor.

—Y la leontina —continuó la joven, siguiendo el análisis— es ancha y rica, hecha de tejido de oro bueno, y rematada por este dije precioso, que es un elefantito del mismo metal, con ojos de rubíes y patas y orejas de fino esmalte.

Ante aquella dolorosa evidencia, perdió Zendejas la sangre fría y hasta la caliente que por sus venas corría, púsose color de cera y murmuró con acento de suprema angustia:

—¡De suerte que soy un ladrón, y uno de los de la banda!

—¡Qué cosa tan extraña! . . . No digas eso.

—Sí, soy un cernícalo, un hipopótamo —repitió don Félix, poseído de desesperación.

Y llevado de su carácter impetuoso, se dio a administrarse sonoros coscorrones con los puños cerrados, hasta que su esposa detuvo la fiera ejecución cogiéndolo por las muñecas.

—Déjame —decía él, con despecho—, esto y más me merezco. Que me pongan en la cárcel. Soy un malhechor . . . un juez bribón.

—No, Félix; no ha sido más que una equivocación la tuya. Es de noche, el hombre estaba ebrio y se te echó encima. Cualquiera hubiese creído lo que tú.

—Y luego, que he perdido el reloj —agregó Zendejas.

—¡Es verdad! —dijo la joven—. ¿Cómo se explica?

El juez percibió un rayo de luz. A fuerza de dictar autos y sentencias habíase acostumbrado a deducir, inferir o sutilizar.

—¡Ya caigo en la cuenta! —exclamó, jubiloso y reconfortado.— Ese pretendido borracho había robado antes ese reloj y esta leontina a alguna otra persona . . . Después, me robó a mí, y al querer recobrar lo que me pertenecía, di con el bolsillo en que había puesto las prendas ajenas; pero se llevó las mías.

La explicación parecía inverosímil; Otilia quedó un rato pensativa.

—Puede ser —murmuró al fin—. ¿Estás cierto de haberte llevado tu reloj?

—Nunca lo olvido —repuso el juez con firmeza.

—Por sí o por no, vamos a tu cuarto.

—Es inútil.

—Nada se pierde . . .

—Como quieras.

"And look, on the lid are the initials A. B. C.; surely they're the owner's . . . It's very good and valuable."

Zendejas was dumbfounded and felt his forehead covered with little beads of sweat.

"And the chain," the young woman continued, pursuing her analysis, "is wide and expensive, made of good twisted gold, and at the end of it is this precious gem, a little elephant of the same metal with rubies for eyes and feet and ears of fine enamel."

In the face of that painful evidence, Zendejas lost his sangfroid and even the hot blood that coursed through his veins; he turned waxen and muttered in a tone of extreme anguish:

"Which means I'm a thief, one of the gang members!"

"How odd! . . . Don't say that."

"Yes, I'm a brute, a hippopotamus," Don Félix repeated, a prey to despair.

And impelled by his impetuous nature, he started to give himself loud blows on the head with his clenched fists, until his wife restrained his fierce actions, seizing him by the wrists.

"Let me," he said indignantly, "I deserve this and more. Let them put me in prison. I'm a criminal . . . a judge who's gone wrong."

"No, Félix; it was only a mistake on your part. It was at night, the man was drunk and fell on you. Anyone would have thought what you thought."

"And then, I've lost my watch," Zendejas added.

"That's right!" the young woman said. "How do you explain that?"

The judge saw a ray of light. By dint of dictating judgments and decisions he had grown accustomed to make deductions and inferences, and follow subtle trains of thought.

"Now I've got it!" he exclaimed jubilantly, feeling comforted. "That fake drunk had stolen this watch and chain earlier from someone else . . . Later, he robbed me and when I tried to get back what belonged to me, I hit upon the pocket in which he had put the stolen articles; but he got away with mine."

The explanation seemed unlikely; Otilia was lost in thought for a while.

"Maybe," she finally muttered. "Are you sure you had your watch with you?"

"I never forget it," the judge replied firmly.

"Just in case, let's go to your room."

"It's pointless."

"What have we got to lose?"

"As you like."

Y los esposos se trasladaron a la alcoba de Zendejas, donde hallaron, sobre la mesa de noche, el reloj de plata del juez con su pobre leontina chapeada, reposando tranquilamente en el mismo lugar donde su propietario lo había dejado al acostarse a dormir la siesta.

Don Félix se sintió aterrado, como si hubiese visto la cabeza de Medusa.

—Aquí está —murmuró con agonía— . . . De suerte que ese caballero —no le llamó ya borracho ni bandido— ha sido despojado por mi mano; no cabe la menor duda.

Otilia, afligida, no replicó nada, y el marido continuó:

—El acontecimiento se explica; ese señor, que debe ser algún alegre ricachón, andaba de juerga por esta colonia . . . Se le pasó la mano en las copas, iba de veras borracho, le confundí con un ladrón y le quité estas prendas . . . Robo de noche, en la vía pública y a mano armada . . . Estoy perdido . . . Mañana mismo me entrego a la justicia: el buen juez por su casa empieza.

—De ninguna manera —objetó Otilia horrorizada—, sería una quijotada que te pondría en ridículo.

—¿Por qué en ridículo? —preguntó Zendejas con exaltación.

—Porque no dejaría de decir la gente que te las habías habido con un hombre aletargado, incapaz de defenderse, y que ¡buenas hazañas son las tuyas!

—Eso sí que no, porque sobran las ocasiones en que he demostrado que son iguales para mí los fuertes que los débiles, y que no le tengo miedo ni al mismo Lucifer.

—Pero la gente es maligna, y más los envidiosos.

—En eso tienes razón: ¡los envidiosos, los envidiosos! —repitió Zendejas. "Todos los valientes me tienen envidia —siguió pensando para sí— y ¡con qué placer aprovecharían el *quid pro quo* para ponerme en berlina!" Y prosiguió en voz alta: —Pero ¿qué hacer entonces? ¡Porque no puedo quedarme con propiedad ajena!

—Voy a pensar un poco —repuso Otilia, preocupada—. . . Déjame ver otra vez las iniciales . . . A. B. C. ¿Cómo era el señor? Descríbemelo, Félix.

—Voy a procurar acordarme . . . Más viejo que joven; grueso, casi tanto como yo, todo rasurado.

—¿Con lentes?

—Creo que sí, pero los perdió en la refriega.

—Óyeme —prosiguió la joven pensativa—. ¿No será don Antonio Bravo Caicedo? . . . A. B. C.: coinciden las iniciales.

—¿El caballero rico y famoso, cuyo nombre llena toda la ciudad?

And the couple went into Zendejas's bedroom, where they found on the night table the judge's silver watch, with its poor plated chain, resting calmly exactly where its owner had left it when lying down for his nap.

Don Félix looked frightened, as if he had seen the head of Medusa.

"Here it is," he muttered in agony. "And so, that gentleman" [he no longer called him drunk or bandit] "was robbed by me; there's not the slightest doubt."

Otilia, afflicted, made no reply, and her husband went on:

"The event can be explained; that gentleman, who must be some jolly playboy, was on a spree in this development . . . He overdid it drinking, he was really drunk, I took him for a thief, and lifted these articles from him . . . Nocturnal robbery, on public thoroughfare, and under arms . . . I'm ruined . . . Not later than tomorrow I'll hand myself over to the law: a good judge begins his work at home."

"No way," Otilia objected in horror. "It would be a quixotic action that would make you a laughingstock."

"Why a laughingstock?" asked Zendejas excitedly.

"Because people would surely say that you had fought with a comatose man unable to defend himself, and what a hero you'd look like!"

"That wouldn't happen, because on so many occasions I've shown that strong men and weak men are equal in my sight and that I'm not afraid of Lucifer himself."

"But people are spiteful, especially the envious ones."

"There you're right: the envious, the envious!" Zendejas repeated. "All brave men envy me," he went on, thinking to himself, "and with what pleasure they'd take advantage of that mistake I made, so they can make fun of me!" And he continued aloud: "But what am I to do, then? Because I can't hold onto other people's property!"

"I'll think for a while," replied Otilia, worriedly. "Let me see those initials again . . . A. B. C. What did the gentleman look like? Describe him to me, Félix."

"I'll try to remember . . . Rather old than young; stout, almost as much as I am; clean-shaven."

"With glasses?"

"I think so, but he lost them in the scuffle."

"Listen," the young woman continued, still thinking. "Couldn't it be Don Antonio Bravo Caecido? . . . A. B. C.: the initials are right for it."

"That wealthy, well-known gentleman whose name is all over town?"

—El mismo.

—No puede ser, mujer.

—¿Por qué no?

—Porque es persona grave, de irreprochable conducta; anda siempre en compañía de sus hijas, que son muy guapas; y, aguarda, si no me equivoco es . . .

—¿Qué cosa, Félix?

—Miembro conspicuo de la Sociedad de Temperancia.

—Eso no importa —contestó la joven—, son los hombres tan contradictorios y tan malos . . . (Pensaba, en aquellos momentos, en los peligros de su viudez.)

—En eso tienes razón; son muy malos.

El juez se abstuvo, por instinto, de decir *somos muy malos,* sin duda porque recordó los excesos de pensamiento y de vista que acababa de cometer en el Principal.

Siguió, a continuación, una larga plática entre los esposos, en la cual se analizaron y desmenuzaron los acontecimientos, las suposiciones, todas las cosas posibles en fin; y mientras más ahondaron en el asunto, más y más sospecharon que reloj y leontina perteneciesen al provecto, riquísimo e hipocritón don Antonio Bravo Caicedo; mil indicios lo comprobaban, mil pequeños detalles lo ponían en evidencia . . . ¡Quién lo hubiera pensado! . . . ¡Que aquel señor tan respetable fuese tan poco respetable! Bien se dice que la carne es flaca . . . Pero Bravo Caicedo era gordo . . . ¡Qué cosa tan embrollada! . . . En fin, que por lo visto, la carne gorda es la más flaca . . .

Despejada la incógnita, o más bien dicho, despejado el incógnito, faltaba hallar el medio de hacer la devolución. ¿Mandar los objetos a la casa del propietario? . . . No, eso sería comprometerle, descubrirle, abochornarle . . . Y luego que, aunque lo más verosímil era que aquel grave personaje fuera el pesado borracho de la aventura, cabía, no obstante, en lo posible, que otro sujeto fuese el dueño verdadero de las alhajas. Don Antonio Bravo Caicedo (A. B. C.) había hecho el monopolio del pulque, es verdad, pero no el de las tres primeras letras del abecedario.

IV

En fin, que, después de mirarlo, pensarlo y meditarlo bien, resolvió la honrada pareja que las prendas en cuestión quedasen depositadas en el juzgado de Zendejas, y que éste publicase un aviso en los periódicos, mañosamente escrito para no delatarse a sí mismo ni sacar a plaza las miserias del ricachón.

"The very same."

"Impossible, dear."

"Why?"

"Because he's a serious person, of irreproachable behavior; he always goes around accompanied by his two daughters, who are very pretty; and wait, if I'm not mistaken he's . . ."

"What, Félix?"

"A prominent member of the Temperance Society."

"That makes no difference," the young woman replied. "Men are so contrary and so wicked . . ." (Just then she was thinking about the perils to her widowhood.)

"You're right about that; they're very wicked."

Instinctively the judge kept from saying "we're very wicked," no doubt because he recalled the excesses of thought and sight he had just been guilty of at the Teatro Principal.

There ensued a long conversation between the husband and wife, during which they analyzed and scrutinized the events, assumptions, and, in a word, everything possible; and the further they delved into the matter, the more they suspected that the watch and chain belonged to the elderly, very wealthy, and quite hypocritical Don Antonio Bravo Caecido; a thousand indications proved it, a thousand small details made it manifest . . . Who'd have thought it? . . . That that most respectable gentleman was so unrespectable! It's rightly said that the flesh is weak . . . But Bravo Caecido was fat . . . What a complicated matter! . . . After all it would seem that fat flesh is the weakest . . .

Having found the unknown quantity or, rather, the unknown person, they now had only to find a way to return the articles. Should they send them to their owner's home? . . . No, that would mean compromising him, revealing his identity, putting him to shame . . . And, besides, even though that serious character was most likely the heavy drunk in that adventure, nevertheless it was just possible that someone else was the real owner of the valuables. Don Antonio Bravo Caecido (A. B. C.) had achieved a monopoly of pulque, it's true, but not that of the first three letters of the alphabet.

IV

So that, after looking into, thinking over, and pondering on the matter, the honorable couple decided that the valuables in question should be deposited in Zendejas's courthouse, and that he should print a notice in the papers, shrewdly written so as not to implicate himself or publicize the rich man's failings.

Elegido ese camino, don Félix, a fuer de hombre honrado, se negó a poner la cabeza en la almohada antes de haberse quitado aquel peso de la conciencia, dejando redactado y listo el documento para llevarlo a dos o tres redacciones vespertinas al siguiente día, a la hora del despacho. Trabajó febrilmente, hizo varios borradores, consultó con Otilia, tachó, cambió, agregó, raspó y garrapateó de lo lindo algunas hojas de papel, hasta que, al fin, cerca ya de la madrugada, terminó la ardua labor de dar forma al parrafejo, el cual quedó definitivamente concebido en los siguientes términos:

AVISO

Esta mañana, al comenzar el despacho, ha sido depositado, en este juzgado, un reloj de oro, Remontoir, con una leontina del mismo metal, rematada por un pequeño elefante, cuyos ojos son de rubí, y las orejas y las patas de negro esmalte. El reloj lleva las iniciales A. B. C. en la tapa superior, tiene el número 40180 y es de la marca *Longines*. Lo que se pone en conocimiento del público para que puedan ser recogidos esos objetos por su propietario; bajo el concepto de que el depositante ha puesto en manos del juez suscrito un pliego que contiene señas exactas e individuales de la persona a quien, por equivocación, le fueron sustraídas esas alhajas, con mención de la calle, la hora y otros datos del mayor interés.

Pero fue inútil la publicación repetida de aquellos renglones. Hasta la fecha en que esto se escribe, nadie se ha presentado a reclamar el reloj y la leontina; ya porque don Antonio Bravo Caicedo no sea el dueño de las alhajas, o bien porque, siéndolo, desee conservar el incógnito a toda costa y a todo costo. De suerte que si alguno de los lectores tiene en su nombre las iniciales A. B. C., si se pescó aquella noche por la colonia Roma, si empinó bien el codo, si tuvo algo que ver con Baltasara, Juanita o Carlota, y, por último, si perdió esas prendas en un asalto callejero, ya sabe que puede ocurrir a recogerlas al juzgado donde se hallan en calidad de depósito.

Once that path was chosen, Don Félix, like the honorable man he was, refused to lay his head on his pillow before he had removed that load from his conscience, leaving the document fully prepared and ready to be taken to two or three editors of evening papers on the following day during office hours. He worked feverishly, making several rough drafts, consulting with Otilia, erasing, changing, adding, scratching out, and making a lot of scrawls on several sheets of paper, until finally, around about dawn, he completed the arduous task of putting the insert into shape; this was finally expressed in the following terms:

NOTICE

This morning when the office opened there was deposited in this courthouse a gold watch, stem-winding, with a chain of the same metal, ending in a small elephant, whose eyes are rubies, and whose ears and feet are of black enamel. The watch bears the initials A. B. C. on its upper lid, and the serial number 40180, and its make is Longine. This is brought to the public's notice so that these articles can be recovered by their owner; on the understanding that the claimant shall have placed in the hands of the aforenamed judge a note containing an exact physical description of the person from whom these valuables were taken by mistake, giving the street, the time, and other data of the greatest interest.

But the repeated insertion of those lines was in vain. To the very day this is being written, no one has showed up to claim the watch and chain; either because Don Antonio Bravo Caecido isn't the owner of the valuables, or else because, though he is, he wishes to preserve his incognito at all costs and at any price. And so, if any of my readers has a name with the initials A. B. C., if he was caught that night out in the Roma development, if he had been bending his elbow, if he had any dealings with Baltasara, Juanita, or Carlotta, and, lastly, if he lost those valuables in a street mugging, he now knows he can come to claim them at the courthouse where they have been left on deposit.

RAFAEL DELGADO

El asesinato de Palma Sola

I

Cuando el juez se disponía a tomar el portante y sombrero en mano buscaba por los rincones el bastón de carey y puño de oro, el secretario —un viejo larguirucho, amojamado y cetrino, de nariz aguileña, cejas increíbles, luenga barba y bigote dorado por el humo del tabaco— dejó su asiento, y con la pluma en la oreja y las gafas subidas en la frente, se acercó trayendo un legajo.

—Hágame usted favor . . . ¡Un momentito! . . . ¡Unas firmitas!

—¿Qué es ello? —respondió contrariado el jurisperito.

—Las diligencias aquellas del asesinato de Palma Sola. Hay que sobreseer por falta de datos . . .

—Dios me lo perdone, amigo don Cosme, pero ese mozo a quien echamos a la calle tiene mala cara, ¡muy mala cara! La viudita no es de malos bigotes, y . . .

—Sin embargo . . . ¡ya usted vio!

—¡Sí, si! Vamos . . . deme usted una pluma.

Y el juez tomó asiento, y lenta y pausadamente puso su muy respetable nombre y su elegante firma —un rasgo juvenil e imperioso— en la última foja del mamotreto, y sendas tirillas que eran otras tantas órdenes de libertad, diciendo, mientras el viejo aplanaba sobre ellas una hoja de papel secante:

—Ese crimen, como otros muchos, quedará sin castigo. Nuestra actividad ha sido inútil. En fin . . . ¿no dicen por ahí que donde la humana justicia queda burlada, otra más alta, para la cual no hay nada oculto, acusa, condena y castiga?

Don Cosme contestó con un gesto de duda y levantó los hombros como si dijera:

—¡Eso dicen!

RAFAEL DELGADO

The Murder at Palma Sola

I

When the judge got ready to leave and, hat in hand, was looking in the corners for his tortoiseshell walking stick with its gold handle, his secretary—an old beanpole, wizened and sallow, with an aquiline nose, incredible eyebrows, long beard, and mustache yellowed by tobacco smoke—left his seat and, his pen in his ear and his glasses pushed back onto his forehead, came up to him carrying a stack of papers.

"Do me a favor . . . One moment, please! . . . Just a few signatures!"

"What's all this?" the jurist replied in annoyance.

"Those dossiers on the murder at Palma Sola. There has to be a stay of proceedings for lack of evidence . . ."

"God forgive me, my friend Don Cosme, but that fellow we're releasing looks like a criminal, very like a criminal! The young widow isn't bad-looking, and . . ."

"All the same . . . you saw for yourself!"

"Yes, yes! Come on . . . hand me a pen."

And the judge sat down, and slowly and deliberately affixed his highly respectable name and elegant signature—in a youthful, imperious stroke—to the last sheet of the huge document, and to a couple of scraps of paper, each of which was an order for release, saying, while the old man flattened a sheet of blotting paper over them:

"That crime, like many others, will go unpunished. Our proceedings have been in vain. After all . . . don't they say in these parts that where human justice is mocked, another, higher justice, from which nothing remains hidden, accuses, condemns, and punishes?"

Don Cosme replied with a gesture expressive of doubt, and shrugged his shoulders as if saying:

"They say that!"

—¿Hay algo más?

—No, señor.

—Pues, abur.

El secretario recogió tirillas y expediente, arrellanóse la poltrona y encendió un tuxtleco.

II

En agosto, en plena temporada de lluvias, entrada la noche, una noche muy negra y pavorosa, va Casimiro, el honrado y laborioso arrendatario, camino de su rancho Palma Sola, jinete en la *Diabla*, una excelente mula de muchos codiciada, y por la cual le ofrecían hasta ciento cincuenta duros los dueños del Ceibo, ciento cincuenta del águila, en platita sonante y contante, a la hora que los quisiera, ¡peso sobre peso!

Pero ¡quiá! Casimiro contestaba:

—¡No, amo! ¿Vender mi *Diabla*? ¡Nones! ¡Si sólo el nombre es lo que le afea! Primero vendo la punta y malbarato el cafetalito . . . Vamos, señor amo: antes empeño la camisa que vender la bestia; y luego que mi mujer está que no cabe con su mula. Y la verdá, señor: cuando va uno en ella, ¡va uno mejor que en el tren! Margarita le tiene un cariño y una ley, que . . . ¡no es capaz! ¡Ni aunque me ofrecieran por ella las perlas de la Virgen! Si quiere la otra, mi amo, la *Zapa* . . . mañana se la traigo. No le recele, patrón . . . También la *Zapa* es buena; casi que como ésta. Tiene buen paso; ni pajarera ni mañosa. De deveras, no le desconfíe, aunque la vea caidita de agujas . . . Se la arrearé pa acá, pa que la vea. Por la vista entra el gusto. ¡Ya verá qué rienda! Se la merqué al cotijeño el año pasado. Le di cuarenta. ¡Es barata! Cuarenta me dan: ni medio más ni medio menos. ¡Es pa los amos y nada les gano!

¡Qué caminos aquellos, Dios santo! Desde más acá del barreal comenzaba lo bueno. Zarza y acahualeras cerraban el paso y en algunos puntos eran tales los zoquiteros que las bestias se hundían hasta los encuentros; pero ¡allí de la *Diabla*! No perdía momento, y libre, ligerita, suelta la brida, subía, bajaba, costeaba el lodazal, y se colaba por los matorrales como Pedro por su casa.

Iba Casimiro cabizbajo y triste. No había motivo para ello, y sin embargo, estaba asustadizo y de cuando en cuando le daba un vuelco el

"Anything else?"

"No, sir."

"In that case, so long."

The secretary gathered up the scraps and the dossier, sprawled out on the easy chair, and lit up a Tuxtla[1] cigar.

II

In August, at the height of the rainy season, after nightfall, on a very black and fearful night, Casimiro, the honorable, hardworking tenant farmer, is on his way to his farm Palma Sola, riding the She-Devil, an excellent mule coveted by many, for which he has been offered up to a hundred fifty pesos by the owners of El Ceibo, a hundred fifty eagle-stamped coins in ringing silver, in cash, any time he wanted, peso by peso!

But nonsense! Casimiro would reply:

"No, landlord! Sell my She-Devil? No way! The only thing against her is her name! I'd sooner sell my little herd or sell the coffee plantation at a loss . . . Look, sir: I'd pawn my shirt before I'd sell this animal; and besides, my wife is crazy about her mule. And it's true; sir: when you ride her, it's better than the train! Margarita is so fond of her and attached to her that . . . she just couldn't! Not even if I were offered the Virgin's pearls for her! If you want the other one, landlord, the Spade . . . I'll take her to you tomorrow. Don't be suspicious of her, boss . . . The Spade is good, too; almost like this one. She has a good gait; she isn't skittish, she doesn't shy. Really, don't mistrust her, even if her ribs look a little droopy . . . I'll lead her over here so you can see her. When you do, you'll like her. Wait and see how she obeys the reins! I bought her from the Cotija[2] man last year. I gave him forty for her. That's cheap! I'll take only forty: not a bit more or less. It's for my landlords, and I don't make profit off them!"

What roads those were, holy God! From this side of the mudflats on, the hard part began. Thornbushes and tall, rough grass blocked the way and in some spots the bogs were so deep that the animals sank in up to their withers; but leave it to the She-Devil! She didn't lose a minute, and freely, lightly, with loose bridle, she ascended, descended, skirted the quagmire, and squeezed through the thickets as if she were right at home.

Casimiro was dejected and sad as he went along. There was no reason for it and yet he was a little alarmed, and every so often his heart

---

1. Tuxtla Gutiérrez, the capital of Chiapas state, is still a center of the tobacco industry.   2. Cotija is a town in Michoacán state.

corazón, como si le amenazara la mayor desgracia. Ganas le daban de volverse al Ciebo y allí pasar la noche.

De un lado el llano: del otro el bosque sombrío, negro, pavoroso, lleno de espantables rumores: silbidos de serpientes, estruendo de árboles viejos que se caían; roncar de sapos y zanjas y lagunetas; en los pochotes más altos ulular de búhos, y allá, al fin de la selva, el estrépito del torrente y el ruido creciente del aguacero que venía que volaba con un tropel de cien escuadrones a galope.

En la serranía, desatada tempestad; la tormenta estacionada en las cimas; un relámpago, y otro, y otro, y truenos, y más truenos, como si las legiones infernales batallaran allí en combate definitivo. En los picachos, en los crestones, en las cúspides supremas, los fulgores del rayo se difundían a través de las nubes, iluminándolas a cada instante con variadas coloraciones fugitivas, rojas, áureas, cerúleas, que dejaban ver el sinuoso perfil de los montes y la negra mole de fuliginosa cordillera.

En el llano, reses medrosas y ateridas que refugiadas al pie de los huizaches ramoneaban en las yerbas húmedas y en los matorrales y en las orillas del arroyuelo, entre las mafafas resonantes, el centellear de las luciérnagas.

—¡A llegar! —se dijo el ranchero, componiéndose la manga de hule—. ¡A llegar! ¡Que el agua está encima! ¡Anda *Diabla,* que ya poco te falta!

Como si adivinara los deseos de su dueño, el noble animal alargó el paso, y . . . ¡taca, taca, taca!

El aguacero. Primero rachas de viento húmedo y frío; luego gruesos goterones, que caían con estrépito en la arboleda, y en seguida, la lluvia torrencial.

Avanzaba el jinete a la vera del fangoso camino. Término de éste era el maizal, una milpa magnífica, ya en jilote, cuyas cañas estremecidas por el agua y el viento remedaban rumores de crujiente seda. De allí partía una vereda, ancha y ascendente, al fin de la cual estaba la casa. A través de las ramas se veía el fuego del hogar que ardía con llama titilante y rojiza.

Por aquel rumbo dirigió Casimiro su caballería. En vano: la *Diabla* se detuvo alebrestada, renuente, erguida la cabeza, altas las orejas.

—¡Epa! ¿Qué te sucede? —exclamó el jinete—. ¡Epa! —repitió.

La *Diabla,* rebelde al freno, pugnaba por volverse. Casimiro gruñó

skipped a beat, as if he were menaced with the greatest misfortune. He felt like turning back to El Ceibo and spending the night there.

On one side, the plain; on the other, the gloomy forest, black, fearful, full of frightening sounds: the hissing of snakes, the crash of old trees falling; the croaking of toads, trenches, big puddles; in the taller silk-cotton trees, the hooting of owls, and there at the end of the woods, the roar of the torrent and the increasing noise of the downpour which was flying toward him like a troop of a hundred squadrons at the gallop.

In the mountains, an unchained tempest; the storm lingering on the peaks; a lightning flash, and another, and another, and thunder, and more thunder, as if the legions of hell were fighting a deciding battle there. On the summits, on the ridges, on the highest pinnacles, the lightning flashes were scattered through the clouds, lighting them up every moment with various fleeting colorations, red, golden, sky-blue, which revealed the curving profile of the mountains and the dark mass of the sooty cordillera.

On the plain, frightened, freezing cattle, which, sheltering at the foot of the sponge trees, were grazing the wet grass, and in the shrubs and the banks of the brook, among the rustling colocasia plants,[3] the twinkling of the fireflies.

"Let's make it!" the farmer said to himself, adjusting his oilskin poncho. "Let's make it! The rain is on top of us! Go, She-Devil, it isn't far now!"

As if guessing its master's wishes, the noble animal took longer strides, and . . . clipclop, clipclop!

The downpour. First, gusts of damp, cold wind; then, heavy drops falling noisily onto the copses, and next, the torrential rain.

The rider was advancing alongside the muddy road. It ended at the cornfield, a magnificent cornfield already bearing undeveloped cobs; its stalks, shaken by the wind and rain, imitated the sound of rustling silk. From there a path originated, a wide, climbing one at the end of which was his house. Through the boughs could be seen the fire on the hearth, blazing with a flickering, reddish flame.

Casimiro pointed his mount in that direction. In vain: the She-Devil halted timorously, refusing to proceed, her head erect, her ears in the air.

"Hey! What's wrong with you?" her rider exclaimed. "Hey!" he repeated.

The She-Devil, resisting the bit, was struggling to turn back.

---

3. *Mafafa* is also used as a synonym for marijuana, but most likely not here.

entre dientes un terno, y azuzó al animal, hincándole las espuelas; pero éste resistía encabritándose.

—¿No quieres? Pues . . . ¡toma!

Y ¡zas!, un par de latigazos; uno por cada lado.

La mula arrancó al trote.

Entre la milpa quedaba un hombre escondido, envuelto en negra manga, apoyadas las manos en el cañón de una escopeta.

III

¡Qué alegremente ardían los leños en el hogar! Tronaban los tizones, y las llamas se retorcían trémulas en torno del tronco ennegrecido, proyectando en los muros danzarinas y quebradas sombras.

Cuando Casimiro llegó, Margarita le esperaba en la puerta.

Era una linda campesina, de apiñonado rostro, esbelto talle y grandes ojos negros. Sonreía afable y cariñosa. Aquella sonrisa era la sonrisa de la traición, encubridor halago de una emoción profunda y horrible.

—Creí que no venías. ¡Jesús! ¡Si vienes hecho un pato! Quítate la manga, que encharcas esto.

—No me pasó el agua. Luego; voy a desensillar, y a persogar a esta mañosa que en la milpa se me armó tanto que por nada quería andar. ¡Si no le arrimo! . . .

Sintió Margarita que el corazón se le subía a la garganta, y tragando saliva y dominándose murmuró:

—¡Adiós! ¡Vaya! ¿Y por qué?

—Se asustaría . . . Los animales a veces ven visiones. Si sigue con esas mañas, aunque a ti no te cuadre se la vendo al amo. Yo no sé lo que fue.

—El mapachín . . .

—¡Puede! El cuento es que paró las orejas, y que ni a cuartazos quería andar.

Aflojaba la lluvia y la tormenta se alejaba. . . . Uno que otro relámpago allá en la sierra.

Casimiro desenjaezó en el portalón, fue a persogar la bestia. A poco entraba en la casa.

—¡Caramba! Si vieras: ahora echo de ver que no traigo la pistola. No le hace. ¡Pa la falta que me hace!

Margarita se puso lívida al oír esto.

—¿No bebes?

—Échate el café y traite la limeta. Estoy cansado y quiero dormir.

Casimiro muttered an oath and egged the animal on, digging his spurs into her; but she refused and reared up.

"You don't want to? Then . . . take this!"

And, whack! a couple of whiplashes, one on each side.

The mule departed at a trot.

Among the cornstalks was hidden a man, wrapped in a black poncho, his hands resting on a rifle barrel.

III

How cheerfully the logs on the hearth were burning! The firewood was crackling, and the flames writhed tremulously around each blackened log, projecting broken, dancing shadows onto the walls.

When Casimiro arrived, Margarita was waiting for him in the doorway.

She was a nice-looking rustic woman, with a swarthy face, narrow waist, and big, dark eyes. She was smiling affably and affectionately. That smile was the smile of betrayal, a cajolery concealing a deep, horrible emotion.

"I thought you'd never get here. Jesus! You're drenched! Take off your poncho, you're making a lake in here."

"The rain didn't pass me by. Right away, I'm going to unsaddle and tether that shying mule, who balked so badly in the cornfield that nothing could make her go. If I don't give her a beating . . . !"

Margarita felt her heart leap into her throat; swallowing saliva and controlling herself, she murmured:

"Well, now! Just imagine. Why did she do that?"

"She must have been frightened . . . Sometimes animals see visions. If she keeps shying like that, even if you wouldn't like it, I'll sell her to the landlord. I don't know what it was."

"The raccoon . . ."

"Maybe! The fact is that she pricked up her ears, and even whiplashes wouldn't make her go."

The rain was slackening and the storm was moving away . . . An occasional lightning flash yonder in the mountains.

Casimiro unharnessed the mule in the gateway, then went to tether her. Soon he entered the house.

"Damn! Look at this: I've just noticed that I don't have my pistol on me. It doesn't matter. What do I need it for?"

Margarita turned livid at those words.

"Aren't you drinking anything?"

"Pour yourself a coffee and bring the flask for yourself. I'm tired and I want to sleep."

IV

Media noche pasada, porque el gallo había cantado dos veces, oyóse en el techo un golpe, como el de una piedra chiquita, lanzada sin fuerza. Casimiro roncaba, Margarita no dormía —no había querido dormir.

—¡Casimiro! ¡Casimiro!

—¿Qué cosa? —contestó medio dormido.

—¡Casimiro!

—¡Oh! ¿Qué quieres?

—¿Oíste?

—No.

—Alguno anda allá afuera.

—¿Por qué?

—Oí ruido.

—¡Déjame dormir!

—No; si clarito oí el ruido. Los animales están inquietos. Oí ruido como de gente que se acerca. Si vendrán a robarse las bestias.

—No, mujer, si el perro no ladra . . .

—Porque no está. Desde ayer no parece.

—¡Voy! —rezongó el ranchero, saltando de la cama—. ¡Y luego que no tengo la pistola!

—Coge el machete.

El ranchero se embrocó el sarape, tomó el machete y salió al portalón.

El cielo se había despejado. La luna iluminaba con triste claridad arboledas y maizales; ligera brisa susurraba en las palmas, y los charcos reproducían aquí y allá el menguante disco del pálido satélite.

Las mulas se revolvían inquietas. La *Diabla,* al sentir a su amo, relinchó de alegría.

Margarita dejó el lecho, y quedo, muy quedo, de puntillas, conteniendo el aliento, fría de terror, erizado el cabello, se fue hasta la puerta. Allí, en espera de algo terrible, se detuvo a escuchar . . .

De repente sonó un disparo. Se oyó un grito; después un ¡ay! lastimero; en seguida un quejido, y luego el aterrador silencio del campo adormecido.

De entre la espesura del cafetal se destacó un bulto. Un hombre que con el arma en la mano llegó hasta el portalón, y que en voz muy baja, como si tuviera miedo de sí mismo, como si temiera escuchar sus propias palabras, dijo:

—¡Ya! . . .

IV

It was after midnight, because the cock had crowed twice, when a click was heard on the roof like that of a small pebble thrown without much force. Casimiro was snoring, Margarita wasn't asleep—she hadn't wanted to sleep.

"Casimiro! Casimiro!"

"What?" he replied, half asleep.

"Casimiro!"

"Oh! What do you want?"

"Did you hear?"

"No."

"Someone's walking out there."

"Why do you say that?"

"I heard a sound."

"Let me sleep!"

"No, I distinctly heard a noise. The animals are restless. I heard a sound like people approaching. What if they're coming to steal the animals?"

"No, wife, since the dog isn't barking . . ."

"Because he's not here. He's been missing since yesterday."

"I'm going!" the farmer grumbled, jumping out of bed. "And me without my pistol!"

"Take the machete."

The farmer wrapped himself in his serape, took the machete, and went out to the gateway.

The sky had cleared. The moon was illuminating copses and cornfields with a sad brightness; a light breeze was whispering in the palms, and here and there puddles reflected the waning disk of the pallid satellite.

The mules were turning around restlessly. The She-Devil, hearing her master, whinnied for joy.

Margarita got out of bed, and softly, very softly, on tiptoe, holding her breath, chilled with terror, her hair on end, went to the door. There, awaiting some terrible thing, she stopped to listen . . .

Suddenly a shot was fired. A yell was heard; then, a pitiful sigh; next, a groan; and finally, the frightening silence of the sleeping countryside.

From among the dense bushes of the coffee plantation a figure detached itself. A man who, weapon in hand, went up to the gateway and in a very low voice, as if afraid of himself, as if he feared hearing his own words, said:

"It's done!"

V

Ocho años después, cierto día del mes de mayo, conversaban muy alegres y entretenidos el juez que ya conocemos y su secretario don Cosme.

—¿Se acuerda usted, amigo —dijo el primero—, del asesinato aquel de Palma Sola?

—¡Vaya si me acuerdo! —respondió el viejo, echando una bocanada de humo—. Usted creía que la mujer, que, por cierto, no era de malos bigotes, y el muchacho que pusimos en libertad . . .

—¡Y sigo en la mía, señor don Cosme!

En aquel momento entró una mujer que llevaba de la mano a un muchachillo como de siete años, muy raquítico y enclenque. La mujer parecía más enferma que la infeliz criatura. Pálida, exangüe, encanecida, aparentaba doble edad de la que tenía; pero en sus ojos brillaba aún vivísimo rayo de hermosura.

El juez y el secretario la reconocieron al momento, viéronla de pies a cabeza, y luego se miraron asombrados. Era Margarita.

—¿Qué quería usted, señora? —preguntó el juez.

La mujer permaneció muda algunos instantes.

—¿Qué deseaba usted? —repitió Cosme.

—Señor juez —dijo al fin—, ¿se acuerda usted de Casimiro González, aquél que . . . mataron en Palma Sola?

—Sí, ¿por qué?

—¡Porque, señor! ¡Ya no puedo más! . . . ¡Ya esto no es vivir! . . . ¡Y vengo . . . , vengo a decirlo todo, a decir quiénes lo mataron! . . .

—Y . . . ¿quiénes lo mataron? —replicó el magistrado con imponente severidad.

—La verdá, señor: yo . . . y el que ahora es mi marido!

La desdichada mujer cayó de rodillas, y presa de mortal congoja, ahogándose, se echó a llorar.

V

Eight years later, on a certain day in the month of May, the judge we have already met and his secretary Don Cosme were conversing very merrily and pleasurably.

"Do you remember, my friend," the former asked, "that murder at Palma Sola?"

"Of course I remember," replied the old man, emitting a puff of smoke. "You thought that the woman, who certainly wasn't bad-looking, and the young fellow we released . . ."

"And I stick by my opinion, Don Cosme, sir!"

At that moment a woman came in, leading by the hand a little boy of about seven, very stunted and puny. The woman looked sicker than the unhappy child. Pale, bloodless, her hair gray, she seemed twice as old as she really was; but in her eyes there still gleamed a most vibrant ray of beauty.

The judge and his secretary recognized her at once; they surveyed her from head to foot, then looked at each other in amazement. It was Margarita.

"What did you wish, ma'am?" the judge asked.

The woman remained silent for a few moments.

"What did you desire?" Cosme repeated.

"Your honor," she finally said, "do you remember Casimiro González, the man who . . . was killed at Palma Sola?"

"Yes. Why?"

"Because, sir . . . ! I can't stand it any more! . . . This isn't living! . . . And I'm here . . . , I'm here to tell you everything, to tell you the people who killed him! . . ."

"And . . . who did kill him?" the magistrate rejoined, with imposing severity.

"The truth, sir, is: I did! . . . And the man who's now my husband!"

The unhappy woman sank to her knees and, gripped by a deadly sorrow, choking, she started to cry.

MANUEL GUTIÉRREZ NÁJERA

La mañana de San Juan

A Gonzalo Esteva y Cuevas.

Pocas mañanas hay tan alegres, tan frescas, tan azules como esta mañana de San Juan. El cielo está muy limpio, "como si los ángeles lo hubieran lavado por la mañana"; llovió anoche y todavía cuelgan de las ramas brazaletes de rocío que se evaporan luego que el sol brilla, como los sueños luego que amanece; los insectos se ahogan en las gotas de agua que resbalan por las hojas, y se aspira con regocijo ese olor delicioso de tierra húmeda, que sólo puede compararse con el olor de los cabellos negros, con el olor de la epidermis blanca y el olor de las páginas recién impresas. También la naturaleza sale de la alberca con el cabello suelto y la garganta descubierta; los pájaros, que se emborrachan con agua, cantan mucho, y los niños del pueblo hunden su cara en la gran palangana de metal. ¡Oh mañanita de San Juan, la de camisa limpia y jabones perfumados, yo quisiera mirarte lejos de estos calderos en que hierve grasa humana; quisiera contemplarte al aire libre, allí donde apareces virgen todavía, con los brazos muy blancos y los rizos húmedos! Allí eres virgen: cuando llegas a la ciudad, tus labios rojos han besado mucho; muchas guedejas rubias de tu undívago cabello se han quedado en las manos de tus mil amantes, como queda el vellón de los corderos en los zarzales del camino; muchos brazos han rodeado tu cintura; traes en el cuello la marca roja de una mordida, y vienes tambaleando, con traje de raso blanco todavía, pero ya prostituido, profanado, semejante al de Giroflé después de la comida, cuando la novia muerde sus inmaculados azahares y empapa sus cabellos en el vino! ¡No, mañanita de San Juan, así yo no te quiero! Me gustas en el campo: allí donde se miran tus azules ojitos y tus trenzas

MANUEL GUTIÉRREZ NÁJERA

The Morning of Saint John's Day

To Gonzalo Esteva y Cuevas.[1]

There are few mornings as cheerful, fresh, and blue as this Saint John's morning. The sky is very clear, "as if the angels had washed it in the morning"; it rained last night and there are still hanging from the branches armlets of dew that evaporate as soon as the sun shines, just as dreams do at the break of dawn; insects drown in the drops of water that trickle down the leaves, and one inhales with joy that delicious smell of damp earth, which can only be compared to the smell of black hair, the smell of white skin, and the smell of newly printed pages. Nature, too, emerges from the pool with her hair undone and her throat bare; the birds, getting drunk on water, sing and sing, and the village children immerse their faces in the large metal basin. Oh, Saint John's morning, a morning for clean shirts and perfumed soap, I'd like to behold you far from these cauldrons in which human fat boils. I'd like to observe you in the fresh air, where you still look virginal, with your very white arms and damp curls! There you're a virgin: when you get to the city, your red lips have done too much kissing; many blonde strands of your wavy hair have remained in the hands of your lovers, as lambs' fleece remains in the wayside brambles;[2] many arms have encircled your waist; you bear on your neck the red mark of a bite, and you reel toward us wearing a satin gown that's still white but already prostituted, profaned, like Giroflé's[3] after the meal, when the bride bites her immaculate orange blossoms and soaks her hair in the wine! No, morning of Saint John's Day, that's not how I want you! I like you in the countryside; there where your little blue eyes and your golden braids are to be seen. You descend the steep hill

---

1. Mexican journalist and politician (1843–1927).   2. A reference to an 1843 poem by the Venezuelan Andrés Bello.   3. Possibly a reference to the then very popular operetta *Giroflé-Girofla* (1874) by Charles Lecocq (1832–1918).

179

de oro. Bajas por la escarpada colina poco a poco; llamas a la puerta o entornas sigilosamente la ventana, para que tu mirada alumbre el interior, y todos te recibimos como reciben los enfermos la salud, los pobres la riqueza y los corazones el amor. ¿No eres amorosa? ¿No eres muy rica? ¿No eres sana? Cuando vienes, los novios hacen sus eternos juramentos; los que padecen, se levantan vueltos a la vida; y la dorada luz de tus cabellos siembra de lentejuelas y monedas de oro el verde oscuro de los campos, el fondo de los ríos, y la pequeña mesa de madera pobre en que se desayunan los humildes, bebiendo un tarro de espumosa leche, mientras la vaca muge en el establo. ¡Ah! Yo quisiera mirarte así cuando eres virgen, y besar las mejillas de Ninon . . . ¡sus mejillas de sonrosado terciopelo y sus hombros de raso blanco!

Cuando llegas, ¡oh mañanita de San Juan!, recuerdo una vieja historia que tú sabes y que ni tú ni yo podemos olvidar. ¿Te acuerdas? La hacienda en que yo estaba por aquellos días, era muy grande; con muchas fanegas de tierra sembrada e incontables cabezas de ganado. Allí está el caserón, precedido de un patio, con su fuente en medio. Allá está la capilla. Lejos, bajo las ramas colgantes de los grandes sauces, está la presa en que van a abrevarse los rebaños. Vista desde una altura y a distancia, se diría que la presa es la enorme pupila azul de algún gigante, tendido a la bartola sobre el césped. ¡Y qué honda es la presa! ¡Tú lo sabes . . . !

Gabriel y Carlos jugaban comunmente en el jardín. Gabriel tenía seis años; Carlos siete. Pero un día, la madre de Gabriel y Carlos cayó en cama, y no hubo quien vigilara sus alegres correrías. Era el día de San Juan. Cuando empezaba a declinar la tarde, Gabriel dijo a Carlos:

—Mira, mamá duerme y ya hemos roto nuestros fusiles. Vamos a la presa. Si mamá nos riñe, le diremos que estábamos jugando en el jardín.

Carlos, que era el mayor, tuvo algunos escrúpulos ligeros. Pero el delito no era tan enorme, y además, los dos sabían que la presa estaba adornada con grandes cañaverales y ramos de zempazúchil. ¡Era día de San Juan!

—¡Vamos! —le dijo— llevaremos un *Monitor* para hacer barcos de papel y les cortaremos las alas a las moscas para que sirvan de marineros.

gradually; you knock at the door or discreetly open the window a crack, so that your gaze can light up the interior, and we all welcome you as sick people welcome health; poor people, wealth; and hearts, love. Aren't you in love? Aren't you very rich? Aren't you healthy? When you come, engaged couples swear their eternal oaths; sufferers arise, restored to life; and the golden light of your hair scatters spangles and gold coins over the dark green of the fields, the river beds, and the little table of cheap wood at which the humble eat breakfast, drinking a mug of foamy milk, while the cow lows in the stable. Ah! I'd like to behold you that way, when you're a virgin, and kiss Ninon's[4] cheeks . . . her cheeks of pink velvet and her shoulders of white satin!

When you come, O Saint John's morning, I recall an old story which you know and which neither you nor I can forget. Remember? The hacienda where I was staying at the time was very large, with many acres of cultivated land and numberless heads of cattle. There stands the big house, with a patio in front of it, a fountain in the center. There stands the chapel. Far off, under the boughs hanging from the tall willows, is the dammed-up pool where the flocks go to drink. Seeing it from a height and at a distance, you'd say the pool was the enormous blue eye of some giant sprawling at his ease on the turf. And how deep the pool is! You know . . . !

Gabriel and Carlos usually played in the garden. Gabriel was six; Carlos, seven. But one day the mother of Gabriel and Carlos became bedridden, and there was no one to supervise their merry scampering. It was Saint John's Day. When it was getting to be late afternoon, Gabriel said to Carlos:

"Look, mommy's sleeping and we've broken our guns. Let's go to the pool. If mommy scolds us, we'll tell her that we were playing in the garden."

Carlos, who was the older boy, had some slight misgivings. But the crime wasn't that enormous and, besides, they both knew that the pool was adorned with big canebrakes and bunches of zempazúchil.[5] It was Saint John's Day!

"Let's go!" he said. "We'll take along a *Monitor*[6] to make paper boats and we'll pull out flies' wings and make them be sailors."

---

4. May possibly refer to writings by Zola and/or Musset; not necessarily so.   5. An ornamental and medicinal plant associated with death.   6. An opposition newspaper with which the author feuded.

Y Carlos y Gabriel salieron muy quedito para no despertar a su mamá, que estaba enferma. Como era día de fiesta, el campo estaba solo. Los peones y trabajadores dormían la siesta en sus cabañas. Gabriel y Carlos no pasaron por la tienda, para no ser vistos, y corrieron a todo escape por el campo. Muy en breve llegaron a la presa. No había nadie: ni un peón, ni una oveja. Carlos cortó en pedazos el *Monitor* e hizo dos barcos, tan grandes como los navíos de Guatemala. Las pobres moscas que iban sin alas y cautivas en una caja de obleas, tripularon humildemente las embarcaciones. Por desgracia, la víspera habían limpiado la presa, y estaba el agua un poco baja. Gabriel no la alcanzaba con sus manos. Carlos, que era el mayor, le dijo:

—Déjame a mí que soy más grande. Pero Carlos tampoco la alcanzaba. Trepó entonces sobre el pretil de piedra, levantando las plantas de la tierra, alargó el brazo e iba a tocar el agua y a dejar en ella el barco, cuando, perdiendo el equilibrio, cayó al tranquilo seno de las ondas. Gabriel lanzó un agudo grito. Rompiéndose las uñas con las piedras, rasgándose la ropa, a viva fuerza logró también encaramarse sobre la cornisa, teniendo casi todo el busto sobre el agua. Las ondas se agitaban todavía. Adentro estaba Carlos. De súbito, aparece en la superficie, con la cara amoratada, arrojando agua por la nariz y por la boca.

—¡Hermano! ¡hermano!

—¡Ven acá!, ¡ven acá! no quiero que te mueras.

Nadie oía. Los niños pedían socorro, estremeciendo el aire con sus gritos; no acudía ninguno. Gabriel se inclinaba cada vez más sobre las aguas y tendía las manos.

—Acércate, hermanito, yo te estiro.

Carlos quería nadar y aproximarse al muro de la presa, pero ya le faltaban fuerzas, ya se hundía. De pronto, se movieron las ondas y asió Carlos una rama, y apoyado en ella logró ponerse junto del pretil y alzó una mano; Gabriel la apretó con las manitas suyas, y quiso el pobre niño levantar por los aires a su hermano que había sacado medio cuerpo de las aguas y se agarraba a las salientes piedras de la presa. Gabriel estaba rojo y sus manos sudaban, apretando la blanca manecita del hermano.

—¡Si no puedo sacarte! ¡Si no puedo!

Y Carlos volvía a hundirse, y con sus ojos negros muy abiertos le pedía socorro.

And Carlos and Gabriel set out very quietly so as not to awaken mother, who was ill. Since it was a holiday, the countryside was empty. The peons and farmhands were enjoying a siesta in their huts. Gabriel and Carlos didn't go by way of the hacienda store, to avoid being seen, and ran with all their might across the field. Very soon they reached the pool. No one was there: not a peon, not a sheep. Carlos cut the *Monitor* into pieces and made two boats, as big as the Guatemalan ships.[7] The poor flies, now wingless and imprisoned in a cookie box, humbly manned the vessels. Unfortunately, the pool had been cleaned the day before, and the water was a little low. Gabriel couldn't reach it with his hands. Carlos, the older boy, said:

"Let me, I'm bigger." But Carlos didn't reach it, either. Then he climbed onto the stone parapet, raising the soles of his feet from the ground; he stretched out his arm and was about to touch the water and leave the boat on it when, losing his balance, he fell into the calm bosom of the waters. Gabriel emitted a shrill cry. Breaking his nails on the stones, tearing his clothes, by main strength he, too, managed to hoist himself onto the cornice, almost his whole torso extended over the water. The ripples were still forming. Carlos was down in the pool. Suddenly he appeared at the surface, blue in the face, with water spurting from his nose and mouth.

"Brother! Brother!"

"Come here, come here! I don't want you to die!"

No one heard. The children called for help, shaking the air with their shouts; no one showed up. Gabriel leaned farther and farther out over the water, holding out his hands.

"Come closer, brother dear, and I'll pull you out."

Carlos tried to swim and get near the wall of the pool, but his strength was now giving out, he was sinking now. Suddenly the waters stirred and Carlos seized a bough; supported by it, he managed to get alongside the parapet, and he raised one hand; Gabriel held it tight in his own little hands, and the poor boy tried to lift into the air his brother, who had raised half his body out of the water and was clutching at stones that jutted from the wall of the pool. Gabriel was all red and his hands were sweating as he held tight to his brother's little white hand.

"I just can't get you out! I just can't!"

And Carlos was sinking back in, pleading for help with his wide-open dark eyes.

---

7. May refer to a boundary conflict between Mexico and Guatemala in 1881 and 1882.

—¡No seas malo! ¿Qué te he hecho? Te daré mis cajitas de soldados y el molino de marmaja que te gustan tanto. ¡Sácame de aquí!

Gabriel lloraba nerviosamente, y estirando más el cuerpo de su hermanito moribundo, le decía:

—¡No quiero que te mueras! ¡Mamá! ¡Mamá! ¡No quiero que se
muera!

Y ambos gritaban, exclamando luego:

—¡No nos oyen! ¡No nos oyen!

—¡Santo ángel de mi guarda! ¿Por qué no me oyes?

Y entretanto, fue cayendo lo noche. Las ventanas se iluminaban en
el caserío. Allí había padres que besaban a sus hijos. Fueron saliendo
las estrellas en el cielo. ¡Diríase que miraban la tragedia de aquellas
tres manitas enlazadas que no querían soltarse, y se soltaban! ¡Y las estrellas no podían ayudarles, porque las estrellas son muy frías y están
muy altas!

Las lágrimas amargas de Gabriel caían sobre la cabeza de su hermano. ¡Se veían juntos, cara a cara, apretándose las manos, y uno iba
a morirse!

—Suelta, hermanito, ya no puedes más; voy a morirme.

—¡Todavía no! ¡Todavía no! ¡Socorro! ¡Auxilio!

—¡Toma! voy a dejarte mi reloj. ¡Toma, hermanito!

Y con la mano que tenía libre sacó de su bolsillo el diminuto reloj
de oro que le habían regalado el Año Nuevo. ¡Cuántos meses había
pensado sin descanso en ese pequeño reloj de oro! El día en que al fin
lo tuvo, no quería acostarse. Para dormir, lo puso bajo su almohada.
Gabriel miraba con asombro sus dos tapas, la carátula blanca en que
giraban poco a poco las manecitas negras y el instantero que, nerviosamente, corría, corría, sin dar jamás con la salida del estrecho círculo.
Y decía: —¡Cuando tenga siete años, como Carlos, también me com-
prarán un reloj de oro! —No, pobre niño; no cumples aún siete años
y ya tienes el reloj. Tu hermanito se muere y te lo deja. ¿Para qué lo
quiere? La tumba es muy oscura, y no se puede ver la hora que es.

—¡Toma, hermanito, voy a darte mi reloj; toma, hermanito!

Y las manitas ya moradas, se aflojaron, y las bocas se dieron un beso
desde lejos. Ya no tenían los niños fuerza en sus pulmones para pedir
socorro. Ya se abren las aguas, como se abre la muchedumbre en una
procesión cuando la Hostia pasa. ¡Ya se cierran y sólo queda por un se-
gundo, sobre la onda azul, un bucle lacio de cabellos rubios!

Gabriel soltó a correr en dirección del caserío, tropezando, cayendo
sobre las piedras que lo herían. No digamos ya más: cuando el cuerpo

"Don't be mean! What have I ever done to you? I'll give you my little boxes of tin soldiers and the pyrite windmill that you like so much! Pull me out of here!"

Gabriel was weeping nervously and, continuing to tug at his dying brother's body, he was saying:

"I don't want you to die! Mommy! Mommy! I don't want him to die!"

And they were both shouting, then exclaiming:

"Nobody hears us! Nobody hears us!"

"Holy guardian angel! Why don't you hear me?"

Meanwhile, night was falling. The windows in the big house lit up. Out there, there were parents who were kissing their children. The stars were coming out in the sky. You'd think they were looking at the tragedy of those three little locked hands that didn't want to loose their hold, but were doing so! And the stars couldn't help them, because the stars are very cold and very high up!

Gabriel's bitter tears were falling on his brother's head. They were together, face to face, their hands linked, and one of them was going to die!

"Let go, little brother, you're tired out; I'm going to die."

"Not yet! Not yet! Help! Help!"

"Take this. I'm going to leave you my watch. Take it, little brother!"

And with his free hand he drew from his pocket the tiny gold watch he had received as a New Year's present. How many months he had thought ceaselessly about that little gold watch! On the day he finally got it, he didn't want to go to bed. So he could sleep, he put it under his pillow. Gabriel used to gaze in awe at its two lids, the white dial on which the little black hands gradually moved, and the second hand which nervously sped and sped, never finding its way out of the narrow circle. And he used to say: "When I'm seven like Carlos, they'll buy *me* a gold watch, too!" No, my poor child; you aren't seven yet but you already have the watch. Your brother is dying and is leaving it to you. What does he want it for? The grave is very dark, and you can't see what time it is.

"Take it, little brother, I'm going to give you my watch; take it, little brother!"

And the little hands, already blue, loosened their grip, and the two mouths sent each other kisses from a distance. The boys had no more strength in their lungs to call for help. Now the waters part, as the spectators move aside when the Corpus Christi procession passes by with the Host. Now they close and, for a second, all that remains above the blue water is a lank curl of blonde hair!

Gabriel started to run toward the big house, stumbling, falling on the stones that wounded him. Let's say no more: when Carlos's body

de Carlos se encontró, ya estaba frío, tan frío, que la madre, al besarlo, quedó muerta.

¡Oh mañanita de San Juan! ¡Tu blanco traje de novia tiene también manchas de sangre!

Juan el Organista

I

El valle de la Rambla, desconocido para muchos geógrafos que no saben de la misa la media, es sin disputa uno de los más fértiles, extensos y risueños en que se puede recrear, esparciéndose y dilatándose, el espíritu. No está muy cerca ni muy lejos: tras esos montes que empinan su cresta azul en lontananza, no distante de los volcanes, cuyas perpetuas nieves muerde el sol al romperlas; allí está. En tiempos tampoco remotos, por ese valle transitaban diariamente diligencias y coches de colleras, carros, caballerías, recuas, arrieros y humildes indios sucios y descalzos. Hoy el ferrocarril, dando cauce distinto al tráfico de mercancías y a la corriente de viajeros, tiene aislado y como sumido el fértil valle. Las poblaciones, antes visitadas por viajantes de todo género y pelaje, están alicaídas, pobretonas, pero aún con humillos y altiveza, como los ricos que vienen a menos. Restos del anterior encumbramiento quedan apenas en las mudas calles, caserones viejísimos y deslavazados, cuyos patios, caballerizas, corrales y demás amplias dependencias indican a las claras que sirvieron en un tiempo de paraderos o mesones.

En los años que corren, el valle de la Rambla no sufre más traqueteo que el de la labranza. Varias haciendas se disputan su posesión: una tira de allá, otra de acullá; ésta se abriga y acurruca al pie del monte; aquélla baja al río en graciosa curva, y todas, desde la cortesana y presuntuosa, que llegada a las puertas de la población quiere entrar, hasta la huraña y eremita que escala el monte con sus casas pardas, buscando la espesura de los cedros, ya en espigas enhiestas, ya en maizales tupidos y ondulantes, en cría robusta o en maderas ricas, pagan tributo opimo cada año. Nada más fértil ni más alegre que ese valle, ora visto cuando comienza a clarear, ora en la siesta o en el solemne instante del crepúsculo. La nieve de los volcanes, como el

was found, it was already cold, so cold that, when kissing it, his mother fainted away.

Oh, morning of Saint John's Day! Your white wedding gown is also bloodstained!

Juan the Organist

I

The valley of La Rambla,[1] unknown to many geographers who don't know what they're talking about, is without doubt one of the most fertile, extensive, and delightful in which one's mind can be refreshed, relaxing at its ease. It isn't very near or very far: behind those mountains which raise high their blue ridge in the distance, not far from the volcanoes[2] whose perpetual snows the sun bites when it cuts through them; that's where it is. In days not so far off, either, there traveled daily through that valley stagecoaches and coaches-and-pairs, carts, riders, droves, muleteers, and humble Indians, dirty and barefoot. Today the railroad, supplying a different channel for merchandise and the flow of travelers, has isolated and almost submerged the fertile valley. The locals, formerly visited by travelers of every type and appearance, are depressed and poor, but are still proud and haughty, like wealthy men who have come down in the world. Traces of the former eminence are only to be found in the mute streets and the very old and faded large houses, whose patios, stables, corrals, and other spacious outbuildings show clearly that they were once used as hotels or inns. At the present day, the valley of La Rambla suffers no more hubbub than that of cultivation. Several haciendas dispute its territory: one pulls this way; another, that way; one shelters huddling at the foot of the mountain; another descends to the river in a graceful curve; and all of them—from the courtly, presumptuous one that reaches the village gates and wants to come in, to the timid, hermitlike one that scales the mountain with its gray buildings, seeking the dense cedar forest—pay a rich tribute yearly, now in erect wheatfields, now in thick, waving cornfields, in sturdy livestock, or in valuable timber. There's nothing more fertile or cheerful than that valley, either viewed when dawn begins to break, or in the afternoon, or at the solemn moment of twilight. The

1. Almost certainly fictitious, as is the San Antonio which occurs later.
2. Ixtaccíhuatl and Popocatépetl.

agua del mar, cambia de tintes según el punto en donde está el sol; ya aparece color de rosa, ya con blancura hiperbórea y deslumbrante, ya violada. Muchas veces las nubes, como el cortinaje cadente de un gran tálamo, impiden ver a la mujer blanca y la montaña que humea. Es necesario que la luz, sirviendo de obediente camarera, descorra el pabellón de húmeda gasa para que veamos a los dos colosos. "La mujer blanca" se ruboriza entonces como recién casada a quien algún importuno sorprende en el lecho. Diríase que con la mórbida rodilla levanta las sábanas y las colchas. No así en las postrimerías de la tarde: la mujer blanca parece a tales horas una estatua yacente:

> Cansado del combate
> En que luchando vivo,
> Alguna vez recuerdo con envidia
> Aquel rincón oscuro y escondido.
> De aquella muda y pálida
> Mujer, me acuerdo y digo;
> ¡Oh qué amor tan callado el de la muerte!
> ¡Qué sueño el del sepulcro tan tranquilo!

Los sembrados ostentan todos los matices del verde, formando en las graduaciones del color, por el contraste con el rubio de las mieses, por los trazos y recortes del maizal, como un tablero de colosales dimensiones y sencillez pintoresca. Los árboles no atajan la mirada; huyen del valle y se repliegan a los montes. Son los viejos y penitentes ermitaños que se alejan del mundo. Lo que a trechos se mira, son las casas de una sola puerta en donde viven los peones; los graneros con sus oblongas claraboyas, el agua quieta de las presas, los antiguos portones de cada hacienda y las torres de iglesias y capillas. Cada pueblo, por insignificante y pobre que sea, tiene su templo. No encontraréis, sin duda, en esas fábricas piadosas, los primores del arte: los campanarios son chicorrotines, regordetes; cada templo parece estar diciendo a los indígenas: "Yo también estoy descalzo y desnudo como vosotros". Pero en cambio nada es tan alegre como el clamoreo de esas esquilas en las mañanas de los domingos, o en la víspera de alguna fiesta. Allí las campanas suenan de otro modo que en la ciudad: tocan a gloria.

La parte animada del paisaje puede pintarse en muy pocos rasgos: ¿Veis aquel rebaño pasteando; aquellos bueyes que tiran del arado; a ese peón que, sentado en el suelo, toma sus tortillas con chile, ínterin

snow on the volcanoes, like the water of the sea, changes color according to the position of the sun; now it looks rose-colored, now of a dazzling northern whiteness, now violet. Often the clouds, like the falling curtain of a large bridal bed, block the view of "the white woman" and "the smoking mountain."[3] The daylight, acting as an obedient chambermaid, has to draw apart the drapery of moist gauze if we are to view the two colossi. Then "the white woman" blushes like a newlywed bride found in bed by someone entering inopportunely. You'd think that her soft knee was raising the sheets and counterpanes. Not so, late in the afternoon: at such times the white woman resembles a recumbent statue:

> Weary of the combat
> I live in, struggling,
> I sometimes recall enviously
> That dark, hidden corner.
> That mute, pale
> woman I remember, and I say:
> "Oh, what a silent love is death's love!
> Oh, what a calm slumber is that of the tomb!"[4]

The sown fields display every shade of green, forming in their gradations of color, by their contrast with the yellow of the crops and by the outlines and shapes of the cornfields, a sort of checkerboard of colossal dimensions and picturesque simplicity. The trees don't block the view; they retreat from the valley and fall back on the mountains. They're the old, penitent hermits who cut themselves off from the world. What can be seen in places is the one-door houses where the peons live, the granaries with their oblong skylights, the still waters in the enclosed pools, the ancient portals of every hacienda, and the towers of churches and chapels. Each village, no matter how small and poor, has its church. No doubt in those pious structures you won't find the elegance of art: the bell towers are low and pudgy; every church seems to be saying to the Indians: "I'm as barefoot and naked as you." But, on the other hand, there's nothing so merry as the pealing of those bells on Sunday mornings or on the eve of some Church holiday. There the bells have a different sound from those in the city: They ring divinely.

The animate part of the landscape can be depicted in a very few strokes. Do you see that flock grazing? Those oxen pulling a plow? That peon sitting on the ground, eating his tortillas and chili while his

---

3. A translation, in the same sequence, of the two Nahuatl (Aztec) volcano names in the preceding footnote.   4. From *Rima* LXXVI by the Spanish poet Gustavo Adolfo Bécquer (1836–1870).

la mujer apura el jarro del *pulque;* al niño, casi en cueros, que travesea junto a la puerta de su casucha; a la mujer, de ubres flojas, inclinada sobre el metate, y al amo, cubierto por las anchas alas de un sombrero de palma, recorriendo a caballo las sementeras? Pues son las únicas figuras del paisaje. En las primeras horas de la mañana y las últimas de la tarde, aparecen también con sombreros de jipi y largos trajes de amazonas, en caballos de mejor traza, enjaezados con más coquetería, las "niñas" de la hacienda. También cuando oscurece podéis ver al capellán, que lleva siempre el devoto libro en una mano y el paraguas abierto en la otra para librarse, ya del sol, ya de la lluvia o del relente.

Y con estas figuras, los carros cargados de mieses, el polvo de oro que circunda las eras como una mística aureola, los mastines vigilantes, el bramido de los toros, el balar de las ovejas, el relincho de los caballos y el monótono canto con que acompañan los peones su faena, podéis formar en la imaginación el cuadro que no atino a describir. Ante todo, tended sobre el valle un cielo muy azul y transparente, un cielo en que no se vea a Dios sino a la Virgen; un cielo cuyas nubes, cuando las tenga, parezcan hechas con plumitas de paloma que el viento haya ido hurtando poco a poco; un cielo que se parezca a los ojos de mi primera novia y a los pétalos tersos de los *nomeolvides.*

II

A una de las haciendas de aquel valle, llegó al oscurecer de cierto día Juan el organista. Tendría treinta años y era de regular figura, ojos expresivos, traje limpio, aunque pobre, y finos modales. Poco sé de su historia: me refieren que nació en buena cuna y que su padre desempeñó algunos empleos de consideración en los tiempos del presidente Herrera. Juan no alcanzó más que las últimas boqueadas de la fortuna paterna, consumida en negocios infelices. Sin embargo, con sacrificios o sin ellos, le dieron sus padres excelente educación. Juan sabía tocar el piano y el órgano; pintaba medianamente; conocía la gramática, las matemáticas, la geografía, la historia, algo de ciencias naturales y dos idiomas: el francés y el latín. Con estos saberes y esas habilidades pudo ganar su vida como profesor y ayudar a la subsistencia de sus padres. Estos murieron en el mismo mes, precisamente cuando el sitio de México. Juan, que era buen hijo, les lloró, y viéndose tan solo y sin parientes, entregado a solicitudes mercenarias, hizo el firme

wife drains the pulque jug? The boy, almost naked, up to mischief beside the door of his hovel? The woman with sagging breasts bent over her grinding stone? And the landlord, his head shielded by the broad brim of his palm hat, riding through the growing crops? Well, they're the only figures in the landscape. In the first morning hours and the last of the afternoon, there also appear, wearing fine straw hats and long riding skirts, and mounted on better-looking, more elegantly harnessed horses, the landlord's daughters. Also at dusk you can see the chaplain, who always carries his prayerbook in one hand and his open umbrella in the other to protect himself from either the sun, the rain, or the evening dew.

And with these figures, the carts laden with harvested grain, the golden dust that surrounds the threshing grounds like a mystic halo, the watchful mastiffs, the bellowing bulls, the bleating sheep, the neighing horses, and the peons singing in a monotone as they work, you can form in your imagination the picture I'm unable to describe. Above all, spread over the valley a very blue, transparent sky, a sky in which not God, but the Virgin can be seen, a sky whose clouds, when present, seem made of little dove's feathers that the wind has been gradually pilfering, a sky that resembles my first sweetheart's eyes and the smooth petals of forget-me-nots.

II

At one of the haciendas in that valley, when it was getting dark one day, there arrived Juan the organist. He was about thirty, and of average appearance, with expressive eyes, a clean though cheap outfit, and elegant manners. I know little of his history: I'm told that he was well born and his father held some prominent positions in the days of President Herrera.[5] Juan enjoyed only the last gasps of his father's fortune, which was lost in unsuccessful business dealings. Nevertheless, with or without sacrifices, his parents gave him an excellent education. Juan could play the piano and the organ; he painted fairly well; he knew grammar, mathematics, geography, history, something of the natural sciences, and two foreign languages: French and Latin. With that knowledge and those skills he was able to make a living as a teacher and help support his parents. They died in the same month, exactly at the time of the siege of Mexico City.[6] Juan, who was a good son, mourned for them and, finding himself all alone, without rela-

---

5. Jose Joaquín de Herrera was president of Mexico from 1848 to 1851.   6. Perhaps the French attack in 1863, or Porfirio Díaz's in 1867.

propósito de casarse, en un momento, en hallando una mujer buena, hacendosa, pobre como él y que le agradara. No tardó en hallar esta presea. Tal vez la muchacha en quien se había fijado no reunía todas las condiciones y atributos expresados arriba, mas los pobres, en materia de amor, son fáciles de contentar, especialmente si tienen ciertas aficiones poéticas y han leído novelas. Al amor que sienten se une la gratitud que les inspira la mujer suficientemente desprendida de las vanidades y pompas mundanas, para decirles: "Te quiero". Creen haber puesto una pica en Flandes, se admiran de su buena suerte, magnifican a Dios que les depara tanta dicha, y cierran los ojos con que habían de examinar los defectos de la novia, para no ver más que las virtudes y excelencias. Los pobres reciben todo como limosna: hasta el cariño.

Juan puso los ojos en una muchacha bastante guapa y avisada, pobre de condición, pero bien admitida, por los antecedentes de su familia, en las mejores casas. Era hija de un coronel que casó con una mujer rica y tiró la fortuna de ésta en pocos años. La viuda se quedó hasta sin viudedad, porque el coronel sirvió al Imperio. Mas como sus hermanas, hermanos y parientes vivían en buena posición, no le faltó nunca lo suficiente para pagar el alquiler de la casa (veinticinco pesos), la comida (cincuenta) ni los demás pequeños gastos de absoluta e imprescindible necesidad. Para vestir bien a las niñas, como a personas de la clase que eran, tuvo sus apurillos al principio; pero ellas, luego que entraron en edad, supieron darse maña para convertir el vestido viejo de una prima en traje a la última moda y hacer los metamorfoseos más prodigiosos con todo género de telas y de cintas. Además, eran lindas y discretas; se ganaban la voluntad de sus parientes, regalándoles golosinas y chucherías hechas por ellas; de manera que jamás carecieron de las prendas que realzan la hermosura de las damas, y no sólo vestían con decoro y buen gusto, sino con cierto lujo y elegancia. Cada día del santo de alguna, o al acercarse las solemnidades clásicas, como Semana Senta y Muertos, recibían, ya vestidos, ya sombreros, ya una caja de guantes o un estuche de perfumes. Llegó vez en que ya no les fue necesario recurrir a los volteos, arreglos o remiendos en que tanto excedían, y aun regalaron a otras muchachas, más pobres que ellas, los desperdicios de su guardarropa. Las otras ricas las mimaban muchísimo y solían llevarlas a los paseos y a los teatros.

Rosa fue la que se casó con Juan. Las otras tres, por más ambiciosas o menos afortunadas, continuaron solteras. No faltó quien, sabiendo el matrimonio, hiciera tristes vaticinios. "Juan", decían, "gana la sub-

tions, a slave to mercenary cares, he resolved firmly to marry whenever he found a good, industrious woman as poor as he, one that he
liked. He found that gem before very long. Maybe the girl he had in
mind didn't fulfill all the above-mentioned conditions and descrip-
tions, but in matters of love, the poor are easily satisfied, especially if
they are somewhat fond of poetry and have read novels. The love they
feel is combined with the gratitude inspired in them by a woman sufficiently detached from vanity and worldly pomp to tell them: "I love
you." They think they've brought off a wonderful coup, they're
amazed at their good luck, they praise God for granting them so much
happiness, and they shut their eyes, with which they should have observed the bride's faults, and see only her virtues and excellences. The
poor receive everything like alms—even affection.

Juan set his eyes on a girl who was quite pretty and wise, poor in
funds but, thanks to her forebears, admitted to the best houses. She
was the daughter of a colonel who married a rich woman and threw
away her fortune in a few years' time. The widow even remained without a pension because the colonel had been in the Emperor's service.
But since her sisters, brothers, and other relatives were well-to-do, she
never lacked enough for her house rent (twenty-five pesos), her food
(fifty), and the other small expenses that were absolutely and altogether
necessary. To dress her daughters well, as befitting their social class,
gave her some little difficulty at the outset; but as soon as they grew up,
they were able to contrive to make over a cousin's old dress into a gown
in the latest style, and to work the most miraculous transformations
with every kind of fabric and ribbon. Moreover, they were pretty and
prudent; they gained their relatives' goodwill by presents of candies
and other tidbits they themselves had made; so that they never were
without the articles of clothing that heighten a lady's beauty; not only
did they dress decorously and in good taste, but even with some luxury
and elegance. Every time one of them had her saint's day, or when the
major holidays approached, such as Holy Week or the Day of the Dead,
they received, now dresses, now hats, now a box of gloves or a bottle of
perfume. There came a time when they no longer needed to resort to
the mending, patching, and turning-over of fabrics at which they were
so excellent, and they even handed down to other girls, poorer than
they, their unwanted wardrobe. The other, rich girls pampered them a
great deal and used to take them to promenades and theaters.

Rosa was the one who married Juan. The other three, being more
ambitious or less fortunate, remained single. Many an onlooker, hearing of the marriage, made sad prophecies. "Juan," they said, "works

sistencia trabajando; hoy reúne ciento cincuenta pesos cada mes; pero ¿qué son éstos para las aspiraciones de Rosa, acostumbrada a la holgura y lujo con que viven sus parientes y amigas?" Y con efecto, era hasta raro y sorprendente que Rosa hubiera correspondido al pobre mozo. El caso es que, fuese por el deseo de casarse, o porque verdaderamente tomó cariño a Juan, Rosa aceptó la condición mediocre, tirando a mala, que el pretendiente le ofrecía, y se casó.

El primer año fueron bastante felices; verdad es que tuvieron sus discusiones y disgustos; que Rosa suspiraba al oír el ruido de los carruajes que se encaminaban al paseo; que no iba al teatro porque su marido no quería que fuese a palco ajeno, pero con mutuas decepciones y deseos sofocados, haciendo esfuerzos inauditos para sacar lustre a los ciento cincuenta pesos del marido, pasaron los primeros nueve meses.

Coincidió con el nacimiento de la niña que Dios les envió, el malestar y desbarajuste del erario en los últimos días de Lerdo. Faltaron las quincenas, fue preciso apelar a los amigos, a los agiotistas, al empeño, y Rosa, en tan críticas circunstancias, se confesó que había hecho un soberano disparate en casarse con pobre, cuando pudo, como otra amiga suya, atrapar un marido millonario. Las tormentas conyugales fueron entonces de lo más terrible. Las gracias y bellezas de la niña no halagaban a Rosa, que deseaba ser madre, pero de hijas bien vestidas. No pudiendo lucir a la desgraciada criatura, la culpaba del duro encierro en que vivía para cuidarla y atenderla. Poco a poco, fue siendo menos asidua y solícita con su hija; abandonó tal cuidado al marido, y despechada, sin paciencia para esperar tiempos mejores ni resignación para avenirse con la pobreza, sólo hallaba fugaz esparcimiento en la lectura de novelas y en la conversación con sus amigas y sus primas.

Los parientes benévolos de antaño pudieron haberla auxiliado en sus penurias, pero Juan decía: "Mientras encuentre yo lo necesario para comer, no recibiré limosna de ninguno." Así es que cuando Rosa recibía algún dinero, era sin que Juan se enterase de la dádiva. Mas ¿cómo emplear aquellos cuantos pesos en vestidos y gorras, si Juan estaba al tanto de los exiguos fondos que tenía? Algunas compras pasaron como obsequios y regalos, pero aun bajo esta forma repugnaban a Juan. "No quiero", solía decir a su mujer, "que te vistas de ajeno. Yo quisiera tenerte tan lujosa como una reina; pero ya que no puedo,

for a living; today he earns a hundred fifty pesos a month; but what's
that to Rosa's aspirations, accustomed as she is to the comfort and luxury that her relatives and friends live in?" And indeed, it was even
unusual and surprising that Rosa had returned the poor fellow's affection. The fact is that, whether she was set on marrying or really fell in
love with Juan, Rosa accepted the middling, almost bad, status that
her suitor offered her, and married him.

The first year they were pretty happy; true, they had their arguments and spats; true, Rosa would sigh on hearing the sound of the
carriages on their way to the promenade; true, she didn't go to the
theater because her husband didn't like her to sit in someone else's
box. But with mutual disappointments and stifled desires, making
unheard-of efforts to make the husband's hundred fifty francs go a
long way, they got through the first nine months.

The daughter that God sent them was born exactly at the time of
the troubles and chaos in the national treasury in Lerdo's last days.[7]
The half-monthly paychecks gave out, and they had to call upon
friends, usurers, and pawnbrokers; and in such critical circumstances,
Rosa admitted to herself that she had been a damned fool to marry a
poor man when, like a girlfriend of hers, she could have caught a mil-
lionaire for a husband. At that time their marital storms were something awful. The baby girl's grace and beauty failed to cajole Rosa,
who wanted to be a mother, but a mother of well-dressed daughters.
Unable to show off the unfortunate infant, she blamed her for the
harsh seclusion in which she lived in order to tend her and care for
her. Little by little she became less attentive to her daughter, less concerned with her; she left those cares to her husband and, indignant,
with no patience to await better times and no resignation to come to
terms with poverty, she only found some fleeting relaxation in reading
novels and chatting with her friends and cousins.

Her relatives, well-wishing in the past, might have helped her in
her hard times, but Juan would say: "As long as I come up with
enough to buy food, I won't accept a handout from anybody." And so,
whenever Rosa received any money, it was without Juan's knowledge
of the gift. But how could she spend those few pesos on dresses and
bonnets when Juan knew exactly how limited his funds were? A few
purchases were passed off as gifts and presents, but even in that guise
they were repugnant to Juan. He'd say to his wife: "I don't want you
to dress on other people's money. I'd like to maintain you as luxuri-

---

7. Sebastián Lerdo de Tajada was president of Mexico from 1872 to 1876.

confórmate con andar decente y limpia, cual cuadra a la mujer de un triste empleado". Rosa decía para sus adentros: "Tan pobre y tan orgulloso: ¡como todos! . . ." Esta misma altivez y el despego a propósito extremado con que trataba Juan a los parientes ricos de su esposa, le concitaron malas voluntades entre ellos. No pasaba día sin que por tierna compasión dijeran a Rosa: "¡Qué mal hiciste en casarte! ¡Mejor estabas en tu casa! Sobre todo, con ese talle, con esos pies, con esa cara, pudiste lograr mejor marido. No porque el tuyo sea malo; ¡nada de eso! pero hija, ¡es tan infeliz!"

Y poco a poco estas palabras compasivas, el desnivel entre lo soñado y lo real, la continua contemplación de la opulencia ajena y las lecturas romancescas a que con tanto ahínco se entregaba, produjeron en Rosa un disgusto profundo de la vida y hasta cierto rencor o antipatía al misérrimo Juan, responsable y autor de su desdicha. Rosa procuraba pasar fuera de la casa las más horas posibles, vivir la vida fastuosa y prestada a que la acostumbraron desde niña, hablar de bailes y de escándalos y hasta —¿por qué no?— escuchar sin malicia los galanteos de algún cortejo aristocrático. Al cabo de seis meses transcurridos de esta suerte, sucedió lo que había de suceder: que Rosa dio un mal paso con su primo.

Juan no cayó del séptimo cielo como Luzbel. Conservaba aún los rescoldos de la amorosa hoguera que antes le inflamó, pero no estimaba ni podía estimar a Rosa. La había creído frívola, disipada, presuntuosa y vana, pero nunca perversa y criminal. Y Rosa —hagámosle justicia plena— no delinquió por hacer daño ni por gozar el adulterio, sino por vanidad y aturdimiento. Juan, tranquilo en su cólera, abandonó el hogar profanado y salió con su hija de la ciudad. ¿A qué vengarse? El tiempo y sólo el tiempo, ese justiciero inexorable, venga los delitos de leso corazón.

Huía de México, como se huye de las ciudades apestadas. No quería sufrir las risas de unos y las conmiseraciones de otros. Sobre todo, quería educar a su hija, que contaba a la sazón dos años, lejos de la formidable tentación. "La vanidad es una lepra contagiosa", decía para sí, "¡tal vez hereditaria! Quiero que mi hija crezca en la atmósfera pura de los campos: las aves la enseñarán a ser buena madre". En los primeros días de ausencia, la niña despertaba diciendo con débil voz: "¡Mamá! ¡Mamá!"

¡Cómo sufría al oírla el pobre Juan! Iba a abrazarla en su camita, y mojando con lágrimas los rubios rizos y la tez sonrosada de la niña, le decía sollozando: "¡Pobrecita! ¡Somos huérfanos!"

Al año de esto, murió la madre de Rosita; Juan vivió con muchísimo

ously as a queen, but since I can't, be contented to go around decently
and neatly, as befits the wife of a lowly clerk." Rosa would say to herself: "So poor and so proud: like all men! . . ." That same haughtiness
and intentionally extreme coldness with which Juan treated his wife's
rich relatives stirred up their ill will against him. A day didn't go by
when they didn't say to Rosa with tender compassion: "How wrong
you were to marry! You were better off at home! Above all, with your
figure, those feet, that face, you could have gotten a better husband.
Not that yours is bad—oh, no!—but, my girl, he's so unfortunate!"

And little by little those pitying words, the difference between her
dreams and reality, her continuous observation of other people's
wealth, and the romantic reading she indulged in so eagerly, produced
in Rosa a deep aversion to her life and even a certain rancor or an-
tipathy to miserable Juan, the source of her unhappiness, the man responsible for it. Rosa tried to spend as many hours as possible out of
the house; to live the sumptuous borrowed life she had been used to
since childhood, to speak about dances and scandals, and even (why
not?) to listen without evil intentions to the gallant remarks of some
aristocratic wooer. After six months had gone by in that way, that
which had to happen, did: Rosa took a false step with a male cousin.

Juan didn't fall from the seventh heaven like Lucifer. He still retained the embers of the bonfire of love that had previously ignited
him, but he had no esteem left for Rosa; he couldn't. He had thought
her flighty, dissipated, presumptuous, and vain, but never evil or criminal. And Rosa—let's do her full justice—didn't stoop to folly to hurt
him, or because she enjoyed adultery, but out of vanity and thought-
lessness. Juan, calm in his anger, deserted his profaned hearth and left
the city along with his daughter. Why take revenge? Time and time
alone, that inexorable avenger, punishes crimes that betray the heart.

He fled from Mexico City as one shuns pest-ridden towns. He
didn't want to undergo the laughter of some people or the pity of others. Above all, he wanted to raise his daughter, who was two at the
time, far away from fearful temptation. "Vanity is a contagious leprosy," he'd say to himself, "perhaps hereditary! I want my daughter to
grow up in the pure atmosphere of the countryside: the birds will
teach her how to be a good mother." In the first days of her absence,
the girl would wake up saying faintly: "Mommy! Mommy!"

How poor Juan suffered hearing her! He went over to embrace her
in her little bed and, wetting the girl's blonde curls and pink skin with
tears, he'd say with sobs: "Poor little thing! We're orphans!"

A year later, Rosita's mother died; Juan worked very hard, teaching

trabajo, sirviendo de profesor en varios pueblos y ayudándose con la pintura y con la música. Diez meses antes del principio de esta historia, fue a radicarse a San Antonio, población principal del valle descrito en el capítulo anterior. Allá educaba a algunos chicos, pintaba imágenes piadosas que solía vender para las capillas de las haciendas y tocaba el órgano los domingos y fiestas de guardar.

Esto último le valió el sobrenombre de "Don Juan el Organista". Todos le querían por su mansedumbre, buen trato y fama de hombre docto. Mas lo que particularmente le hacía simpático, era el cariño inmenso que tenía a su hija.

Aquel hombre era padre y madre en una pieza. ¡Con qué minuciosa solicitud cuidaba y atendía a la pequeñuela! Era de ver cuando la alistaba y la vestía, con el primor que sólo tienen las mujeres; cuando le rezaba las oraciones de la noche y se estaba a la cabecera de la cama hasta que la chiquilla se dormía!

Rosita ganaba mucho en hermosura. Cuando cumplió cinco años —época en que principia esta historia— era el vivo retrato de la madre. Las vecinas se disputaban a la niña y la obsequiaban a menudo con vestidos nuevos y juguetes. Por modo que Rosita andaba siempre como una muñeca de porcelana. ¡Y a la verdad que era muy cuca, muy discreta, muy linda y muy graciosa, para comérsela a besos!

Veamos ahora lo que Don Juan el Organista fue a buscar en la vecina hacienda de la Cruz.

III

—Adelante, amigo don Juan, pase usted.

Juan se quitó el sombrero respetuosamente y entró al despacho de la hacienda. Era una pieza bastante amplia con ventanas al campo y a un corral. Consistía su mueblaje en una mesa grande y tosca, colocada en el fondo, precisamente abajo de la estampa de Nuestra Señora de Guadalupe. La carpeta de la mesa era de color verde tirando a tápalo de viuda; pendiente de una de sus puntas campaneábase sucio trapo negro, puesto allí para limpiar las plumas; y encima, colocados con mucho orden, alzábanse los libros de cuentas, presididos por el clásico tintero de cobre que aún usan los notarios de parroquia. Unas cuantas sillas con asiento de tule completaban el mueblaje, y ya tendidos o apoyados en ellas, ya arrinconados o subidos a los pretiles de las ventanas, había también vaquerillos, estribos, chaparreras, sillas de montar, espadas mohosas, acicates y carabinas. De todo aquello se escapaba un olor peculiarísimo a crines de caballo y cuero viejo.

in several villages and supplementing his income with painting and music. Ten months before the opening of this story, he went to settle in San Antonio, the main village in the valley described in the previous chapter. There he instructed a few children, painted religious images that he used to sell for use in hacienda chapels, and played the organ on Sundays and the principal feast days of the Church.

The last-named occupation won him the appellation "Don Juan the Organist." Everyone liked him for his gentleness, good manners, and reputation for learning. But what especially made people like him was his enormous affection for his daughter.

That man was father and mother in one. With what minute care he looked after and tended to the infant girl! It was something to see when he groomed her and dressed her, with a flair that only women possess; when he recited bedtime prayers to her and remained at the head of her bed until the baby fell asleep!

Rosita's beauty was increasing greatly. When she was five—the time when this story begins—she was the living picture of her mother. The female neighbors fought to have the girl around and often presented her with new dresses and toys. And so Rosita always went around like a porcelain doll. And really, she was very cute, very well-behaved, very pretty, and very graceful, a baby to be kissed to death!

Now let's see what Don Juan the Organist was after at the nearby Hacienda de la Cruz.

III

"Come in, my friend Don Juan, step right in!"

Juan doffed his hat respectfully and entered the hacienda office. It was a quite spacious room with windows overlooking the countryside and a corral. Its furnishings consisted of a large, rough desk located at the far end, right under the print of Our Lady of Guadalupe. The desk cover was of a green tending toward "widow's-shawl"; hanging from one of its corners swung a dirty black rag, placed there as a penwiper; on top of it, arranged in a very orderly fashion, was a stack of ledgers, presided over by the classic copper inkwell still used by parish notaries. A few cane-bottomed chairs completed the furnishings, and either spread out on, or leaning against them, or else placed in corners or up on window ledges, were saddlebags, stirrups, chaps, saddles, rusty swords, spurs, and carbines. They all emitted a most characteristic smell of horsehair and old leather.

Don Pedro Anzúrez, dueño de la hacienda, escribía en un gran libro y con pluma de ave, porque jamás había podido avenirse con las modernas. Desde el sitio en que de pie aguardaba Juan, podía verse la letra ancha y redonda de don Pedro, pero Juan no atendía a los trazos y rasgos de la pluma: con el fieltro en la mano, esperaba a que le invitasen a sentarse.

—Descanse usted y no ande con cumplidos, —dijo don Pedro, interrumpiendo la escritura.

Y continuó tan serio y gravoso como antes, añadiendo renglones a renglones y deteniéndose de cuando en cuando para hacer en voz baja algunas sumas. Cerró luego el librajo, forrado de cuero, puso la pluma en la copilla llena de municiones, y volviéndose a Juan, le dijo así:

—Amigo mío, aproxime la silla y hablemos . . . ¡Eso es! ¿no quiere usted un cigarrillo?

—Gracias, señor don Pedro, yo no fumo.

—El señor cura habrá informado a usted someramente de lo que yo pretendo.

—En efecto, el padre me dijo anoche que tenía usted el propósito de emplearme en su casa como preceptor de los niños.

—Eso es. Usted habrá observado que yo le tengo particular estimación, no sólo por el saber que todos sin excepción le conceden, sino por las virtudes cristianas, tan raras en los jóvenes de hoy día, y que le hacen simpático a mis ojos. Usted es laborioso, humilde, fiel observante de la ley de Dios, honrado a carta cabal y padre cariñoso como pocos. Vamos. ¡Me gusta usted! Desde que trabamos amistad, con motivo de la fiesta del Carmen, cuando usted tocó el órgano en mi capilla, he comprendido que está usted fuera de su centro, y que hombre de educación tan esmerada merece mejor suerte y el auxilio de todos los que piensan como yo. Conque ¿no tiene usted reparo en admitir lo que le propongo? ¿Acepta usted?

—Con el alma y la vida, señor don Pedro.

—Pues vamos ahora a tratar el asunto mercantilmente. Usted tendrá casa, comida y cincuenta pesos al mes. Por supuesto, vendrá usted con su hija. Mi esposa y mis dos hijas mayores quieren mucho a la niña, y tratarán a usted como a persona de la familia. Los deberes del preceptor son los siguientes: enseñar a mis dos chicos la aritmética, un poco de gramática, el francés y la teneduría de libros. ¿Convenido?

—Señor don Pedro, usted me colma de favores. A duras penas logro conseguir en el pueblo la suma que usted me ofrece, y de ella salen el alquiler de la casa, el peso diario del gasto y el alumbrado. ¿Cómo, pues, no admitir con regocijo lo que usted me propone?

Don Pedro Anzúrez, owner of the hacienda, was writing in a big ledger with a goose quill, because he had never been able to come to terms with up-to-date pens. From the spot where Juan was standing and waiting, Don Pedro's wide, round writing could be seen, but Juan paid no heed to the lines and strokes of the quill; felt hat in hand, he was waiting for an invitation to sit down.

"Relax and don't stand on ceremony," said Don Pedro, interrupting his writing.

Then he went on, as seriously and heavily as before, adding lines to lines, only pausing once in a while to do some addition in a low voice. Then he shut the hefty leather-lined tome, placed the quill in the little container full of supplies, and, turning to Juan, addressed him as follows:

"My friend, pull up your chair and let's talk . . . Good! Would you like a cigarette?"

"No, thanks, Don Pedro, I don't smoke."

"The priest must have informed you briefly of what I have in mind."

"It's true, the Father told me last night that you intended to employ me in your home as tutor to your children."

"Right. You must have noticed that I have a special esteem for you, not only for the knowledge that everyone without exception credits you with, but also for your Christian virtues, so rare in young men today, which make you likeable to me. You're hardworking, humble, a faithful observer of God's law, completely honest, and a loving father like very few. Come, now. I like you! Ever since we became friends at the time of the feast of Our Lady of Carmel, when you played the organ in my chapel, I've realized you weren't in your proper place, and that a man of such a polished education deserves a better fate and the aid of all who think as I do. And so: do you have any objection to accepting my proposal? Do you accept?"

"With all my heart and soul, Don Pedro."

"In that case, let's now discuss the matter like businessmen. You'll have a place to live, board, and fifty pesos a month. Naturally, you'll come to this house with your daughter. My wife and my two older daughters love the girl very much, and will treat you as one of the family. The tutor's duties are as follows: to teach my two little boys arithmetic, a little grammar, French, and bookkeeping. Agreed?"

"Don Pedro, you're too good to me. In the village I just barely make the sum you're offering me, and out of it must come house rent, the peso for daily expenses, and lighting. So how could I fail to accept with joy what you're proposing?"

—Pues doblemos la hoja. La habitación de usted será la que ya conoce ... junto a la pieza del administrador. No es muy grande; consta de dos cuartos bastante amplios y bien ventilados. Además, usted tiene como suya toda la casa. Más que como empleado, como amigo. Conque ¿cuándo puede usted instalarse?

—Mañana mismo, si usted quiere.

—No, mañana es domingo, y no está bien que se trabaje en la mudanza. Será el lunes.

Don Pedro se levantó de su sillón. Juan, confundido, se despidió, y así acabó, con regocijo de ambos, la entrevista.

IV

No pintaré la vida que llevaba Juan en la hacienda de la Cruz. Trabajaba de nueve a doce con los niños, comía con la familia, y en las tardes se iba de paseo o a leer en el banco del jardín. Poco a poco le fueron tomando cariño todos los de la casa; mas sin que tales muestras de afecto le envalentonaran ni le sacasen de quicio, como suele pasar a los que por soberbia creen merecerlo todo. Juan consideraba que era un pobre empleado de don Pedro, y que, como tal, debía tratarlo con respeto, lo mismo que a los demás de la familia. Y a la verdad que ni con linterna se hallarían personas más sencillas ni más buenas que la esposa y las hijas de don Pedro. Ni una brizna de orgullo había en aquellas almas de incomparable mansedumbre. Juana, la hija mayor, era un poquito cascarrabias. También era la que llevaba el peso de la casa y tenía que tratar con los criados. Pero sus impaciencias y corajes eran siempre tan momentáneos como el relámpago. Enriqueta tenía mayor dulzura de carácter. Y en cuanto a la señora, caritativa, franca, inteligente, merecía ser tan feliz como lo era.

Juan agradecía a don Pedro y su familia más que la distinción con que le trataban, el cariño que habían manifestado a Rosita.

Enriqueta, particularmente, era la más tierna con la niña. Parecía una madre; pero una madre doblemente augusta: madre y virgen. Muchas veces, Juan intentó poner prudentemente coto a tales mimos, temeroso, tal vez con fundamento, de que la niña se malacostumbrase y ensoberbeciera. Mas ¿qué padre no ve con alborozo la dicha de su hija? Lo que pasó fue que, gradualmente, aquellas solicitudes de Enriqueta, aquel tierno cuidado, despertaron en Juan un blando amor, escondido primero bajo el disfraz de la gratitud, pero después tan grande, tan profundo y tan violento, como oculto, callado y reprimido. El trato continuo, el diario roce de aquellas almas buenas

"In that case, let's change the subject. Your quarters will be the place you already know . . . next to the steward's room. It isn't very big; it consists of two fairly large, well-aired rooms. In addition, the whole house is at your disposal. More as a friend than as an employee. And so: when can you move in?"

"As soon as tomorrow, if you like."

"No, tomorrow is Sunday, and it would be wrong to do the work of moving then. Let it be Monday."

Don Pedro rose from his armchair. Juan, flustered, took his leave, and thus the interview ended, to the joy of both.

IV

I won't depict the life Juan led at the Hacienda de la Cruz. He worked with the boys from nine to twelve, ate with the family, and in the afternoon he'd stroll or read on the garden bench. Gradually everyone in the house came to love him; but he didn't allow such displays of affection to make him proud; he didn't look above his station, which generally happens to those who haughtily believe everything's coming to them. Juan considered himself a poor employee of Don Pedro's; as such, it was his duty to treat him, and the rest of his family, with respect. And really, even if you searched with a lantern you wouldn't find simpler or kinder people than Don Pedro's wife and daughters. There wasn't a shred of pride in those souls of incomparable gentleness. Juana, the eldest daughter, was a little crabby. But it was she who bore the brunt of the housekeeping and had to deal with the servants. Yet her fits of impatience and anger were always as ephemeral as a lightning flash. Enriqueta's nature was sweeter. And as to their mother: charitable, candid, and intelligent, she deserved to be as happy as she was.

Juan was grateful to Don Pedro and his family, not so much for their consideration in their treatment of him, as for the love they had manifested for Rosita.

Enriqueta especially was the most loving where the girl was concerned. She was like a mother; but a mother doubly to be revered: a mother and a virgin. Often Juan felt like prudently calling a halt to that pampering, afraid (perhaps with good reason) that the little girl would get spoiled and proud. But what father isn't glad to see his daughter's happiness? What occurred is that gradually those pains which Enriqueta took, her tender care, awakened in Juan a gentle love, hidden at first beneath the disguise of gratitude, but later as great, deep, and violent as it was concealed, silent, and repressed.

y amorosas, daban pábulo a la pasión intensa del desgraciado preceptor. Pero Juan conocía perfectamente lo irrealizable que era su ideal.
Estaba allí en humilde condición, acogido, es verdad, con mucho
aprecio; mas distante de la mujer a quien amaba, como lo están los
lagos de los soles. ¿Sabía, acaso, cuáles eran los propósitos de sus
padres? Habíanla instruido y educado con esmero, no para compañera de un pobre hombre que nada podría darla, fuera del amor,
sino para mujer de un hombre colocado en digna y superior categoría.
Si la hablara de amor, sería como el hombre a quien hospedan por
bondad en una casa, y aprovechando la ocasión favorable, se roba alguna joya. No; Juan no lo haría seguramente. Corresponder de tal
manera a los favores que don Pedro le había hecho, hubiera sido falta
de nobleza. Mil veces, sin embargo, el amor, que es gran sofista, le
decía en voy muy baja: "¿Por qué no?"

V

Bien comprendía Juan la imposibilidad de que su amor permaneciera
oculto mucho tiempo; pero medroso y convencido de su propia desgracia, alejaba adrede el día de la inevitable confesión. A solas, en la
oscuridad de su alcoba o en el silencio del jardín, imaginaba fácil y
hacedero lo que después le parecía imposible. Mas, como siempre nos
inclinamos a creer aquello que nos agrada, poco a poco la idea de que
sus sueños no eran de todo punto irrealizables, como al principio
sospechó, fue ganando terreno en su entendimiento. Parecían favore-
cer esta transformación moral las continuas solicitudes de Enriqueta,
cada vez más tierna y bondadosa con Rosita y más amable con el
pobre Juan. Este interpretaba tales muestras de cariño como prendas
de amor, y hasta llegó a creer —¡tan fácil es dar oído a la presuntuosa
vanidad!— que Enriqueta le amaba y que tarde o temprano realizaría
sus ilusiones. ¿Con qué contaba Juan para subir a ese cielo entrevisto
en sus alucinaciones y sus éxtasis? Con el gran cómplice de los ena-
morados y soñadores: con lo inesperado.

Lo peor para Juan era el trato íntimo que tenía con Enriqueta. Vivía
en su atmósfera y sentía su amor sin poseerlo, como se embriagan los
bodegueros con el olor del vino que no beben. Cada día Juan encontraba un nuevo encanto en la mujer amada. Era como si asistiese al tocador de su alma y viera caer uno a uno todos los velos que la cubrie-
ran. Además, nada hay tan invenciblemente seductor como una mujer
hermosa en el abandono de la vida íntima. Juan miraba a Enriqueta
cuando salía de la alcoba, con las mejillas calientes aún por el largo

Their constant converse, the daily contact between those kind, loving souls, nourished the unfortunate tutor's intense passion. But Juan was perfectly well aware how impossible it was to make his dream come true. He was there in a humble status, welcomed, it's true, with great regard, but as far off from the woman he loved as lakes are from suns. Did he perhaps know her parents' plans for her? They had educated and raised her carefully, not to be the spouse of a poor man who couldn't give her anything except love, but to be the wife of a man of high, worthy rank. If he were to speak to her of love, he'd be like a man charitably lodged in a house who seizes the favorable occasion to steal some jewel. No; Juan certainly wouldn't do it. To return Don Pedro's kindness to him in such a manner would have been a lack of nobleness. All the same, a thousand times love, who is a great sophist, said to him very quietly: "Why not?"

V

Juan understood perfectly well how impossible it was for his love to remain hidden for long; but, timorous and convinced of his own misfortune, he purposely put off the day of his inevitable confession. Alone, in the darkness of his bedroom or in the silence of the garden, he'd picture as easy and feasible that which later seemed impossible to him. But, as we're always inclined to believe what pleases us, little by little the thought that his dreams weren't entirely unachievable, as he had suspected at the outset, gained ground in his mind. This change of heart seemed to be favored by Enriqueta's constant cares; she was ever more loving and kind to Rosita and more affable to poor Juan. He interpreted such displays of affection as tokens of love, and even came to believe—it's so easy to lend an ear to presumptuous vanity!—that Enriqueta loved him and that, sooner or later, his hopes would be realized. What was Juan relying on to rise to that heaven glimpsed in his hallucinations and raptures? On that great accomplice of lovers and dreamers: the unexpected.

Worst of all for Juan was his close contact with Enriqueta. He lived in her atmosphere and felt her love without possessing it, just as the keepers of wine cellars get drunk on the aroma of wine that they don't drink. Every day Juan found some new charm in the woman he loved. It was as if he were present at the dressing table of her soul and were seeing all the veils that covered her falling one by one. Besides, there's nothing so irresistibly seductive as a beautiful woman in the casualness of domestic life. Juan would gaze on Enriqueta when she emerged from her bed-

contacto de la almohada. Y la veía también con el cabello suelto o recostada en las rodillas de la madre. Y cada actitud, cada movimiento, cada ademán, le descubrían nuevas bellezas. E igual era el crecimiento de su admiración en cuanto atañe a la hermosura moral de Enriqueta. Todas esas virtudes que buscaban la oscuridad para brillar y que nunca adivinan los profanos; todos esos atractivos irresistibles que la mujer oculta, avara, a los extraños y de que sólo goza la familia, aumentaban la estimación de Juan y su cariño. Tenían, además, aquellas dos vidas un punto de coincidencia: Rosita. Enriqueta prodigaba a la niña todas las ternezas y cuidados de una madre joven; de una madre que fuera a la vez como la hermana mayor de su hija. Cierta vez la niña enfermó. Fue necesario llamar a un doctor de México, cuyo viaje fue costeado por don Pedro. Enriqueta no abandonó un solo momento a la enfermita.

La veló varias noches; al ver a Juan desfallecido de dolor, le decía cariñosa:

—No desespere usted. La salvaremos. Ya le he rogado a nuestra Madre de la Luz que *nos* la deje. Venga usted a rezar conmigo la novena.

La niña sanó; pero el mísero Juan había empeorado. Precisamente el día en que el médico la dio de alta, Juan fue al comedor de la hacienda. Habían servido ya la sopa cuando don Pedro dijo en alta voz:

—Hoy es un día doblemente fausto. Rosita entra en plena convalecencia y llega Carlos a la hacienda.

Luego, inclinándose al oído de Juan, agregó:

—Amigo mío, para usted no tenemos secretos porque es ya de la familia: Carlos es el novio de Enriqueta.

VI

¡Cómo! ¡Enriqueta tenía novio! He aquí que lo inesperado, ese gran cómplice en quien Juan confiaba, se volvía en contra suya. ¡Y cuándo! . . . Cuando después de aquella enfermedad de la niña, durante la cual Enriqueta había dividido con él las zozobras y los cuidados, era más viva y más intensa su pasión.

Juan creyó morirse de congoja, y al volver a su pieza y ver a su hija que le tendía los escuálidos bracitos, exclamó, como en aquellos instantes supremos que siguieron al abandono de su esposa:

—¡Ay, pobre hija, ya no tienes madre!

En efecto, ¿no era Enriqueta la madre de Rosita? Pues también la iba a dejar huérfana, como la otra, a irse con un hombre a quien Juan

room, her cheeks still warm from their long contact with her pillow. He also saw her with her hair undone, or when she leaned against her mother's knees. And every pose, every movement, every gesture revealed new beauties to him. And there was an equal increase in his admiration for Enriqueta's moral beauty. All those virtues which sought the darkness in order to shine the more, and which outsiders never guess at; all those irresistible attractions which a woman, like a miser, conceals from strangers, and which only her family enjoys, augmented Juan's esteem and affection. Moreover, those two lives had a point at which they coincided: Rosita. Enriqueta lavished on the girl all the tenderness and care of a young mother, of a mother who at the same time was like her daughter's big sister. On one occasion the child fell ill. It was necessary to summon a doctor from Mexico City, whose trip was paid for by Don Pedro. Enriqueta didn't leave the patient's bedside for a moment.

She sat up with her several nights; seeing that Juan was faint with grief, she'd say to him lovingly:

"Don't despair. We'll save her. I've prayed to our Mother of the Light to keep her for *us*. Come and recite the novena with me."

The girl got well, but wretched Juan had gotten worse. On the very day that the doctor pronounced her out of danger, Juan went to the hacienda dining room. The soup had already been served when Don Pedro said loudly:

"Today is a doubly lucky day. Rosita is now fully convalescent and Carlos is coming to the hacienda."

Then, leaning over to Juan's ear, he added:

"My friend, we have no secrets from you, because you're now one of the family: Carlos is Enriqueta's fiancé."

VI

What! Enriqueta had a fiancé! Now the unexpected, that great ally Juan had been relying on, was turning against him. And at what a time! . . . Just when, after that illness of his daughter's, during which Enriqueta had shared the worries and cares with him, his passion was more vivid and intense.

Juan thought he'd die of grief; and, returning to his house and seeing his daughter hold out her skinny little arms to him, he exclaimed, as in those decisive moments that had followed his wife's desertion:

"Oh, my poor girl, you have no more mother!"

In fact, wasn't Enriqueta Rosita's mother? Well, she, too, was about to leave her an orphan, like that other woman; she was going off with

no conocía aún, pero que odiaba. ¿Quién era aquel Carlos? Probablemente un rico . . . los pobres ponen siempre en defecto a los que odian. ¡Buen mozo! Juan no lo era y comprendía instintivamente que el triunfo de su rival era debido a las cualidades de que él carecía. Inteligente . . . "No, inteligente no", murmuró Juan.

Poco a poco, la luz se fue haciendo en el cerebro del desgraciado preceptor. Y comenzó a explicarse claramente cuantos ademanes, acciones y palabras de Enriqueta interpretó favorablemente a su pasión. Era aquello un deshielo de ilusiones. El sol calentaba con sus rayos la estatua de nieve, y la figura deshacíase. Juan decía para sí:

—¡Qué necio fui! Yo tenía un tesoro de miradas, sonrisas y palabras; esto es, diamantes, perlas y oro. Y ahora un extranjero viene a mí, se acerca y me dice con tono imperioso: —Devuélveme cuanto posees. Nada de eso es tuyo. Todo es mío. ¿Recuerdas el rubor que tiñó su rostro, cuando, delante de ti, le preguntaron si amaba a alguien? Tú imaginaste que ese rubor era la sombra de tu alma, y no era más que el calor de la mía. Una tarde la hallaste sola en el jardín y echó a correr para que no la vieras. —Me huye, porque sabe mi cariño —dijiste para tus adentros. ¡Pobre loco! Te esquivaba para ocultar la carta que yo le escribí y que ella leerá con los labios. Y esas miradas húmedas de amor que clavaba en tu rostro algunas noches, iban dirigidas a mí. Hasta al acariciar la cabecita de tu hija pensaba en los niños que tendríamos, y por lo tanto, en mí también. Cuantos recuerdos tienes son robados. Devuélveme tus joyas una a una."

Y cada vez se iba quedando más pobre y más desnudo. Hasta que al fin sus piernas flaquearon y cayó desfallecido al suelo.

Juan no murió de pena porque la muerte no se apiada nunca de los infelices. En la noche de aquel terrible día llegó Carlos a la hacienda; Juan no quiso bajar al comedor, pero desde su pieza, sentado a la cabecera de la cama en donde dormía su hija convaleciente, escuchaba el ruido de los platos y las alegres risas de los comensales. ¿Cómo sería Carlos? La curiosidad impulsaba a Juan a salir callandito e ir a espiar por el agujero de la llave. Pero la repugnancia que el novio de Enriqueta le inspiraba y el caimiento de su ánimo le detuvieron. A poco rato cesó el ruido; Juan oyó los pasos del recién llegado que atravesaba el patio tarareando una mazurca; la conversación de los criados que limpiaban la vajilla en la cocina y luego . . . pisadas de mujer que se acercaban. Entonces recordó. Enriqueta tenía costumbre de ir todas las noches y antes de acostarse a ver a su enfermita y cubrirla bien. ¡Iba a entrar a la alcoba! Juan no tuvo tiempo más que para ocul-

a man Juan hadn't met yet but already hated. Who was that Carlos? Probably a rich man . . . the poor always find fault with those they hate. Good-looking! Juan wasn't, and instinctively realized that his rival's triumph was due to the qualities he himself lacked. Intelligent . . . "No, not intelligent," Juan muttered.

Gradually day was dawning in the unfortunate tutor's brain. And he began to explain clearly to himself just how many of Enriqueta's gestures, actions, and words he had interpreted as favoring his passion. It was a thaw of daydreams. The sun was warming the snow statue with its rays, and the figure was melting. Juan repeated to himself:

"What a fool I was! I had a treasure of glances, smiles, and words; that is, diamonds, pearls, and gold. And now a stranger comes to me, draws near, and tells me imperiously: 'Give back to me all that you possess. None of it is yours. It's all mine. Do you remember the blush that colored her face when she was asked in your presence whether she loved anyone? You thought that that blush was the shadow of your soul, and it was only the heat of mine. One afternoon you found her alone in the garden and she started to run so you wouldn't see her. "She's avoiding me because she knows I love her," you said to yourself. Poor madman! She was shunning you in order to conceal the letter I had written to her and which she was going to read with her lips. And those moist loving glances as she stared into your face on certain nights; they were meant for me. Even when she was caressing your daughter's little head, she was thinking of the children we would have, and therefore also of me. All the memories you have are stolen ones. Return your jewels to me one by one.'"

And each time he was left more poor and bare. Until finally his legs gave way and he fell to the floor in a faint.

Juan didn't die of grief because death never pities the unhappy. On the night of that terrible day, Carlos arrived at the hacienda; Juan didn't want to go downstairs to the dining room, but from his own room, where he sat at the head of the bed in which his convalescent daughter was sleeping, he was listening to the clatter of the plates and the merry laughter of those at the table. What was Carlos like? Curiosity was impelling Juan to go out quietly and look through the keyhole. But the repulsion Enriqueta's fiancé inspired him with, and the abatement of his courage, held him back. Before long, the noise stopped; Juan heard the footsteps of the newcomer, who was crossing the patio humming a mazurka; the conversation of the servants washing the dishes in the kitchen; and then . . . a woman's footsteps coming closer. Then he remembered. Enriqueta was accustomed to go every night to see her little patient and tuck her in before going to bed. She was about to enter

tar la cabeza entre sus brazos, tendido en la cama, y fingir que dormía. ¿Para qué verla? Sobre todo, el llanto puede sofocarse mientras no se habla; pero las palabras abren, al salir, la cárcel de las lágrimas, y éstas se escapan.

Enriqueta entró de puntillas, y, viendo a Juan con extrañeza, titubeó algunos momentos antes de acercarse a la cama. Por fin se aproximó. Con mucho tiento y procurando hacer el menor ruido posible, cubrió bien a la niña con sus colchas. Después se inclinó para besar en las mejillas y en la frente a su enfermita. Juan oyó el ruido de los besos y sintió la punta de los senos de Enriqueta rozando uno de sus brazos. Tenía los ojos apretadamente cerrados y se mordía los labios. Cuando el ruido de las pisadas de Enriqueta se fue perdiendo poco a poco en el sonoro pasadizo, Juan se soltó a llorar.

VII

¿Para qué referir uno a uno sus padecimientos? Tres meses después de aquella noche horrible, Enriqueta se casaba en la capilla de la hacienda. Y —¡cosa extraña!— Juan, que no había tocado el órgano en mucho tiempo, iba a tocarlo durante la ceremonia religiosa. La víspera de aquel día solemne, don Pedro dijo al infortunado preceptor:

—Mañana, amigo mío, es día de fiesta para la familia. Carlos es buen muchacho y hará la felicidad de Enriqueta. A no ser por esa consideración, le aseguro a usted que estaríamos muy tristes . . . Ya usted lo ve . . . ¡Enriqueta es la alegría de la casa y se nos va! Pero hay que renunciar al egoísmo y ver por la ventura de los nuestros. Estas separaciones son necesarias en la vida. Yo quiero que la boda sea solemne. Verá usted, amigo mío, verá usted qué canastilla de boda le ha preparado a la muchacha su mamá. Ya pierdo la cabeza y me aturdo con tantos preparativos. Casamos a Enriqueta en la capilla, para ahorrarnos los compromisos que habríamos tenido en México; pero fue necesario, sin embargo, invitar a los parientes más cercanos y a los amigos íntimos. Y ya habrá usted notado el barullo de la casa. No hay un rincón vacío. Pero, a todo esto, olvidaba decir a usted lo más urgente. Quiero, amigo don Juan, que mañana nos toque usted el órgano. Ya sé que hace usted maravillas. El órgano de la capilla es malejo; pero he mandado que lo afinen. Conque ¿puedo confiar en su bondad?

Juan aceptó. Había pensado no pasar el día en la casa; irse con cualquier pretexto al pueblo, al monte, a un lugar en que estuviera solo. Pero fue necesario que apurase el cáliz. ¡Convenido! Iba a tocar el órgano en el matrimonio de su amada. ¡Qué amarga ironía!

the bedroom! Juan had just enough time to hide his head in his arms as he stretched out on the bed, pretending to be asleep. Why see her? Above all, tears can be choked back while you aren't speaking, but as words emerge they open the prison of the tears, which escape.

Enriqueta went in on tiptoe and, surprised to see Juan, hesitated a few moments before approaching the bed. Finally she came near. Very cautiously, trying to make the least possible noise, she covered the girl carefully with her counterpanes. Then she stooped over to kiss her little patient on the cheeks and forehead. Juan heard the sound of the kisses and felt the tip of Enriqueta's breasts grazing one of his arms. He kept his eyes tightly shut and he was biting his lips. When the sound of Enriqueta's footsteps was gradually dying away in the resonant corridor, Juan burst into tears.

VII

Why relate his sufferings in detail? Three months after that horrible night, Enriqueta was getting married in the hacienda chapel. And, strange to say, Juan, who hadn't played the organ for some time, was to play it during the religious ceremony. On the eve of that solemn day, Don Pedro said to the unlucky tutor:

"Tomorrow, my friend, is a festive day for the family. Carlos is a good boy, and he'll make Enriqueta happy. If it weren't for that, I assure you we'd be very sad . . . You must have seen . . . Enriqueta is the joy of the house and she's leaving us! But we must give up our selfishness and look to our children's happiness. These separations are a necessary part of life. I want the wedding to be solemn. You'll see, my friend, you'll see what a trousseau the girl's mother has prepared for her. I'm losing my head and getting dizzy with all the preparations. We're marrying Enriqueta in the chapel to spare ourselves the obligations we would have had in Mexico City; but all the same, we've had to invite our nearest relatives and our close friends. And you must have noticed all the hubbub in the house. There isn't an empty corner. But with all this, I was forgetting to tell you the most urgent thing. My friend Don Juan, I want you to play the organ for us tomorrow. I know you play marvelously. The organ in the chapel isn't too good, but I've ordered it to be tuned. And so: may I count on your kindness?"

Juan accepted. He had intended to spend the day out of the house, to use some pretext to go off to the village, to the hills, to a place where he could be alone. But he had to drain the cup to the dregs. Agreed! He was to play the organ at his beloved's wedding. What bitter irony!

Pasó la víspera encerrado en su cuarto. ¡Qué día aquél! Al pasar por una de las salas para ir al escritorio de don Pedro, que le mandó llamar, Juan vio sobre la mesa la canastilla de boda de Enriqueta. Casualmente, la mamá estaba cerca y quiso enseñar a Juan los primores que guardaba aquella delicada cesta de filigrana. Y Juan vio todo: los pañuelos de finísima batista, el collar de perlas, los encajes de Bruselas, las camisas trasparentes y bordadas, que parecían tejidas por los ángeles.

Por fin amaneció el día de la boda; Juan, que no había podido pegar los ojos en toda la noche, fue a la capilla, aún oscura y silenciosa. Ayudó a encender los cirios y a arreglar las bancas. Después, concluida la tarea, se subió al coro; Rosita le acompañó. La pobre niña estaba triste. Enriqueta la había olvidado por un novio y por los preparativos de su matrimonio. Además, con esa perspicacia de las niñas que han sufrido, Rosita adivinaba que su padre sufría.

Desde el coro podía mirarse la capilla de un extremo a otro. Poco a poco se fue llenando de invitados. Por la ventana que daba al patio, se veía la doble hilera de los peones de la hacienda, formados en compactos batallones. A las siete los novios, acompañados de los padrinos, entraron a la capilla. ¡Qué hermosa estaba Enriqueta! Parecía un ángel vestido de sus propias alas. Se arrodillaron en las gradas del altar; salió el señor cura de la sacristía, precedido de la dorada cruz y los ciriales; llenó el presbiterio la aromática nube del incienso y comenzó la ceremonia. Juan tocó primero una marcha de triunfo. Habríase dicho que las notas salían de los angostos tubos del órgano, a caballo, tocando las trompetas y moviendo cadenciosamente las banderas. Era una armonía solemne, casi guerrera, un arco de triunfo hecho con sonidos, bajo el cual pasaban los arrogantes desposados. De cuando en cuando, una melodía tímida y quejumbrosa se deslizaba como un hilo negro en aquella tela de notas áureas. Parecía la voz de un esclavo, uncido al carro del vencedor. En esa melodía fugitiva y doliente se revelaba la aflicción de Juan, semejante a un enorme depósito de agua del que sólo se escapa un tenue chorro. Después, las ondas armoniosas se encresparon, como el bíblico lago de Tiberiades. El tema principal saltaba en la superficie temblorosa, como la barca de los pescadores sacudida por el oleaje. A veces una ola lo cubría y durante breves instantes quedaba sepultado e invisible. Pero luego, venciendo la tormenta, aparecía de nuevo airoso, joven y gallardo, como un guerrero que penetra, espada en mano, por entre los escuadrones enemigos, y sale chorreando sangre, pero vivo.

He spent the day before shut up in his room. What a day that was! Passing through one of the parlors to reach the office of Don Pedro, who had sent for him, Juan saw on the table Enriqueta's marriage trousseau. By chance her mother was nearby and insisted on showing Juan the wonderful things stored in that delicate, finely woven hamper. And Juan saw it all: the handkerchiefs of finest cambric, the pearl necklace, the Brussels lace, and the embroidered see-through nightgowns, which seemed to have been woven by the angels.

Finally the wedding day dawned; Juan, who had been unable to shut an eye all night long, went to the chapel, which was still dark and silent. He helped light the tapers and arrange the pews. Then, those tasks accomplished, he ascended to the choir loft; Rosita went with him. The poor child was sad. Enriqueta had forgotten her in favor of her fiancé and the preparations for her wedding. Moreover, with that insight possessed by children who have suffered, Rosita guessed that her father was suffering.

From the choir loft the chapel could be viewed from one end to the other. It gradually filled up with guests. Through the window facing the patio could be seen the double line of the hacienda peons, formed into compact battalions. At seven, the bride and groom, accompanied by the best man and the maid of honor, entered the chapel. How lovely Enriqueta looked! She was like an angel wearing her own wings. They knelt on the altar steps; the priest emerged from the sacristy, preceded by the gilt cross and the church candlesticks; the altar space was filled with a fragrant cloud of incense, and the ceremony began. First, Juan played a triumphal march. You'd have thought the notes were issuing from the narrow organ pipes on horseback, with trumpets blaring and banners waving rhythmically. It was a solemn, almost martial harmony, an arch of triumph made of tones, beneath which the proud bride and groom were passing. Every so often, a timid, plaintive melody slipped in like a black thread in that web of golden notes. It resembled the voice of a slave yoked to the victor's chariot. In that fleeting, sorrowful melody was revealed Juan's affliction, like a huge water tank from which only a thin trickle is leaking. Later, the waves of harmony grew choppy, like the Sea of Galilee in the Bible. The main theme bobbed tremulously on the surface like the fishermen's boat shaken by the swell. At times a wave covered it and for a few brief moments it remained buried and invisible. But then, overcoming the storm, it reappeared, elegant, young, and valiant, like a warrior who, sword in hand, pierces the enemy squadrons and emerges dripping with blood, but alive.

Aquel extraño acompañamiento era una improvisación. Juan tocaba traduciendo sus dolores; era el único autor de esa armonía semejante a una fuga de espíritus en pena, encarcelados antes en los tubos. Al salir disparadas con violencia, por los cañones de metal, las notas se retorcían y se quejaban. En ese instante, el sacerdote de cabello cano unía las manos blancas de los novios.

Después la tempestad se serenó. Cristo apareció de pie sobre las olas del furioso lago, cuyas movibles ondas se aquietaron. Una tristeza inmensa, una melancolía infinita sucedió a la tormenta. Y entonces la melodía se fue suavizando: era un mar, pero un mar tranquilo, un mar de lágrimas. Sobre esa tersa superficie flotaba el alma dolorida de Juan. El pobre músico pensaba en sus ilusiones muertas, en sus locos sueños, y lloraba muy quedo, como el niño que, temeroso de que lo reprendan, oculta su cabecita en un rincón. En la ternura melódica se unían los sollozos, las canciones monótonas de los esclavos y el tristísimo son del "alabado". Veía con la imaginación a Enriqueta, tal como estaba la primera noche que él pasó en la hacienda, allí, en esa misma capilla, hoy tan resplandeciente y adornada. La veía rezando el rosario, envuelta por un rebozo azul oscuro. Bien se acordaba: cuando todos salieron paso a paso, Enriqueta, que era la última en levantarse, se acercó al cuadro de la Virgen de la Luz, colgado en uno de los muros, y tocó con sus labios las sonrosadas plantas de la imagen. ¡Cuánto la había querido el pobre Juan! ¡Se acabó! ¿A qué vivir? Allí estaba, lujosa y elegante al lado de su novio que sonreía de felicidad. Y cada vez la melodía era más triste. En el momento de la elevación, las campanas sonaron y se oyó el gorjear de muchos pájaros asomados en las ojivas. Era el paje a quien obligan a cantar y que, resuelto, tira el laúd, diciendo: "¡Ya no quiero!" Mas, a poco, la música, azotada por la mano colérica del amo, volvió a sonar más melancólica que antes. Hasta que al fin, cuando la misa concluía, las notas conjuradas y rabiosas estallaron de nuevo en una inmensa explosión de cólera. Y en medio de esa confusión, en el tumulto de aquel escape de armonías mutiladas y notas heridas, se oyó un grito. El aire continuó vibrando por breves momentos. Parecía un gigante que refunfuñaba. Y luego, el coro quedó silencioso, mudo el órgano, y en vez de melodías o himnos triunfales, se oyeron los sollozos de una niña.

Era Rosita que lloraba sin consuelo, abrazada al cadáver de su padre.

That strange accompaniment was an improvisation. As Juan played, he translated his sorrow into music; he was the sole author of that harmony, which resembled an escape of souls in torment that had previously been imprisoned in the pipes. As they were violently shot forth from the metal gun barrels, the notes writhed and lamented. At that moment, the white-haired priest was joining together the white hands of the bride and groom.

Afterward, the tempest abated. Christ appeared walking on the waters of the furious lake, whose restless waves grew calm. An immense sadness, an infinite melancholy followed the tempest. And then the melody became gentler: it was a sea, but a calm sea, a sea of tears. Upon that smooth surface floated Juan's pain-racked soul. The poor musician was thinking of his lost hopes, his mad dreams, and he was weeping very quietly, like a child who, afraid of a reprimand, hides his little head in a corner. In the melodic tenderness were mingled the slaves' sobs and monotone chants, and the very sad sound of the hymn of praise sung when the Host is being covered. In his imagination he saw Enriqueta as she was on the first night he spent at the hacienda, there in that very chapel, today so resplendent and adorned. He saw her reciting the rosary, wrapped in a dark-blue shawl. He remembered it well: after everyone else had gone out gradually, Enriqueta, the last to rise, had approached the painting of Our Lady of Light that hung on one of the walls, and put her lips to the image's pink feet. How poor Juan had loved her! It was all over! Why go on living? There she stood, luxuriously dressed and elegant beside her bridegroom, who was smiling with happiness. And the melody became ever sadder. At the moment of the Elevation of the Host, the bells rang out and they could hear the warbling of many birds that had alighted on the window ogives. It was the young page who's compelled to sing but resolutely casts aside his lute, saying: "I don't want to anymore!" But soon the music, lashed by the master's angry hand, sounded melancholy again, and more so than before. Until finally, when the Mass was ending, the conspiratorial, frenzied tones burst forth again in a tremendous explosion of wrath. And amid that confusion, in the tumult of that escape of mutilated harmonies and wounded notes, a cry was heard. The air continued to vibrate for a few brief moments. It resembled the grumbling of a giant. And then the choir remained silent, the organ mute, and in place of triumphant melodies or hymns was heard the sobbing of a little girl.

It was Rosita, who was weeping inconsolably as she embraced her father's corpse.

ÁNGEL DE CAMPO

El fusilado

Al señor don Enrique de Olavarría y Ferrari.

El alba, un alba de espléndido colorido, comenzaba a dilatarse derrochando sus toques en el horizonte. Allá flotaban los indecisos contornos de la bruma, destacados apenas en los matices delicados de las manchas de claridad en un fondo gris azulado que evocaba el recuerdo de las irisaciones del nácar. En la banda rosa del amanecer, la nube se teñía como un fantasma ensangrentado, como una túnica de novicia iluminada por un reflejo de incendio, errabundo Proteo que al capricho va del aire, ya pálido encaje, ya vivísimo copo que se disolvía por fin en un lago de blonda claridad. Una orla de lila invadía las fronteras dudosas de la noche, en cuyo fondo sombrío, llama de plata, la estrella del Boyero parpadeaba para perderse.

Y bajo aquel kaleidoscopio inmenso, bajo aquel poema matinal de la luz indecisa, como un contraste despertaba la ciudad dormida, masa de sombras do se adivinaba sobre la confusión de los techos una silueta de torre o la curva armoniosa de las cúpulas; pero la luz no redimía la miseria del suburbio, que ruido por ruido, comenzaba a pulular tras el primer silbato de la fábrica, el primer repique de un campanario de parroquia y el dilatado clamoreo de los gallos, esos heraldos de la diaria fatiga.

Y la mirada, que veía una Beatriz de cándida veste en cada nube; la mirada, que languidecía perdiéndose en el Levante, olvidaba la ternura de los cielos ante esa mancha roja, la flama que pugnaba por brillar en la cárcel de vidrios opacos de un farol de suburbio aún encendido; contrastaba la tímida claridad de la madrugada, violentamente herida por las bandadas de luz que arrojaban a la acera las lámparas

ÁNGEL DE CAMPO

A Public Execution

To Enrique de Olavarría y Ferrari.[1]

Dawn, a dawn of splendid coloration, was beginning to spread, squandering its brushstrokes on the horizon. Yonder, there floated the uncertain outlines of the fog, barely standing out against the delicate shades of the patches of daylight on a blue-gray background that evoked memories of the iridescence of mother-of-pearl. In the pink stripe of daybreak, the clouds were tinged like a bloodstained ghost, like the robe of a novice nun lit up by the reflection of a fire, a wandering Proteus moving to the caprice of the breeze, now like pale lace, now an extremely vivid tuft finally dissolving into a lake of yellow brightness. A lilac border was invading the undecided frontiers of the night, in whose somber heights, a silvery flame, the constellation Bootes was twinkling on the verge of disappearing.

And beneath that immense kaleidoscope, beneath that matutinal poem of the uncertain light, like a contrast the sleeping city was awakening, a mass of shadows in which above the confusion of the roofs could be divined the silhouette of a tower or the harmonious curve of the domes; but the light couldn't redeem the poverty of the suburb, which, noise after noise, was beginning to swarm with people, after the first factory whistle, the first pealing from a parish belfry, and the widespread clamor of the cocks, those heralds of daily labors.

And one's gaze, which saw a white-robed Beatrice in every cloud; one's gaze, which languished, dying away in the east, forgot the tenderness of the sky when confronted by that red blotch, the flame that struggled to glow in the prison of thick glass of a still illuminated suburban streetlamp; it resisted the timid light of the dawn, violently wounded by the flocks of light hurled onto the sidewalk by the oil

---

1. Identity unknown to this editor.

de petróleo de una panadería y de una tienda, ante las cuales con grandes canastas tiritaban los pilluelos.

Mal envueltos y tosiendo, barrían y regaban los porteros; un vendedor de té atizaba las brasas de la enorme cafetera en forma de casa, y un jaletinero pregonaba su mercancía con voz cansada.

El suburbio despertaba: la alborada creciente cincelaba con finísimos detalles aquel enjambre de casucas con techos de paja erizados de barbas; las barras torcidas de humildes palizadas, el poste encorvado que sostenía un farol roto, un árbol enfermo, un fleco de tules tenido de una pulquería, el santo de piedra de una esquina, y allá en lontananza, en el fondo del cuadro, cual si flotara como un islote de escoria en las incandescencias, envuelto por las nubes, se erguía un crestón de montaña.

Las carretas escandalosas salían de los corrales. Un mayordomo con bufanda y a caballo vigilaba el desfile; vaciaban en la banqueta el agua sucia de un figón, y una familia con blusas de viaje cerraba de golpe la portezuela de un coche de alquiler, cargado en el pescante con un baúl maltrecho.

Numerosos peatones sse dirigían al potrero cercano; eran los vecinos del barrio, desmañanados y que ya silbando, ya cantando o dialogando en voz alta, escandalizaban a las calles silenciosas. Allá a lo lejos, rumbo al centro, se adivinaba una masa negra, algo como una ola oscura que se adelantaba coronada por cortas flamas, que recordaban un trigal herido por el sol: aquel puntilleo eran las bayonetas de los soldados. Llegaban las primeras tropas. El rítmico marchar tenía algo de extraño en aquella hora; pronto se divisó un oficial a caballo y después la infantería con uniforme de gala, en cuyo fondo oscuro brillaba el metal de los botones.

Nuevas caravanas de transeúntes invadían las aceras, su andar era precipitado, la fatiga cortaba sus diálogos, bajaban al medio de la calle y rodeaban a la tropa; al parejo de ella, trotando, con el rebozo caído y el muchacho a la espalda, con grandes sombreros anchos, las soldaderas los seguían, escoltadas por sus perros que, locos, contentos, con la lengua de fuera, inquieta la cola y el paso ligero, esquivaban los puntapiés y los pisotones.

Algunos balcones y ventanas se entreabrían, caras descoloridas asomaban tras alzados visillos y en los zaguanes y quicios de accesorias aparecían hombres curiosos envueltos en una frazada o en una manta, niños en camisa y mujeres friolentas.

lamps of a bakery and a grocery, in front of which the urchins were shivering as they carried large baskets.

Inadequately wrapped up, and coughing, the janitors were sweeping and sprinkling; a vendor of tea was poking the coals under his enormous house-shaped kettle, and a gelatin seller was crying his wares in a weary voice.

The suburb was awakening: the growing dawn was chiseling with very fine details that swarm of hovels with straw roofs bristling with beards; the twisted bars of humble fences, the bent post supporting a broken lamp, a sick tree, a fringe of tule cane attached to a pulque saloon, the stone saint at a street corner, and out there in the distance, in the background of the picture, as if floating like an islet of slag in the incandescent air, loomed a mountain ridge enveloped in clouds.

The noisy carts were emerging from the courtyards. A foreman in a scarf on horseback was supervising the procession; people were emptying onto the sidewalk the dirty water from a cheap restaurant, and a family in traveling overalls were slamming shut the door of a hired coach, whose driver's seat was loaded with a battered trunk.

Numerous pedestrians were heading for the nearby empty terrain; they were the inhabitants of the quarter, up too early to suit them, who, now whistling, now singing or conversing loudly, were making a racket in the silent streets. Far off there, toward the city center, could be divined a black bulk, something like a dark wave moving forward, crowned with brief flashes reminiscent of a wheatfield smitten by the sun: those points of light were the soldiers' bayonets. The first units were arriving. Their rhythmical march had a strange element in it at that time of day; soon there could be discerned an officer on horseback, and then the infantry in dress uniforms, against whose dark background the metal of their buttons gleamed.

New caravans of passersby were invading the sidewalks; their gait was hasty; weariness cut into their conversations; they were stepping down into the middle of the street and surrounding the troops; like them, at a trot, their shawls lowered and their infants slung behind them, in big wide hats, the camp followers came after them, escorted by their dogs, which, crazily and contentedly, their tongues lolling, their tails wagging, and their paws stepping lightly, were avoiding people's kicks and treads.

A few balconies and windows were opening slightly; pallid faces were appearing behind raised curtains; and in the entranceways and doorways of sheds there appeared curious men wrapped in a blanket or poncho, children in shirts, and shivering women.

Muy lejos sonaba una música, dominando un rumor creciente la caballería, que se acercaba al paso, confuso rumor de pisadas de herrados cascos, choque de vainas y sables, sonar de guarniciones, estornudos de caballos y voces de mando. Nuevas tropas se les unían en las bocacalles para formar no sé qué pulular en forma de serpiente, largo cordón oscuro erizado de puntas metálicas.

Bien podía saberse lo que aquel aparato significaba, porque en todas las conversaciones se decía que en el llano, en el llano poco distante, iba a ser fusilado el corneta Margarito López.

Ya era de día. Un último harapo púrpura, un celaje vagabundo se perdía en la postrera raya de áurea transparencia. El sol retiraba su clámide de oro de las cosas, dejando al cuadro toda su pobreza. Ya podía verse la fealdad del arrabal, ese muladar de casas vetustas y ruinosas, las empolvadas paredes, las callejuelas tortuosas, la zanja a flor de tierra, surcada por esas vegetaciones pálidas, esa enfermedad que se nutre de burbujas venenosas y de aguas hediondas que se teñían de negro, olían a alquitrán y arrastraban irisados manchones de grasa al recibir los desechos de una fábrica de gas; la corriente entonces se hacía lenta, las ondas eran viscosas y se arrastraban con pereza, serpeaban entre bordes deslavados, y a lo lejos, al reflejar el cielo de la mañana, se tornaban en brillante galón de un azul delicadísimo.

Volutas impuras se desprendían de los techos de los jacales; el perro, confundido con cerdos y gallinas, el perro salvaje, el perro hosco de rancho, el husmeador del muladar, inquietado por la muchedumbre, lanzaba un ladrido pertinaz y desesperado.

En pleno llano se levantaba del suelo una nube de polvo sofocante, y crecía para envolver a la muchedumbre; de su seno gris no surgían más que el busto de los soldados, la grupa de los caballos y el aleteo rojo de las banderas. El populacho seguía con chiflidos el compás de un pasodoble que tocaba la banda. Y la multitud que desbordaba las calles estrechas, se perdía como una mancha en la inmensidad de aquel llano monótono, seco, trágico.

Vasta extensión gris donde rastreaban miserables e hirsutos pastos, carbonizados allá, muertos más lejos por la lepra blanca del salitre u orlados por amarillenta pelusa. Un montículo de tierra, la osamenta de un asno, blanqueada por el sol, una planta enana, interrumpían aquella mansión de tonos cadavéricos de una tierra infecunda, asoleada, muerta. A la derecha, entre doble hilera de chopos escuetos, corría la vía de un ferrocarril; plataformas, furgones color de ocre y vagones abandonados, cubrían la fachada de una estación con techo de lámina; a la izquierda se alzaban los bordes de una zanja, trepados

Very far off a band was playing; the growing noise was dominated by the cavalry, which was approaching at a pace—a confused noise of the clatter of shod hooves, the rattle of sheaths and sabers, the sound of harnesses, the sneezing of horses, and words of command. New units were joining them at the intersections to create an indescribable snakelike massing, a long, dark line bristling with metal points.

It was quite evident what all that fuss was about, because in every conversation people said that on the level ground, the level ground not far away, the cavalry standard-bearer lieutenant Margarito López was to be executed by firing squad.

It was now broad daylight. A last purple tatter, a roving colored cloud was becoming lost in the final ray of golden transparency. The sun was withdrawing its golden chlamys from all objects, leaving the scene in all its poverty. Now could be seen the ugliness of the suburb, that rubbish heap of old, broken-down houses, the dusty walls, the tortuous alleys, the drainage ditch at ground level furrowed by that pallid plant life, that sickness nourished by poisonous bubbles and fetid waters, tinged with black, stinking of tar, and carrying along iridescent grease stains as they received the refuse of a gas factory; then the current became slow, the water was viscous and dragged itself along lazily, meandering between faded rims; and in the distance, as it reflected the morning sky, it became a gleaming stripe of a most delicate blue.

Unclean spirals detached themselves from the roofs of the shacks; the dog, mingling with pigs and hens, the wild dog, the surly farm dog, the snooper through rubbish, made nervous by the crowd, was uttering a persistent, desperate bark.

In the middle of the level area there arose from the ground a cloud of suffocating dust, which grew until it enveloped the crowd; from its gray bosom all that emerged was the soldiers' torsos, the horses' rumps, and the red fluttering of the banners. The rabble followed with whistling the beat of a paso doble the band was playing. And the multitude that was overflowing the narrow streets was lost like a stain in the immensity of that monotonous, dry, tragic plain.

A vast gray expanse with a succession of wretched, shaggy grazing grounds, charred over yonder, dead farther on, killed by the white leprosy of niter or bordered by yellowish tufts of grass. A little mound of earth, a donkey's skeleton bleached by the sun, a dwarfish plant, interrupted that abode of corpselike shades, that barren, sun-baked, dead soil. To the right, between two rows of bare poplars, ran a railroad line; flatcars, ochre-colored boxcars, and abandoned passenger cars covered the facade of a stationhouse with a sheet-metal roof; to

por taciturnas ortigas de flores anémicas y terrones de lodo endurecido de donde colgaban resecas espadañas, que enmarañadas en las
grietas hacían pensar en las cabelleras de no sé qué muertos mal en-
terrados.

Y en el fondo del paisaje, como si fuese una ruina, se erguía la
Escuela de Tiro, aún no concluida; por el ojo de un arco se miraba un
trozo de limpio azul y un vellón de nube, única nota serena y dulce en
aquella soledad patética.

Las ráfagas refrescantes de la mañana pronto se calentaban en
aquel suelo bañado de sol. Las tropas, empolvadas, formaban el
cuadro; la plebe trepaba a las eminencias, se echaba por tierra y lanzaba comentarios al aire libre. Veíanse pulular puntos negros en la lejanía, sombreros de palma, las manchas de color vivo de una frazada,
la blancura de una manta, el azulear de los rebozos de las mujeres;
coches de sitio con gentes hasta en el pescante, jinetes al galope, toda
esa abigarrada pléyade que denuncia las ferias, las grandes paradas y
los desórdenes.

Niños rojos de fatiga, con el sombrero en la nuca, la corbata
deshecha, las medias destacadas y caídas sobre el zapato blanco de
polvo, a manera de polainas; jadeantes y empapados en sudor, querían
ver, metían la cabeza entre dos espaldas de lépero, se abrían camino
con los codos, se aventuraban entre las ancas mismas de los caballos,
que se estremecían cosquilleados por la valla que tenían atrás. Los
que llevaban reloj decían que ya la hora se acercaba, y todos miraban
con impaciencia. La menor polvareda hacía correr un estremecimiento en aquel mar humano; todos se empujaban, se empinaban
para ver; un señor de edad se subía sobre los hombros a un niño rubio,
en cuyas pupilas de un límpido azul se adivinaban mil preguntas; otros
abrían quitasoles blancos; las mujeres, sombrillas de color, mientras
que los jinetes se paraban un los estribos dominando aquel mar de
cabezas; un pilluelo atrevido había logrado que lo dejaran pararse en
el techo de un coche, y sus amigos, para no fastidiarse, apostaban a
quién tiraba más lejos una piedra.

El calor crecía, el sol picaba, las mujeres hacían de sus rebozos una
capucha protectora; algunos varones improvisaban con el pañuelo un
quitasol, o secábanse la frente y el hule de sus sombreros, dándose
aire con éstos. Las posturas denunciaban el cansancio, parábanse
todos en un pie y los despreocupados, por último, tendían un paliacate
en el suelo y se sentaban abrazándose las rodillas.

the left rose the rims of a ditch, climbed over by taciturn nettles with anemic flowers and clods of hardened mud from which hung parched bulrushes, which, tangled in the cracks, reminded you of the heads of hair of some incompletely buried corpses.

And in the background of the landscape, as if it were a ruin, loomed the indoor firing range, not yet completed; through the opening of an arch you could see a scrap of clear blue and a fleecy cloud, the only serene and gentle note in that pathetic solitude.

The refreshing morning breezes soon heated up on that sun-drenched soil. The dust-covered troops formed into a square; the rabble climbed onto the higher places, stretched out on the ground, and shouted comments into the air. You could see a swarm of black dots in the distance, palm hats, the spots of bright color on a blanket, the whiteness of a poncho, the blueness of the women's shawls; cabs packed with people all the way to the driver's seat, galloping riders, all the motley crowd that indicates a fair, a big parade, or a riot.

Children red with fatigue, their hats pushed back on their necks, their ties undone, their stockings loose and falling onto their shoes white with dust, like gaiters—panting and soaked with sweat, they were trying to see; they were sticking their heads between the backs of two greasy bums; they were opening a path with their elbows; they were venturing amid the very haunches of the horses, which were shuddering, tickled by the obstacle they had behind them. The people with watches were saying that the time was getting near, and everyone was gazing impatiently. The slightest cloud of dust caused a shudder to ripple through that sea of humanity; everyone was shoving, standing on tiptoe for a better view; an elderly gentleman was climbing onto a blond lad's shoulders; in the boy's eyes, of a limpid blue, a thousand questions could be divined; other people were opening white sunshades; the women, colored parasols; while the horsemen were standing on their stirrups, dominating that sea of heads; one bold urchin had managed to be allowed to stand on the roof of a coach, and his friends, to avoid boredom, were betting on who could throw a stone farthest.

The heat was increasing, the sun was burning, the women were making protective hoods out of their shawls; some of the men were improvising sunshades with their handkerchiefs, or were drying their foreheads and the oilskin of their hats, fanning themselves with them. Their postures showed how tired they were; they were all standing on one foot and, lastly, the nonchalant ones were spreading big kerchiefs on the ground and sitting on them, clasping their knees.

De la estación cercana se escapaban algunos ecos: el soplo intenso del vapor de una locomotora, sonoros martillazos, silbatos de aviso y una máquina lista a partir, sola en medio de la vía, llamaba la atención de los curiosos. Brillaban, heridos por el sol, el émbolo, la campana de bruñido bronce y las cintas de cobre; un hombre, una mancha con blusa azul, aceitaba las ruedas; tras dos cortos silbidos avanzó lentamente, sonando su campana: iba a quitar de la vía unas plataformas cargadas de piedra.

Ya se había formado el cuadro, un inmenso cuadro. Rielaba la luz en el metal de las armas y de los uniformes, interrumpían la corrección de las filas alineadas los tambores e instrumentos de los músicos por tierra. Los oficiales un paso al frente, los jinetes que recorrían la línea, y sobre las cabezas los guías rojos y las banderas. Un punto negro, un perro, se había deslizado hasta el centro; quizá le espantó hallarse en aquella extensión, cerrada por una muralla humana, que echó a correr desesperadamente en medio de la atroz rechifla del populacho. Y allá en el fondo se erguía un montículo, el lugar donde paraban a los reos; no sé qué planta carbonizada lo coronaba. Se abatían en ella algunas aves juguetonas, que parecían las flores negras de aquellas ramas escuetas y torcidas.

¡Ahora sí! . . . Hubo un largo estremecimiento, sonó una corneta, después otra y fueron corriendo los toques y oyéndose más débiles a lo lejos. ¡Sí! . . . Allá, envuelto por el polvo, venía un coche escoltado por la Gendarmería Montada, al galope, y detrás, cayendo y levantando, una ola de pueblo. El desorden era incontenible, los caballos se encabritaban, los cuellos se tendían y de las secas bocas se escapaba un soplo jadeante de curiosidad y de emoción.

Fue una rápida aparición; el coche pasó a la carrera, en medio de un murmullo que crispaba por su significado; apenas se podía ver el sorbete de un repórter en el pescante, dentro del coche un soldado sin kepis, rapado a peine, con los ojos bajos; un fraile muy pálido con un crucifijo en la mano, y el puño de la espada de un militar. El vehículo se detuvo a lo lejos. No había en aquel momento más que un solo latido en la inmensa multitud, una sola respiración, una sola mirada intensamente fija en aquel montículo donde los pájaros retozaban.

El silencio era absoluto, el eco repetía los gritos del Mayor que notificaba a la guarnición la pena que iba a sufrir el corneta . . . y se oía muy claro el rodar de la máquina, que volvía sonando su campana y resoplando; aquella campana lenta adquiría sonoridades elegíacas.

From the nearby station some sounds escaped: the heavy puffs of steam from a locomotive, resounding hammer blows, warning whistles; and an engine ready to depart, alone in the middle of the tracks, attracted the attention of the curious. Smitten by the sun, the pistons, burnished-bronze bell, and copper belts were shining; a man, a spot of color in his blue overalls, was oiling the wheels; after two short whistle blasts it moved ahead slowly, the bell ringing; it was going to remove some stone-laden flatcars from the tracks.

Now the square had formed, an immense square. The sunlight was glittering on the metal of the weapons and the uniforms; the correctness of the aligned files was interrupted by the drums and band instruments on the ground. The officers were one pace forward, the horsemen were riding up and down the line, and overhead the red guidons and banners waved. A black dot, a dog, had slipped in all the way to the center; perhaps he was frightened to find himself in that expanse, which was closed in by a human wall, for he began to run desperately amid the cruel jeering of the rabble. And there in the background rose a little mound, the place where the criminals were stood; it was crowned by some charred plant or other. On it there alighted a few playful birds that seemed like the black flowers on those bare, twisted branches.

Yes, now! . . . There was a long shudder, a bugle blew, then another, and the blasts ran down the line, becoming weaker in the distance. Yes! . . . Over there, enveloped in dust, came a coach escorted by the Mounted Gendarmerie, at the gallop, and behind it, rising and sinking, a wave of people. The disorder was uncontainable, the horses were rearing, necks were stretched out, and from the parched mouths there escaped a panting gust of curiosity and excitement.

It was a rapid apparition; the coach raced by, amid a murmuring whose significance tensed the nerves; one could just barely see the top hat of a reporter on the driver's seat and, inside the coach, a soldier without a kepi, his head closely cropped, his eyes lowered; a very pale friar with a crucifix in his hand, and the hilt of another soldier's sword. The vehicle halted at a distance. At that moment there was only one heartbeat in the immense multitude, one breath, one gaze intently fixed on that little mound where the birds were frolicking.

The silence was absolute, the echo repeated the shouts of the major who was informing the garrison of the penalty the lieutenant was to undergo . . . and one could hear very clearly the motion of the engine, which was returning, ringing its bell and puffing and blowing; that slow bell was taking on mournful tones.

El coche se alejó. Vióse un grupo de gentes vestidas de negro frente al montículo, un hombre pequeñísimo por la distancia, al que abrazaban, una hilera de soldados, un oficial que producía un relámpago con la espada, después fingía un a fondo, seguido de una descarga desigual . . . Un hombre que caía boca abajo, y entre la blanca humareda teñida suavemente de azul, la parvada de los pájaros que volaban azorados del montículo lanzado sus trinos y yéndose a posar en un alambre de teléfono.

La máquina se había enganchado a los vagones, la campana volvió a sonar y se vio el desfile de los carros en cuyas ventanillas se destacaban los rostros de los pasajeros.

Las tropas desfilaban frente al fusilado, y al grito de "¡vista a la derecha!" del oficial, respondió la despedida del silbato, tan agudo grito, tan intenso ¡ay! que parecía un sollozo desesperado.

✵

Un perro olía las manchas de sangre, y un oleaje bárbaro rodeaba un carro de ambulancia; todos corrían tras él, y en la muchedumbre, como un animal perdido, una mujer galopaba desesperada, llevando a la espalda un niño que reía tirándola de las trenzas; no sollozaba, lanzaba desesperantes alaridos, sacudida por el dolor, convulsa y bebiéndose dos hilos de gruesas lágrimas.

La máquina silbó en la curva una vez más, y su penacho de humo, después de flotar lento en el aire, se abatió en el llano bajo el sol espléndido de un día alegre, azul, primaveral.

The coach drove away. There could be seen a group of people dressed in black facing the mound, a man who looked tiny in the distance and whom they embraced, a line of soldiers, an officer who created a flash of light with his sword and then simulated a lunge with it, which was followed by ragged gunfire . . . A man who was falling face downward and, amid the white cloud of smoke lightly tinged with blue, the flock of birds flying away from the mound in alarm, emitting trills and alighting on a telephone wire.

The engine had been coupled to the cars, the bell rang out again, and one could see the procession of cars, in the windows of which the faces of the passengers could be distinguished.

The troops marched by in front of the executed man, and the officer's command of "Eyes right!" was answered by the send-off of the train whistle, such a shrill cry, such an intense "Alas!" that it resembled a desperate sob.

✼

A dog was sniffing the pools of blood, and a barbaric surge was surrounding an ambulance; everyone was running after it, and in the crowd, like a lost animal, a woman was racing desperately, carrying on her back a child that was laughing as he tugged at her braids; she wasn't sobbing, she was uttering despairing screams, shaken by grief as she was, convulsed and drinking in two streams of heavy tears.

The engine whistled once more at the bend, and its plume of smoke, after hovering slowly in the air, came to rest on the level ground beneath the splendid sun of a cheerful, blue spring day.